감옥에서 피어난 사랑의 세레나데
(하)

감옥에서 피어난 사랑의 세레나데 (하)

펴 낸 날   2020년 12월 18일

지 은 이   김한식
펴 낸 이   이기성
편집팀장   이윤숙
기획편집   이지희, 윤가영, 서해주
표지디자인 이지희
책임마케팅 강보현, 김성욱
펴 낸 곳   도서출판 생각나눔
출판등록   제 2018-000288호
주   소   서울 잔다리로7안길 22, 태성빌딩 3층
전   화   02-325-5100
팩   스   02-325-5101
홈페이지   www.생각나눔.kr
이 메 일   bookmain@think-book.com

• 책값은 표지 뒷면에 표기되어 있습니다.
  ISBN 979-11-7048-171-3 (04810)

• 이 도서의 국립중앙도서관 출판 시 도서목록(CIP)은 서지정보유통지원시스템 홈페이지
  (http://seoji.nl.go.kr)와 국가자료공동목록시스템(http://www.nl.go.kr/kolisnet)에서 이용
  하실 수 있습니다(CIP제어번호: CIP2020050517).

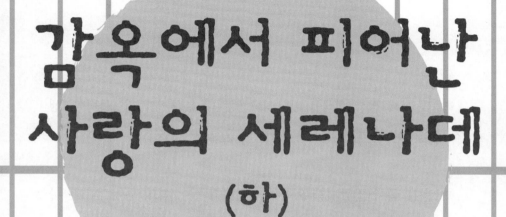

감옥에서 피어난
사랑의 세레나데
(하)

지은이 김한식

생각나눔

들어가기 전에

줄을 서서 점심 배식을 기다리고 있는데 누군가가 끼어듭니다. 생각 같아서는 확 때려버리고 싶지만 싸울 것만 같아 모른 척합니다.

마음은 좀 언짢았지만 오죽하면 저럴까 싶어 하며 넘어갑니다. 다시 오후에 집회에 가려고 줄을 서 있는데 건달기가 있는 누군가 또 끼어듭니다. 약간의 또 화가 났지만 본래 저런 놈이구나 하며 그대로 서 있습니다. 인상도 저런 놈 같이 생겼습니다. 다른 사람들도 모두 아무 말 하지 않습니다. 나와 같은 용기가 없는 것이겠지요?

그런데 설렘을 안고 그대의 이름이 내게 담깁니다. 없을 것 같던 시간이 그대에게 생기게 됩니다. 따뜻한 마음을 주고받을 수 있는 누군가가 있다는 것에 두근거림과 함께 특별한 느낌이 옵니다. 내게도 허전함을 채울 수 있는 누군가가 필요했나 봅니다. 모든 걸 잊고 살 수 있을 거라 여겼는데 어쩌면 나 자신과 가정을 완전하게 지키지 못한 죄책감 때문에 세상을 똑바로 쳐다보기 어려워 외면했던 것 같습니다.

좋은 마음으로 오랫동안 따뜻한 마음을 나누며 아름다운 인연 끝까지 함께 가고 싶습니다. 많은 인연들 속에서 설렘을 가져다준 그대와의 좋은 인연이 된다는 건 정말 뜻깊은 인연이 아닐는지요.

우연을 가장한 필연이랄까? 아니면 이미 하늘이 정해놓은 관계 속에서 서로 알맞은 타이밍에 만날 수밖에 없는 것일까요. 인연이라는 끈은 얽혀있는 풀어도 풀리지 않는다고 하지만 결코 우연은 아닌 것처럼. 모든 사람이 모두 같은 시간에 부름을 받은 것은 아닐 것입니다.

비록, 좋은 환경은 아닌 사방이 막힌 담장 안이지만 감사하게도 그대와의 펜 벗으로 연결되어 있는 현실의 끈은 아주 소중하다고 생각합니다. 그대와 소중한 인연이 이루어지는 하루하루에 감사하는 마음으로 그대와의 소중함을 이루고자 합니다.

내게 사랑을 깨닫게 해준 그대, 내게 희망을 가져다준 당신.

운명은 이미 태어날 때부터 정해져 있다고 합니다. 나와 그대가 이렇게 글을 주고받는 것도 세상을 보는 데는 몇 가지 방법이 있는 것 같아요. 모든 만남을 우연으로 보는 것과 모든 만남을 기적으로 보는 것. 자꾸 바꾸려고 하는 것이지요. 만남을 우연으로 보는 사람에게는 아무 일도 일어나지 않습니다. 이런 우연은 앞으로도 계속 일어날 수 있기 때문입니다.

하지만, 만남을 기적으로 보는 사람은 다릅니다. 모든 만남이 유일한 것이기 때문입니다. 그 만남에서 하나의 의미와 가치를 찾으려고 하는 것입니다. 이것도 저것도 안 되면 노력이라는 숨겨진 힘을 발휘하기도 하면서 말입니다.

그러다 보면 만남의 대상을 좋아하지 않을 수 없습니다. 이것이 만남의 기적이고 우연처럼 보이는 모든 순간이 인연이 아닐는지요.

■ 목차 ■

■ 목차 ■

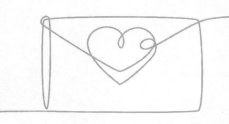

감옥에서 피어난 사랑의 세레나데

● 하 ●

54 진정한 사랑

남____

　진정으로 사랑한다면 멀리 떨어져 있어도 그 사랑을 느낄 수 있다고 하는데. 오빠에겐 순희의 사랑이 강하게 전해져 오는데 순희도 오빠의 사랑이 전해지고 있을까? 늘 사랑한다고, 보고 싶다고, 오직 당신만이 나만의 여자라고, 이런 생각을 달고 산다면 그 사랑이 따라온다고 하는데. 오빠가 순희 안에다 발사한다고 해서 짜릿했어. 헤헷♥ 오빠가 매일 갈게. 매일 젖어 있게 해야지. ㅋㅋ 팬티 안에 손 넣고 부드럽게 만져줄게. 오빠가 불끈하면 오빠의 사랑 입으로 맛있게 넣어줘. 혀로 자극도 해주고. 오빠 마음대로 다 할 거야.

　순희 거 소유권은 오빠한테 있는 거 알지? 오빠도 기대하고 있을게. 순희가 오빠 미치게 해줄 날을. 응응 하면서 어떻게 야한 이야기를 해? 뭐라고? 궁금해~ 말해줘! 난 경험해본 적이 없어서. 순희하고의 모든 게 참 즐겁고 신날 거 같아. 내 사랑. 순희. 오빠 졸려. ^^ 자야겠어.

꿈속에 나올 거지? 오늘도 안 오면. 자기 거 입으로. 안 해줄 거야. 이따 봐요! 내 거야~♥ 기다림이 그리움을 안고. 우리가 전하는 사랑이 꼭 우리의 내일에 없어서는 안 되도록 서로만 생각하고 그리워하자.

술 취해서 맛이 간 여자나 맛이 간 여자를 태워준 사람이나 다를 바 없지 않을까? 친구와 함께 술 한잔 마시고 음주운전을 하며 집으로 돌아오는 길인데, 여자 둘이서 손을 흔들며 차를 세우더라고. 남자도 아니고 여자가 차를 세우는데 안 설 사람이 있어?

그래서 여자들 앞에 차를 세웠어. 그랬더니 여자 둘이 태워 달라고 하더군. 일단 타라고 했어. 여자 두 명 다 뒷좌석에 탔는데 특별한 계획도 없고 해서 태워다 주기로 하고, 처음에는 태워다 줄 목적으로 출발은 했는데 한 5분 정도 지나자, 내 뒤에 앉아있는 잘생긴 여자애 한 명이 갑자기 뒤에서 나를 끌어안더라고.

그러니까 몸을 끌어안은 게 아니고 뒷좌석 의자 뒤에서 두 손으로 안으면서 전혀 모르는 나에게 "과장님! 과장님!" 하면서 좋아한다고 고백을 하는 거야. 다른 한 여자는 좌석에 쓰러져 잠이 든 거 같고, 이렇게 말하는 여자에의 입에선 술 냄새가 지독하게 풍겨왔으니, 얼마나 많이 술을 마셨는지 알겠더라고.

나는 천천히 운전하면서 여자애가 "과장님! 과장님!" 하면은 나는 "응? 왜 불러?" 하고 장단을 맞추어 주면서 운전을 천천히 하고 있었지. 옆에 있는 친구는 그냥 웃기만 하면서 그냥 있었고.

나는 서서히 농담을 해 보았어요. "뽀뽀 한번 해줄래?" 이렇게 얘기
하면 "그까짓 뽀뽀 못 해줄까 봐요?"라며 술 냄새를 풍기면서 진짜로
뽀뽀를 하려고 했어요. 그래서 또 "연애해봤어?" 그러면 "왜요? 연애
하고 싶어요? 좋아요. 연애하러 가요."라며 아무런 거부를 하려고 하
지를 않았어.

친구와 나는 쉽게 굴러 들어온 떡을 어떻게 요리할까 생각하다가
고속도로로 빠져서 곤지암까지 갔는데, 시내로 한참 들어가니 여관이
나오더라고. 승용차 시동을 끄고 여관으로 데리고 가려다가 아무래도
불안하더라고. 어쩔 수 없이 다시 서울로 뒤돌아섰어. 올림픽대로를 타
고 한참을 달리다가 한강으로 가니깐 사람들도 별로 없어 조용하더
군. 그때까지도 정신을 못 가누는 것 보니깐 완전히 취했더라고.

결국 한강에서 친구와 돌아가면서 망을 보고 한 명씩 연애를 했지.
내가 뒷좌석에 있는 애와 하고 친구가 자고 있는 애를 했어.

그리고 다시 차를 끌고 한강을 한 바퀴 돌고 어디로 갈까 하는 생
각을 하면서 한강을 빠져나와 올림픽대로를 따라 반대쪽으로 차를
몰고 갔지.

"연애할 때 여자가 반항도 안 했어?"

"완전히 취했는데 어떻게 알아. 내가 자기 애인으로 보이니깐 신음
소리만 내고 반항 한 번도 안 했어. 친구도 마찬가지고."

"그래서 태우고 다니다가 붙잡혔니?"

"아니! 한강을 따라 계속 왔던 길로 가다 보니깐 비닐하우스가 많

이 있더라고."

친구와 나는 한 번씩 더 연애를 하자고 눈짓을 하고 하우스가 많은 곳으로 다시 갔어.

차가 아예 다니지 않았어.

그래서 차를 세워놓고 여자애들을 비닐하우스 안으로 데리고 가서 옷을 모두 벗겨서 하우스 안에 눕혀놓고 친구와 돌아가며 다시 한번 씩 연애를 하고는 그냥 여자들을 그대로 놓아두고 와버렸지.

그런데 뒷좌석 바닥에 여자들 핸드백이 그대로 있어서 열어보니 전화번호가 적힌 수첩하고 화장품이 들어 있더라고.

그래서 중요한 것 같아서 되돌려주려고 여자가 있던 하우스로 가다가 순찰차를 만났는데 세우더라고. 아무 생각도 없이 섰는데 순찰차 뒷좌석에 여자들이 타고 있었어. 우리가 내리니깐 고개를 끄덕끄덕 하더라고.

순간, 순경 한 명이 권총을 들이대며 "꼼짝 마! 움직이면 쏜다." 하면서 또 한 명은 수갑을 가지고 우리를 채우고는 강간범으로 체포한다지 뭐야.

우리는 강간한 적 없다고 끝까지 우겼지.

하지만 승용차 안에서 여자들 핸드백을 찾았다며 강도 강간이라고 마구 때리더라고.

우리는 처음부터 있었던 일을 그대로 얘기했어.

여자가 세워 달라 해서 세웠고, 한 번 줄래 하니깐 준다고 했고, 그래서 연애를 했다. 그런데 무슨 죄가 되냐고 따지고 들었더니, 술 취한 여자를 건드리고도 무슨 할 말이 많으냐며 우리 말을 들은 체도 안 하더라고. 핸드백을 돌려주기 위해 다시 되돌아갔다고 했더니 강도는 빼주더군. 정말 순경이 좋아서 그랬지, 나쁜 순경 만났으면 강도 강간으로 인생 종 칠 뻔했어.

여
....

오빠한테 하트를 많이 받아서 배가 터질 거 같아. 고마워요, 내 사랑. 나 정말 많이 사랑받고 있다는 게 느껴져. 다른 애가 그린 그림은 별로였어? 알았어! 이제 안 보낼게. 내가 그런 걸 못해서 그냥 하는 사람들 보면 부러울 따름이야. 오빠! 내 거야. 나 말고 그 누구에게도 매력 발산 금지야. 알았지? 우리 오빠, 못 하는 게 없네.

여기에 무서운 아이가 있어. 정말 무서운 아이야. 성격이 완전 남자에다가 할머니뻘 다 된 이모한테도 소리 지르고 그래. 버릇이 좀 많이 없어. 가정 교육에 좀 문제가 있는 듯, 뭐든지 마음에 안 들면 눈부터 무섭게 뜨고 따지는 스타일 알지? 나한테는 안 그러는데 무서워. 정말 별의별 사람들이 다 있는 곳이 이곳인가 봐. 어젯밤에 친구랑 이불을 같이 깔고 잤어. 덮는 것만 따로 하고. 정말 좋았어. 캠핑 온 거 같은 기분이었어. 버르장머리 없는 애들하고 있다가 코드 맞는 사람이 함께 있으니 좋아.

오빠의 멋진 녀석이 너무 보고 싶어. 완전! 나도 구치소에 있던 마약 언니가 마약 하고 연애하면 좋다 하더라고. 이 언니가 나보고 나와서 연락하라고. 정말 무서웠어. 마약계의 큰손이었어. 이곳 오기 전에 같은 방에 있었는데, 그때 인사하고 그다음부터는 아는 척 안 했어. 무서워서. 마약사범들하고는 멀리하라고 하더라고. 그래서 마약 언니들하고도 멀리하려고. 입도 가볍고, 싫어.

이번에 바뀐 담당은 아직까지는 괜찮아. 우리 방도 원하는 대로 해줬고, 우리 방은 젊은이들끼리 잘하고 잘 지내고 있어. 나이가 좀 많은 이모한테도 다 잘하고 있고, 이렇게만 지내면 좋을 거 같아.

나 얼마 전에 생리 시작된 줄 알았는데 아직 안 하고 있어. 곧 터질 거 같아. 오빠가 물어봐 주니 너무 좋네. 나중에 꼭 마사지해줘.

왜 난 항상 자기한테 미안해하는 걸까? 한 번만 더 그럼 미친다니, 미치면 자기 어찌 되는데? 어떻게 된다는 거야? 무섭게. 나 암울하고 어둡지 않아. 절대! 오빠가 있는데 어찌 그래. 그냥. 항상 좋은 일만 있을 수는 없는 거니까. 내 오빠 남자다운 거야 알고 있지. 그래서 좋아하는 건데. 난 여자다운 여자니까 남자다운 남자인 오빠랑 최고의 조합이 될 거야. 사랑하는 오빠의 모든 편지가 좋지만, 특히 주말 편지가 좋아.

오늘 점심은 내가 좋아하는 카레라이스 나오는데 아침 안 먹었으니 점심을 많이 먹을 예정이야. 그리고 같이 사는 게 싫은 건 아니고, 내가 연애다운 연애를 많이 못 해봐서. 약속 시간을 잡고 만나서 데이트하고 집 데려다주고 하는 게 하고 싶어. 무슨 말인지 알아? 오빠랑 같이 사는 게 왜 싫겠어? 전혀 그런 건 아니야. 우리 만나서 사랑하다 보면 같이 지내게 되지 않겠어? 우리가 어린아이들도 아니고. 그치? 사랑해. 아주 많이. 오빠가 느끼고 있는 것보다 더 사랑할 거야. 난 도망가지도 않을 거고 오빠한테서 벗어나지도 않을 거야. 우린 서로에게 소유권이 있는 사람이니까. 서로에게 절대 슬픔을 주지 말자. 난 맹세할 수 있어요. 나도 이것저것 보여주고 싶고 뭐든 해주고 싶은데 할 줄 아는 게 없어. 미안.

머리를 자를까, 말까 고민하다 안 자르려고. 지금 가슴 정도 길이인데 좀 귀신같아 보이기도 하고. 근데 나중에 본소로 가서 자르던가 하려고. 좀 덥네. 날씨가 왜 이래? 낮에는 덥고 밤에는 춥고, 새벽에 운동하면 땀이 엄청나. 오늘은 생리가 터지려고 그랬는지 땀이 더 나더라고. 수요일 지나면 날이 많이 선선하다고 하니, 알아두세요!

이곳을 나가자마자 오빠랑 함께 있을 이런저런 생각 하면 참 행복해요. 특히 오빠랑 보내게 될 첫날밤이 기대가 많이 돼. 첫날은 우리 최소 5번은 하기로 했으니까.^^ 이날이 다음 날이 될 날 곧 올 거라 믿어. 오빠랑 정말 많은 걸 함께 나누고 싶어. 사랑해. 지금 이 순간도 난 오빠의 모든 게 그립고 만지고 싶어. 잘 지내고 있어! 오빠의 모든 건 내 거니까. 알지? 많이 사랑해 줘서 고마워. 오빠의 사랑이 느껴져서 너무 행복해.

55 웃음

오빠는 종일 순희의 생각에 젖어 있어. 어떻게 하면 순희의 마음을 편안하게 해줄 수 있을까? 어떻게 하면 오빠의 솔직한 심정을 순희에게 전할 수 있을까?

순희! 하루하루 지나는 것에 웃음을 찾기 위해 노력하고 있어. 자유를 속박당한 현실이지만, 오빠는 늘 웃음을 찾기 위해 최선을 다하려 해.

지금은 많은 비가 쏟아지고 있어. 어쩌면 그치지 않을 것만 같은 느낌이 들어. 아무튼 건강하게 잘 지내, 씩씩하게. 순희의 곁엔 언제나 오빠가 있다는 것을 잊지 말고.

<부모는 기뻐서 울었고 좋아서 웃었다>

부모는 기뻐서 울었고, 좋아서 웃었다.

아내를 잃고 혼자 살아가는 노인이 있었다.

젊었을 때는 힘써 일하였지만, 이제는 자기 몸조차 가누기가 힘든 노인이었다. 그런데도 장성한 두 아들은 아버지를 돌보지 않았다.

어느 날, 노인은 목수를 찾아가 나무 궤짝 하나를 주문하였다. 그리고 그것을 집에 가져와 그 안에 유리 조각을 가득 채우고 튼튼한 자물쇠를 채웠다. 그 후 아들들에게는 한 가지 의문이 생겼다. 아버지의 침상 밑에 못 보던 궤짝 하나가 놓여 있었기 때문이었다.

아들들이 그것이 무어냐고 물어보니 노인은 별것 아니니 신경 쓰지 말라고 말할 뿐이었다. 궁금해진 아들들은 아버지가 없는 틈을 타서 그것을 조사해보려 하였지만, 자물쇠로 잠겨 있어서 안에 무엇이 들어 있는지 알 수 없었다. 궁금한 것은 그 안에서 금속들이 부딪치는 것 같은 소리가 난다는 것이었다. 아들들은 생각하였다. '그래! 이건 아버지가 평생 모아 놓은 금은보화일 거야. '아들들은 그때부터 번갈아가며 아버지를 모시기 시작하였다. 그리고 얼마 뒤 노인은 죽었고, 아들들은 드디어 그 궤짝을 열어보았다.

깨진 유리 조각만이 가득 들어 있는 것을 발견하고, 큰아들은 화를 내었다. "당했군!" 그리고 궤짝을 멍하니 바라보고 있는 동생을 향해 소리쳤다. "왜? 궤짝이 탐나냐? 그럼, 네가 가져라!" 막내아들은 형의 말을 들었는지 못 들었는지 한참 동안 그 자리에 서 있었다. 충격을 받은 모양이었다. 적막한 시간이 흘렀다. 1분, 2분, 3분. 아들의 눈에 맺힌 이슬이 주르륵 흘러내렸다. 막내아들은 그 궤짝을 집으로 옮겨왔다. 아버지가 남긴 유품 하나만이라도 간직하는 것이 그나마 마지막 효도라 생각한 것이다. 아내는 구질구질한 물건을 왜 집에 들이느냐며 짜증을 냈다. 그는 아내와 타협을 했다. 유리 조각은 버리고 궤짝만 갖고 있기로. 궤짝을 비우고 나니, 밑바닥에 편지 한 장이 들어 있었다. 막내아들은 그것을 읽다가 꺼억꺼억 소리 내어 울기 시작했다. 나이 마흔을 넘긴 사나이의 통곡에 그의 아내가 달려왔다. 아들, 딸도 달려왔다. 그 글은 이러하였다.

첫째 아들을 가졌을 때, 나는 기뻐서 울었다.

둘째 아들이 태어나던 날, 나는 좋아서 웃었다.

그때부터 삼십여 년 동안 수천 번, 아니 수만 번 그들은 나를 울게 하였고, 또 웃게 하였다.

이제 나는 늙었다.

그리고 그들은 달라졌다.

나를 기뻐서 울게 하지도 않고, 좋아서 웃게 하지도 않는다.

내게 남은 것은 그들에 대한 기억뿐이다.

처음엔 진주 같았던 기억 중간엔 내 등뼈를 휘게 한 기억, 지금은 사금파리, 유리조각 같은 기억.

아아, 내 아들들만은 나 같지 않기를.

그들의 늘그막이 나같지 않기를….

아내와 아들딸도 그 글을 읽었다.

"아버지!" 하고 소리치며 아들딸이 그의 품으로 뛰어들었다.

아내도 그의 손을 잡았다.

네 사람은 서로 부둥켜안고 울었다.

그런 일이 있던 다음부터 그들 집안에서는 즐거운 웃음소리가 들리지 않는 날이 없었다.

1. 아들아!

–약속 시간에 늦는 사람하고는 동업하지 말거라.

시간 약속을 지키지 않는 사람은 모든 약속을 지키지 않는다.

2. 아들아!

–어려서부터 오빠라고 부르는 여자아이들을 많이 만들어 놓거라.

그중의 하나, 둘은 말도 붙이기 어려울 만큼 예쁜 아가씨로

자랄것이다.

3. 아들아!

–목욕할 때에는 다리 사이와 겨드랑이를 깨끗이 씻어라.

치질과 냄새로 고생하는 일이 없을 것이다.

4. 아들아!

–식당에 가서 맛있는 식사를 하거든 주방장에게 간단한 메모로 칭

찬을 전해라.

주방장은 자기 직업을 행복해할 것이고, 너는 항상 좋은 음식을

먹게 될 것이다

5. 아들아!

-좋은 글을 만나거든 반드시 추천을 하거라.

 너도 행복하고 세상도 행복해진다.

6. 아들아!

-양치질을 거르면 안 된다. 하지만 빡빡 닦지 말거라.

 평생 즐거움의 반은 먹는 것에 있단다.

7. 아들아!

-노래하고 춤추는 것을 부끄러워하지 말거라.

 친구가 너를 어려워하지 않을 것이며, 아내가 즐거워할 것이다

8. 아들아!

-어려운 말을 사용하는 사람과 너무 예의 바른 사람을 집에 초대

 하지 말거라.

 굳이 일부러 피곤함을 만들 필요는 없단다.

9. 아들아!

-가까운 친구라도 남의 말을 전하는 사람에게는 절대로 속을 보이

 지 마라.

 그 사람이 바로 내 흉을 보고 다니는 사람이다.

10. 아들아!

-나이 들어가는 것도 청춘만큼이나 재미있단다.

 그러니 겁먹지 말거라. 사실 청춘은 그 자체 빼고는 다 별거 아니란다.

11. 아들아!

-밥을 먹고 난 후에는 빈 그릇을 설거지통에 넣어 주거라.

엄마는 기분이 좋아지고 여자 친구 엄마는 널 사위로 볼 것이며,
네 아내는 행복해할 것이다.

12. 아들아!

-양말은 반듯이 펴서 세탁기에 넣거라. 소파 밑에서 도너츠가 된
양말을 흔드는 사나운 아내를 만나지 않게 될 것이다.

13. 아들아!

-네가 지금 하는 결정이 당장 행복한 것인지, 앞으로도 행복할 것인
지를 생각해라.
법과 도덕을 지키는 것은 막상 해보면 그게 더 편하단다.

14. 아들아!

-돈을 너무 가까이하지 말거라. 돈에 눈이 멀어진다.
돈을 너무 멀리하지 말거라. 너의 처자식이 다른 이에게 천대받는다.
돈이 모자라면 필요한 것과 원하는 것을 구별해서 사용해라

15. 아들아!

-너는 항상 네 아내를 사랑해라.
그러면 네가 네 아내에게 사랑받을 것이다.

16. 아들아!

-5년 이상 쓸 물건이라면 너의 경제력 안에서 가장 좋은 것을
사거라. 결과적으로 그것이 절약하는 것이다

17. 아들아!

-베개와 침대와 이불은 가장 좋은 것을 사거라.

숙면과 숙변과 더불어 건강에 가장 중요한 문제다.

18. 아들아!

-너의 자녀들에게 아버지와 친구가 되거라. 둘 중의 하나를 선택해야

될 것 같으면 아버지를 택해라.

친구는 너 말고도 많겠지만, 아버지는 너 하나이기 때문이다

19. 아들아!

-연락이 거의 없던 이가 찾아와 친한 척하면 돈을 빌리기 위한 것이

다. 분명하게 'NO'라고 말해라. 돈도 잃고 마음도 상한다.

친구가 돈이 필요하다면 되돌려 받지 않아도 될 한도 내에서 모든

것을 다 해줘라.

그러나 먼저 네 형제나 가족들에게도 그렇게 해줬나 생각하거라.

20. 아들아!

-네 자녀를 키우며 바라지 말아라.

나도 너를 키우며. 너 웃으며 자란 모습으로 벌써 다 받았다.

　-작자 미상-

여

············

내 편지 받으니 완전히 상큼하지? 오빠는 책을 읽다가 좋은 내용은 따로 적어 놓나 봐? 오빠가 보내주는 글 대부분 감동이야.

오빠는 어떻게 지내고 있어? 즐겁게 잘 지내고 있어? 심심하지 않게 편지도 많이 쓰고, 편지지가 유치한 곰돌이로 바뀌어서 짜증이야. 근데 계속 보니 곰돌이도 귀여운 거 같아.

오늘 정말 덥더라. 그래도 난 오전에만 일하고 들어와서 쉬니까 좋아. 그래도 피곤하고 힘들긴 해. 안 하던 거 하니까. 그렇지만 방에 있는 거 보다는 훨씬 나은 거 같아. 요즘에는 시골에서 살고 싶기도 해. 시골집에서 한가롭게 살면 참 좋겠다 싶어. 산책도 다니고 자고 싶을 때. 자고 일어나고 싶을 때 일어나고 먹고 싶을 때 먹고, 그냥 놀고 싶어. TV 보면 인간극장에 나오는 시골 사람처럼 살고 싶어. 꿈같은 소리지? 하고 싶은 일이 없어.

이 나이에 뭔가를 해야지라고 생각할 거란 생각조차 안 하고 살아서 참 답답해. 그냥 평범하게 남들처럼 살 줄 알았어. 인생이란 참, 희한해. 그치? 앞으로는 잘 살아야겠지. 나 요즘 계속 너무 어른 같은 말 많이 하지? ㅋㅋ 거기 날씨 어때? 거기를 열사의 고장이라고 한댔나? 더워서 큰일이네. 방에는 몇 명이야? 사람이 많으면 더 덥고 짜증 나잖아. 에어컨 한 대씩은 설치해 줘야 하는 거 아냐?

어제 방에서 서울 이야기가 나와서 이야기하는데, 다들 들어오신 지 오래돼서 전혀 모르더라. 어떤 사람은 지금 36살인데 15년째 살고 있어. 20년 받고. 내가 괜한 소리를 해서 찬물 끼얹은 분위기였어. 20년을 어떻게 사니, 그치? 대단해. 죄의 경중을 떠나서 이곳에 오래 있어야 하는 사람들은 불쌍하고 안됐어. 여기도 유명인들이 많아서.

여긴 너무 무서워. 사람도 많고. 빨리 나가서 많이 돌아다니고 싶어. 여기저기 정말 많이 다녀야지. 그동안 눈에 담지 못했던 모든 곳들 부지런히 다니며 다 담을 거야. 이런저런 이야기하니 정말 나가고 싶어.

내 편지는 재미가 없지? 내가 재미없는 사람이라 그래. 우리가 더 많이 알게 된다면 좀 더 즐거운 말도 많이 할 수 있겠지? 아니면 내가 몸이 지금 좋지 않아서 밝고 재밌는 이야기가 나오지 않는 걸 수 있어. 오늘은 잠 좀 잘 잤으면 좋겠는데, 제발 오늘은 옆에서 조용히 주무셔주었으면 좋겠어. 내가 지금! 굉장히 피곤한데. 편지 쓰고 있다는 것만 알아두고. 언제나, 항상 오빠한테 편지 쓰며 밝은 생각할 수 있게 돼서 좋아. 아프지 말고 잘 지내고. 또 만나요!

56 아름다운 사람아

남

벌써 날이 밝아오고 있어. 다섯 시쯤 일어났는데 잠이 오지 않아 책을 볼까 하다가 순희의 얼굴이 떠올라 편지를 쓰지요. 오늘도 잘 잤고? 오빠 꿈은 꾸고? 오빠는 아무리 순희의 꿈을 꾸려 해도 순희가 나에게 오질 않아. 이제는 하루가 많이 좋아진 거 같아. 날씨도 선선한 것이 누가 옆에서 어수선하게만 하지 않는다면 괜찮은 거 같아. 사람들이 수시로 바뀌다 보면 짜증 날 때도 있거든. 순희도 그렇지 않나?

요즘에는 말을 할 때 정말 웃기고 코믹스럽게 이야기를 해주시는 분이 오셔서 이분이 말씀을 시작하면 배꼽을 잡고 웃을 정도야. 똑같은 말을 해도 다른 사람이 얘기하면 그러려니 하지만 이분이 얘기하면 너무도 다른 거야. 말하는 것도 타고나는 거 같아. 우리 순희는 말을 잘하는 편이야. 아니면 중간 정도? 이렇게 말 잘하는 사람을 보면 정말 부러워.

감옥에서 피어난 사랑의 세레나데

벌써 일어나라고 음악이 흘러나오고, 모두 눈을 뜨고 이부자리를 개기 시작하네. 아침 점검이 끝나고, 운동하는 사람은 운동하고, 씻는 사람은 씻고. 이제 곧 아침 배식이 오겠지?

오늘, 순희도 맛있는 아침 식사를 하길 바라며, 오늘 하루도 사랑하는 마음만 담으면서 싫어도 기분이 망가지지 않도록 마음을 가다듬으며 서로만 생각하자. 나의 사랑 아름다운 사람아.

여
....

항상 피곤하지만, 어제는 더더욱 피곤했어. 피곤 정도가 아니라 작살이야? 이번 주말은 일 안 하고 이틀 내내 독방에 있으니까 많이 쉬고, 자고 해야겠어. 놀랐어. 우리 주임은 나한테 의외의 모습이라고, 펜팔은 왜 하냐고, 하지 말라고 잔소리 듣고 끝! 당분간 조심하자.

근데 이상해. 아무래도 오빠네 서신 담당자가 편지를 읽는 거 같아. 내가 얼마나 꼼꼼하게 했는데. 몇 번씩 확인하고, 읽는 거 말고는 방법이 없어. 오빠네 서신 담당자 이름 좀 보내줘. 편지를 읽어야만 알 수 있는 걸 안 거니까 신고할 거야. 지금은 말고 나가서, 반송 온 편지 그대로 갖고 있다가 그 담당자 근무지 가서 들이밀며 얘기할 거야. 오빠 편지는 봉하지 않고 내놓으니 볼 수도 있고 오빠는 안내를 받았겠지? 근데 내 편지는 읽을 권리가 없잖아. 안 그래?

혹시 오빠하고 편지하기 때문에 내 편지까지 읽고 확인해야 하는 거라면 나한테 안내를 하거나 말을 해줘야 하는 게 맞는 거 같아.

그렇지 않아? 이렇게 감시당하는 기분으로 서신 주고받는 건 인권 침해고, 나 스스로가 수치심과 굴욕감이 느껴져. 내가 얼마나 집요하게 민원을 넣는지 두고 봐. 가만 안 둘 거야. 우리가 평생 여기에 있는 사람인 줄 아나 봐.

　오빠, 그 직원 이름은 꼭 보내줘. 그리고 앞으로는 오빠 편지 확인도 잘해야겠어. 조금이라도 이상하게 도착하면 그 봉투 그대로 돌려보낼 거야. 그리고 사과하라고 할 거야. 오빠네 담당자 이 내용도 읽고 있을까? 편지 확인은 할 수 있어도 내용은 보면 안 되잖아. 그치? 됐어. 일단 잊자.

　나 한 번도 학교 다니면서 규율에 어긋나는 행동 한 적 없는데, 여기 와서 잔소리 들으니 꼭 학교 다니는 거 같아. 재밌는 경험이었어. 괜찮아. 오빠가 있어서 이곳에서도 잘 견뎠어. 오빠가 뒷바라지한 거 맞지. 나도 우리 사랑이 여기에서 시작됐다고 편지에 썼었는데, 주말 편지에 써서 오빠가 못 받았을까? 근데 오빠도 편지에 썼네. 우리 정말 비슷한 시기에 비슷한 생각 하는 거 너무 신기해.

　오빠 편지 받았어. 편지 반송은 잊자. 그리고 그 사람이 편지 내용 읽지 않는다는 건 믿을 수 없어. 요즘 왜 이렇게 되는 일이 없지? 속상하네. 사실 이런 말 듣는 것도 민망해서 별로야. 오빠 편지들은 모두 잘 도착했어. 나도 영수증이 한번 이상하게 왔었는데 그리고 반송이었어. 오빠 편지는 문제없이 잘 왔으니 걱정하지 마. 마지막 일하고 왔어. 토요일, 일요일 쉴 거고 아주 좋아. 오늘은 아주 피곤해서 일찍 잘 거야.

　오빠는 뭐하고 있어? 나 오전 내내 책 읽고 졸고 했어. 그동안 못 읽은 책 읽는데 너무 재밌어서.

잠을 정말 잘 잤는데 왜 이렇게 계속 졸리고 피곤하지? 이상해. 날씨는 비가 올 것처럼 어둡고 바람도 많이 불고 이상해. 집에 가고 싶어. 지금 집에 가라고 하면 홀딱 벗고라도 갈 수 있을 거 같아. 요즘 왜 이렇게 초조하고, 불안하고, 안달 나고 그러지.

이런 적이 없는데, 요즘 그래. 오빠가 나한테 힘을 좀 주세요. 나 자꾸 마음이 우울한 게 오빠한테 무슨 일이 있는 건 아닌가 하는 생각도 들어. 난 지금 무슨 일이 생길 게 없거든. 우린 워낙 잘 통하니까. 혹시 오빠한테 무슨 일이 있어서 내 마음도 이렇게 좋지 않은 건가 싶고 그래. 아니지? 아무 일 없지? 내가 또 괜히 이런 걸 거야. 즐거운 생각! 자기랑 행복할 생각만 해야지. 이번 주말은 좀 이상하긴 하네. 다시 마음 재정비를 해볼까? 난 유쾌한 오빠의 사랑이니까.^^

거기가 너무 지옥 같은 곳이니 나갈 때까지 괜찮은 곳에서 잘 지냈으면 좋겠어. 오빠하고 내가 비슷한 시기에 다른 곳으로 갈 수 있겠네. 다 잘 됐으면 좋겠어. 그냥 별일 없이 모든 게 다 잘 되길 바랄 뿐이야. 오빠. 오늘도 오빠 첫 편지부터 다시 한번 읽어볼 참이야. 그래서 사랑하는 마음 듬뿍 담아서 다시 편지 쓸게. 오빠를 많이 사랑해. 알지?

내 마음 믿고, 나도 오빠 마음 믿고, 우리 사랑만 하며 조금만 더 버티자. 근데 오빠하고 나하고 어떻게 싸웠어? 왜 싸우는 꿈을 꾼 거지? 싸우는 꿈이 좋은 꿈인가? 꿈은 반대라니까 좋은 꿈일 거야. 배고프다. 뭔가 맛있는 게 먹고 싶어. 맛있는 것도 먹고 싶고, 오빠도 먹고 싶어.ㅋㅋ 우리 요즘 서로에게 찌릿한 이야기 소홀했던 거 같아. 그치?

오빠 지금 우울해 있는 거 아냐? 궁금해 죽겠네. 오빠, 나이가 들어간다는 건 참 속상한 일인 거 같아. 속상한 일을 많이 겪어야 하는 거,

앞으로 얼마나 더 속상한 일을 겪어야 할까? 뭐 즐거울 일 없을까? 오빠야, 재미난 일 좀 없어? 오빠도 힘들지? 많이 힘들지? 힘들면 힘들다고 말해도 돼. 알았지? 항상 즐거울 필요 없어. 여기는 지금 천둥 번개가 치고 난리도 아니야. 너무 무서워. 독방에 혼자 있으니 더 무서운 거 같아. 내가 옛날부터 천둥 번개에 약해. 무서워. 무서워. 오빠. 오빠가 좀 와주면 안 돼? 혼거실(여럿이 함께 지내는 방)로 가고 싶어. 무서워. 눈물 날 거 같아. 이불 속에 쏙 들어가야겠어. 무서워서 이불 밖에 손도 내밀고 있지 못하겠어.

거기는 비 안 와? 내일 아침에 무사히 만나요. 지금 오빠가 필요해.♥

나 무사히 일요일을 맞이했어. 천둥 번개가 어찌나 많이 치는지, 어제는 이불 속에 들어가서 잤어. 근데 잠을 어찌나 잘 잤는지 몰라. 딱 한 번 깨고 6시 5분까지 잤어. 오빠는 잘 잤어? 일요일인데 컨디션은 어떨까? 오빠 컨디션이 좋아져야 나도 좋아질 거 같은데. 빨리 내일이 돼서 오빠 편지 받고 싶어. 창밖 하늘을 보니 오늘도 뭔가 내릴 거 같은 음산한 분위기야.

난 혼자 술 마시고 혼자 있는 걸 왜 그렇게 좋아했을까. 지금 독방 생활도 술만 없을 뿐이지, 바깥에서의 삶하고 크게 다르지 않아. 오빠가 봤을 때는 우울해 보이고 이해가 안 가겠지만, 난 지금도 그렇게 살고 싶어. 열심히 놀고, 돌아다니고 그러자. 오빠가 봤을 때 내가 좀 밝아진 거 같아? 어때? 어제 오빠 편지 초창기 거 다시 봤는데 그때 나한테 내용이 우울하다고 말했던 거 기억나? 지금도 그래? 난 내가 달라진 거 같은데 오빠가 어떻게 느끼는지 궁금해.

오빠 처음에는 엄청 쿨해 보였는데 나한테 점점 빠지면서 완전 마일드 한 남자가 됐던데? 지금은 나한테 완전 푹 빠졌지? 말해봐! 내가 처음에 그랬지? 나한테 빠지면 헤어 나올 수 없을 거라고. 지금 오빠가 딱 그 상태야. 이 마음 이대로 꼭 갖고 있다가 만나면 그대로 펼치자고. 편지를 오래 했어도 직접 만나면 또 색다른 기분일 거야. 어색하기도 할 거고. 우리의 첫 만남이 정말 기대되는 요즘이야. 근데 나도 요즘 힘이 없어. 오빠나 나나 심리적으로 힘든 시기라서 그런 거 같아. 지금 힘들다고 생각되다가도 작년 이맘때를 떠올리면 지금이 낫다는 생각이 들어. 올해를 생각하는 내년도 올 거라는 희망이 생기고. 우리 둘 다 힘내자.

내가 좀 의기소침해진 거 같긴 해. 오빠네 서신 담당자 죽을 때까지 미워할 거야. 이름 꼭 보내. 그 사람 정년퇴직할 때까지 괴롭혀줄 거야. 나한테 수치심을 안겨줬어. 내가 잘못한 거긴 하지만, 그래도 미워할 거야.

오늘부터 못난이 언니가 청소하는데 주는 음식 먹어도 될까? 가르쳐줄 때 보니 냄새도 여전하고, 지저분한 머리카락도 그대로고. 아마 앞으로 다시 못난이 얘기가 자주 등장할 거야. 오빠가 궁금해하니까. 이번 주말 편지는 좀 우울한 거 같아. 그치?

그냥 내 마음이 그래. 오빠한테 내 마음을 다 보여줄 수도 없고 설명할 수도 없지만, 가끔 이렇게 우울 모드가 길게 갈 때가 있는 거 같아. 오빠 사랑하는 마음은 더 커져가고 있으니 이건 걱정할 필요 없고, 지금 내 곁에 오빠가 있어서 얼마나 든든한지 알까?

예전의 오늘이 싫은 이유가 오빠라는 남자를 알면서도 지나쳤어야 했기에, 그 당사의 안타깝고 계속 신경이 쓰였던 그 마음으로는 돌아가고 싶지 않아서야. 지금 난 온전히 오빠를 가졌으니 작년보다는 당연히 더 행복해야 하는 게 맞는데, 오늘은 나를 심란하게 만드네요. 앞으로의 많은 나날. 우리 밝게 지내기 위한 워밍업이라 생각하자.

내가 이래서 혼거실로 가야 한다니까. 끝도 없이 우울해져서 혼자 있다가는 어떻게 될지 몰라. 오빠도 요즘 사랑을 많이 안 보내줘서 내가 더 기운이 없는 거 같아. 나도 아마 했던 말 또 하고, 했던 말 또 하고 했을 거야. 내가 날 아니까. 사랑하는 오빠 참 피곤한 한 주였어. 그치? 우리 다시 힘내서 열렬히 사랑하고 즐겁게 지내자. 앞으로 우리는 행복할 일만 남았을 테니까. 힘내요. 난 언제까지나 오빠 곁에서 오빠와 함께일 거야.

57 변함없이

남_____

오빠의 어여쁜 사람, 비껴가지 못하는 인연일까? 우리는 그런 인연으로 사랑을 하게 된 거야. 오늘도 오빠의 사랑을 받았겠지? 이제는 편지 봉투만 보아도 사랑의 불이 타오르는 거 같아. 오빠네 운동시간에는 한 층 모두 운동을 해. 운동장이 넓어서 사람들이 많이 나오다 보니 시끌시끌해. 옆방 사람들하고 싸우기도 하고, 구매시켜 주기 시합도 하고, 이런저런 얘기도 하고. 그래서 금방 친해져.

순희네도 몇 방을 함께 운동 나가지? 자꾸 새로운 사람들과 얘기하면 시간도 잘 가고, 간혹 같은 동네에 사는 사람도 만나게 돼. 그러면 괜히 반가워지는 건 타지에서 고향 사람 만나는 느낌이 드는가 봐.

오늘 하루는 어떻게 보냈어? 오빠 생각은 얼마나 했어? 오빠만큼? 아니면 오빠보다 더 많이 했어? 오빠는 변함없이 순희만 생각하며 지내고 있어. 아프지 말고 좋은 것만 생각하자. 오빠의 사랑 순희야.

술 한 잔의 실수가 사람을 고통과 아픔을 만들어 줘

포장마차에서 친구하고 술을 마시고 있는데, 옆 테이블에서 신사 둘이 술좌석을 하고 있었어. 한쪽 신사가 다른 쪽 사람에게 지갑에서 돈을 꺼내주는데, 지갑 안에 빳빳한 돈이 가득 들어 있는 거야. 술을 마시는 내내 옆 테이블에 신경이 쓰였고, 조금 후 이들은 포장마차에서 나갔어.

친구를 두고 화장실에 갔다 온다며 나도 모르게 그 신사의 뒤를 따르게 되었지. 밖으로 나온 두 사람은 서로 헤어져 두 갈래 길로 작자의 길을 가기 시작했어. 50여 미터쯤 지나자 좁은 골목이 나오고 골목을 향해 걸어가는 그 신사의 뒤를 빠르게 따라갔지.

늦은 시간이라 오고 가는 사람들도 없었어. 50여 미터를 더 따라가서 바짝 붙을 수 있었고, 그 신사의 머리를 각목으로 후려친 다음 넘어뜨리고 양복 안주머니에서 지갑을 꺼내 뛰기 시작했어.

지갑 속에는 좀 전에 포장마차에서 본 것과는 달리 만 원권 세 장이 들어 있고, 천 원권 일곱 장이 들어 있었어. 이런 일이 있고, 아무 일 없던 것처럼 열심히 살고 있었지. 이날도 평상시처럼 길을 걷고 있는데 뒤에서 내 이름을 부르는 거야.

뒤를 돌아보던 찰나 손이 뒤로 꺾이고 수갑이 채워진 채 경찰서로 끌려가 특수 강도의 죄명으로 7년 형의 실형을 선고받았어. 나 자신도 그때 왜 그랬는지, 술은 마셨지만 사람을 때리고 지갑에서 돈을 꺼내 도망한 사실을 조서 받는 과정에 알게 된 거지. 오늘을 열심히 살다 보면 뒤늦은 후회는 존재하지 않겠지. 사람들은 한순간의 어리석음이 가족과 가정에 얼마나 큰 불행을 몰고 온다는 것을 시간이 흐른 다음에야 알게 되는 거지.

여
....

오늘 날씨가 선선하네. 나 오늘따라 더 예쁜 거 같아. 새벽에 비가 많이 왔나 봐. 지금도 약간 보슬비가 내리네. 날도 흐리고, 계속 비나 왔으면 좋겠어. 술을 먹으면 사람들의 생각들이 순간적으로 저능아가 되나?. 돈 몇 푼 때문에 인생 종 치는 사람이 있는가 하면 일어나면 무슨 짓을 했는지 기억조차 하지 못한 체 구속이 되어 많은 형량의 실형을 선고 받고 '내가 왜 그랬을까?'를 후회하는 사람들~ 모두 슬플 거야. 우리도 나가서 진짜 잘하자. 지금 슬프게 한 모든 것들 다 보상하며 살자. 우리 둘이 함께 말이야! 난, 오빠가 너무 좋아. 한 번도 만난 적은 없지만, 오빠와는 뭔가 단단한 끈으로 연결되어 있는 거 같아.

이 마음 이대로라면 오빠하고 결혼도 할 수 있을 거 같고, 오빠가 원하는 예쁜 아이도 낳을 수 있을 거 같아. 이 정도로 오빠를 사랑해. 이만큼 오빠를 생각해. 항상 뭔가를 해주고 싶은데, 해줄 수 있는 게 없어서 많이 슬퍼. 난 오빠만 보고 갈 거야. 그렇게 알고 나 책임지고 살아야 하니, 오빠도 내 생각만 하며 살아야 해. 알았지요? 이 정도면 내 마음 잘 알았겠지? 쪽~!

요즘 공부하기도 그렇고, 스트레스가 장난이 아니야. 특히 방 사람들하고 지내는 게 힘들어. 다 착하긴 한데 지희는 성격 있지. 혜미는 버릇 없고. 친구도 와서 다행이지 추석 연휴에 힘들 뻔했어. 난 정말 위, 아래 모르고 목소리만 큰 아이들 딱 질색이거든. 가정 교육이 심히 의심스러워. 저런 애들 아이들도 저렇게 자라지 않을까? 이모들은 새벽에 화장실도 시끄럽게 가고, 잠자는 시간에도 소리 내면서 다녀. 난 그냥 포기했는데 친구가 놀랐어. 충격을 받은 모양이야.

진짜 직, 훈에는 나나 친구 같은 사람만 오는 줄 알았는데 마약에 보, 피(보이스피싱)에 아동학대에 살인미수까지. 진짜 최고의 직, 훈인 듯해. 오빠도 직, 훈 신청해봐. 남자 직, 훈은 많이 있대?

오빠, 내 사랑! 오빠, 아주 긴 긴 연휴 서로의 편지가 없이 외롭겠지만 잘 참자. 그리고! 우리 답장을 위해서 편지 양 적절히 조절하자. 알았지? 편지 양이 많으면 참 좋지만, 답장하기 힘들 수 있잖아. 난 하루에 다섯 장만 써야지. 우리 서로에 대한 생각 끊임없이 하자. 난 오빠에게 보낼 선물들 생각하며 이벤트 할 거야. 계속!

그리고 모르는 사람 이름으로 오빠에게 책이 한 권 갈 거야. 우리 서로의 마음이란 생각이 들고. 아주 슬픈 연휴지만, 그냥 지나가는 시간일 뿐이야. 그 시간들 지나면 우린 또 신나게 서로의 사랑만 표현하며 지내면 되는 거지. 그치?

58 그리운 날

남____

순희가 늘 그리운 날. 가슴속 깊이 아련하게 피어나는 그리움 때문에 그 무게가 너무 버겁게 다가오는 밤, 가슴 뜨거운 순희의 사랑이 절절한 그리움으로 짙어져 가는데 오빠는 혼자서 쓸쓸히 이 밤을 보내고 있구나! 그리운 이름 하나 '순희'를 가슴에 담고. 간절한 그리움이 깊어지면 순희는 오빠 곁으로 오겠지!

지금의 우울함과 수많은 날의 그리움을 담아 가슴 뜨거운 사랑 앞에 흘리는 눈물이 하나의 강이 되어 사랑의 흔적을 남기며 우리의 사랑에 꽃이 피겠지. 가슴을 에워내는 상처 없는 사랑은 없겠지만 순희가 그리운 날. 아! 미치게 그리운 날은 계속되는데, 숨 가쁘게 달려온 바람들. 내가 순희의 짐이 될지도 모르는데 순희의 사랑에 감동해서 눈물을 흐르고, 순희 그리워서 울고. 순희에게 안 끌려가려 했던 내 마음, 무너져 버려.

설렘 가득 담고, 그리움 가득 담고, 가슴에 타오르는 불 가득 담아서 순희에게 달려가고 싶어. 내가 지금 순희를 얼마나 사랑하고 있는지 알아? 우리의 인연을 얼마나 소중하게 생각하는지 알아?

순희와의 첫 만남을 기대하고 상상하고, 순희와의 밖에서의 우리의 첫 만남을 그리며, 너무도 그립기에 너무도 보고 싶기에 사랑이 시작됐기에 우리의 첫 만남을 가슴 뛰며 상상을 해.

"순희야!" 사랑아!

감정이 흐르는 대로 내버려 두는 게 사랑의 시작이야. 인내와 참음도 겸비하고 있지만 변함없는 믿음, 순희를 향한 믿음. 이 마음 계속된다는 믿음으로 순희를 기다릴 거야!

"순희야!" 순희가 내게 주는 많은 사랑처럼 나도 순희에게 많은 사랑 내 모든 거 다 줄 거야. 아픔도 있겠지. 내 몫이라면 감수해야겠지. 두렵지만, 순희 보고 싶음에 너무 그립다. 이 기다림 끝에 순희가 오겠지. 새삼 느껴지는 애틋한 사랑, 순희와의 은밀한 말들 나눠 가질 날들, 어떤 흔적으로 내 안에 남을지? 이제 순희도 나를 떠날 수 없다고, 사랑하기 때문에.

그리고 순희야. 오빠는 순희의 한 통 한 통의 편지가 솔직하게 느껴지고 담백한 순희 마음에 끌렸어! 그 마음 퇴색하게 하지 않기를. 그냥 편하게 예전, 처음처럼 이야길 했으면 좋겠어, 내가 처음 순희에게 반했던 말투, 순희의 얼굴. 이 나이에 우리 외모가 중요할까? 20대도 아니고, 순희의 외모는 중요치 않고, 스며들 수 있는 마음이 중요한 거지. 내 마지막 사랑이 궁금해. 순희가 내 첫사랑이고, 내 마지막 사랑이야. 오빠는 늘 순희에게 오빠 마음을 꾸밈없이 전하고픈 마음뿐이야!

순희야! 사랑한다. 보고 싶다. 너 만나 행복하다. 너 만나 사랑을 알고 네 덕분에 설레는 맘이 생겨서 정말 좋다. 이런 글 아주 좋아, 나는. 윗글처럼 순희의 맘 꾸미지 말고 그냥 표현해 줘. 순희야. 너로 향한 목마름 그리움, 애절한 마음, 환한 미소 속에 순희를 내 마음에 담을게.

오늘도 수고 많았어. 이제 순희를 향한 꿈속으로 들어가 볼게! 순희에게 가서 내 품에 그대 안을 테니.

여

항상 변함없이 그 자리에서 날 사랑해 주고, 내 편이 되어주는 오빠가 있어 나는 참 많이 행복해. 아침에 눈 떠서 오빠 생각하다가 문득 든 생각이야. 내 사랑. 내가 꼬셨으니 평생 책임질게. 오늘 정말 더운 거 같아. 최고로 더운 날이야. 어제 운동하고 들어와서 너무 더웠나 봐. 몸이 힘이 없고 밥도 안 먹고 잤는데, 너무나 잘 잤어. 아마 오빠가 와서 내 팬티를 내려도 모르고 잤을 거야.^^ 컨디션 좋아졌어.

오빠는 오늘도 너무 덥게 자서 온몸이 아픈 건 아닌지. 지금은 소개할 사람이 없어. 나보다는 언니가 아는 사람 많은데, 언니랑 편지하는 분께 말씀드려서 언니한테 부탁하는 게 나을 거 같아. 난 이모들하고 친해서.

못난이 언니 이혼도 안 하고 펜팔 하면서 여보, 자기 한다고 했잖아. 못난이 우리 방 언니 소개해서 이 언니도 이혼 안 하고 펜팔 하는데 난리도 아니야. 못난이는 아이가 셋이고, 이 언니도 아이가 셋이야. 둘 다

미쳤나 봐. 그치? 이 언니는 이번에 이 남자 때문에 이혼하자고 남편한 테 편지 썼대. 주책바가지들이야. 좋아 보이지 않아.

오빠, 나 또 기분이 별로야. 왜 이렇게 우울하고 다운이 되지? 한숨만 나오고. 오빠가 내 옆에 있었으면 좋겠어. 수료식은 15일로 미뤄진 거 말했지? 내일이야. 아주 기분 좋은데, 지금도 행복한데, 더 행복할 거란 말이지? 기대할게! 나의 행복 바이러스, 내 사랑 오빠! 이송은 20일 지나서 갈 거 같아. 직, 훈이 먼저 가게 될 거 같은데, 직, 훈이 먼저 가면 나랑 여기에 있는 합격하게 된 사람이 한 명 있대. 이 사람이랑 둘이 갈 거 같아. 나머지는 미지정에 있다가 본소 미지정에 자리가 나면 갈 거야. 내가 제일 먼저 움직일 듯. 나도 모르는 사람들하고 지낼 생각에 걱정이 되기는 한데 어쩔 수 없잖아.

친한 이모가 함께 가길 바라면서 가야지. 편지는 이모한테 보냈어. 답장이 본소 가기 전에 와서 붙었다는 소식 듣고 싶은데. 오빠가 생각하는 것보다 나는 씩씩해. 정말 세상은 넓고 할 일도 많고 갈 곳도 많은 거 같아. 오빠하고 다 다닐 거야. 지금 있는 곳에서 다 마무리 잘했으면 좋겠어. 모든 건 시간이 해결해 줄 거야. 오빠도 힘내. 나도 힘낼게.

여기 직, 훈 남자 미달인가 봐. 계속 방송해. 추가 모집한다고. 여기 직원들 별로라는 소문이 나서 아무도 지원을 안 한대. 정말 나도 6개월 간 간신히 버텼거든. 나도 이런데, 다른 사람들은 오죽하겠어. 정말 여기는 최악이야. 지옥! 꼴도 보기 싫어서 빨리 가고 싶어.

갑자기 이런 꿈은 왜 꾼 걸까? 잠을 잘 자니 꿈도 많이 꾸는 거 같아. 지금은 목요일 오전 10시 40분입니다. 감기약 기운이 여전히 남아서 너무 졸려. 점심 먹지 말고 자야겠어. 점심 안 먹고 멍 때리고 있었

어. 입맛도 없고. 기운이 없네. 오빠는 밥 맛있게 먹었을까? 이달 식단
은 어때?

목욕하고 왔어. 점심 안 먹었더니 기운이 없어. 이번 주는 내가 새로
운 환경으로 가는 주야. 이 시간을 보내야 우리 만날 날로 올 거야.

이번 주도 많이 사랑하자. 사랑해. 죽을 때까지 꼭 함께하자!

59 운명

남

"순간의 선택이 10년을 좌우한다."라는 속담이 있듯이, 어떤 일을 할 때 한번 생각하고 뭐든 선택을 할 때는 신중하게 선택하는 오빠의 순희가 되길 바랄게!

새벽에 화장실을 가려고 일어났는데 화장실 희미한 불빛 사이로 누군가가 손을 빠르게 움직이고 있더라고. 오빠는 무엇을 하는지 알았지만, 괜히 화장실 문을 열게 되면 창피할까 봐 빈자리가 누구인가 봤더니 늘 사건 얘기해 주시던 분이야. 그냥 자는 척하다가 그분이 할 일 다하고 들어온 다음에 10분 정도 있다가 화장실을 갔다 왔어.

하긴 오빠도 주체하지 못하는데. 아마 이곳에 있는 대부분의 사람 다 주체하기 힘들 거야. 남자들은 어떤 방법이든 해소한다고 하고. 순희네 방 사람들은 어떻게 해소하는지 오빠가 궁금하네. 알려줄 거야? 하긴 오빠가 알아서 뭐 할까? 나중에 순희랑 함께 있을 때 궁금한 거 하나하나 물어봐야지. 그날까지 우리 더 많이 사랑하자.

　-회사 동료들과 나이트클럽에서 쇼 구경하고 술을 마셨는데 그날
은 유난히 많이 마셨어. 항상 다니던 길도 있었는데 그날따라 매일 다
니던 길로 가지 않고 옆길로 해서 집으로 가고 있는데 친구를 만나게
되었어. 친구는 밤에만 돌아다니는 친구인데 건달이야. 친한 사이는 아
니었고, 서로의 나이가 똑같아 친구로 사귀게 되었지. 다른 친구에 의
해서. 길에서 서로 만나고 해도 그냥 눈인사만 하고 헤어지는 사이였
는데, 그날따라 술 사준다며 같이 술집으로 가자는 거야.

　친구가 술 사준다는 얘기는 처음이었지. 그것도 포장마차도 아니고
색시 집으로 가서 연애를 시켜준다 하니깐 귀가 솔깃해지더군. 솔직
히 친구와의 생활과 다르기 때문에 따라갈 마음은 거의 없었지만, 술
기운 탓인지 나도 친구를 반갑게 맞이한 탓도 있었고, 결국은 친구를
따라가게 되었어.

　처음엔 포장마차에서 들려 소주를 마셨어. 친구는 술을 마시지 않
은 것같이 보이더군. 내가 술에 취했으니 친구가 술에 취했는지 전혀
알 수가 없었던 거지. 포장마차 안에선 친구가 주는 대로 술을 받아
마셨고, 두 병의 소주를 비우고 나와 다시 카페로 들어갔지.

　카페로 들어간 나는 속에 들어 있는 모든 것을 카페 주방으로 들
어가 모두 쏟아버렸고, 그 자리에서는 맥주를 마셨어. 속에 들어 있는
오물은 모두 쏟아버렸는데도 자꾸 올라오더군.

친구는 "자주 만나자."라는 이야기를 자주 했고….

나중엔 자기 애인이 있는데, 애인 친구가 한 명 있어서 애인하고 같이 생활을 한다는 거야. 그러면서 나에게 애인 친구를 소개해 줄 테니깐 "애인이 자취하는 곳에 먼저 가보자. 없으면 다시 색시집으로 오면 되고, 운이 좋아 애인 친구를 품게 되면 돈도 안 들고 더 좋지 않으냐?"라며 애인 집에 가자고 했지.

내가 아직 애인도 없는 탓인지, 나 자신도 애인이 있다는 곳이 어디일까 호기심이 자꾸 일더군. 나는 못 이기는 척하며 친구를 따라갔지. 100여 미터 정도 걷다가 어느 주택으로 가서 친구가 애인의 이름을 부르더군. 계속 대답이 없으니 잠깐 기다리라며 담을 넘어가더니 대문을 열어주며 조용히 따라오라고 해서 따라갔지.

주택 반지하인데 10미터 정도 앞에 문이 있어 문을 여니 그냥 열렸어. 애인 올 때까지 방에서 기다리자며 들어오래. 부엌을 통해 좁은 방으로 들어갔는데 여자 한 명이 잠을 자고 있더라고. 나는 친구 애인인 줄 알았는데 "애인 친구야. 예쁘지?"라며 애인 친구라고 얘기해 주더라고.

애인 친구는 까만 치마를 입고 얇은 블라우스를 입고 잠들었는데, 머리맡에는 소주병 두 개와 먹다가 만 순대가 있더라고. 애인 친구가 무슨 안 좋은 일이 있는지, 그 많은 술을 마시고 잠든 것 같았어. 처음엔 아무것도 느끼지 못했는데, 조금씩 시간이 흘러가니깐 나도 모르게 가운데 다리가 화를 내더군.

자꾸만 빳빳해지길래 나의 손이 자꾸 나의 가운데 다리로 옮겨지니, 그 모습을 친구가 보더니 알 수 없는 미소를 짓더라고.

그러면서 나에게 "왜 쏠리냐? 확 조져버릴까?" 놀리더라고.

솔직히 "그래, 확 조져버리자."라고 말하고 싶었지만, 자꾸만 두근거리는 가슴만 일뿐 나의 얼굴에 금세 혈기가 올라오더라고. 그래서 머리만 흔들흔들하였지. 그때 친구가 하얀 블라우스 사이로 보이는 브래지어 위에다 손을 살짝 갔다 대더라고.

술에 취해 깊은 잠에 빠졌는지 전혀 반응도 없고, 친구가 하얀 블라우스 단추를 하나씩 풀어 젖히자, 내가 "야! 하지 마! 네 애인 오면 어떡하려고 그래?" 그러자 "괜찮아. 술에 많이 취한 것 같은데 깊이 잠들었을 거야."라면서 친구가 여자의 블라우스 단추 모두 풀어버리자 여자의 하얗고 고운 살결이 드러내지 뭐야? 나 자신도 정말 미쳐버릴 것 같았어. 친구가 "야, 정말 죽이는데, 어디 밑에도 한 번 볼까?" 하면서 치마를 살짝 들어 올렸어.

나는 의식적으로 친구의 손이 움직이는 것만 바라보고 있었으므로 팬티의 색깔도 볼 수가 있었고, 하얗고 얇은 삼각팬티 속으로 보이는 그녀의 음부를 보았고, 팽팽하게 팽창된 나의 성기에선 금방이라도 나올 것 같은 하얀 액체를 억제하듯 두 입을 반쯤 벌리고 구경만 하였지. 그리고 친구는 그녀의 치마 옆에 채워진 자크를 밑으로 내렸어. 그녀의 치마에 달린 자크는 멈추는 매듭이 없어서인지 자크를 밑으로 내리자, 그녀의 몸을 건드리지 않고도 치마를 벗긴 것이나 다름이 없었고, 이제 그녀의 몸은 브래지어와 하얀색 팬티를 제외하면 완전한 나체였어.

나는 20여 분 정도 시간이 흘렀는데도 여전히 심장 박동이 빨라지고 있었고, 나의 성기도 여전히 빳빳한 채 죽으려고 하지 않았어. 이때 갑자기 친구가 "에라, 모르겠다. 일단 한번 하고 보자."라면서 옷을 벗기 시작했다. 그러면서 "야! 너도 벗어." 그러고는 "내가 먼저 할 테니까, 내가 하고 나면 바로 네가 올라가는 거야."

불을 끄고 하면 한 사람인 줄 알 테니깐 내가 먼저 한 다음에 내려와서 너를 손으로 당기면 잽싸게 올라와서 해야 돼. 알았지!

나는 정신이 없었다. 그 순간만은 정말 연애를 꼭 해야만 된다는 생각밖에는 아무것도 떠오르지 않았다.

나는 조용한 소리로 "네 애인 오면 어떻게 해?" 그러자 친구는 "괜찮아. 문을 안에서 고리로 잠그면 문을 두드리는 소리가 나니깐, 우리는 저 창문으로 나가면 돼."

"만약 이 여자가 신고하면…?"

"야, 그런 일 없으니깐 안심하고 빨리 옷 벗어!"

내가 벨트를 풀고 옷을 벗어서 올려놓고 바지를 내리자 불을 껐다. 그리고 여자의 곁으로 다가가 브래지어를 풀려는 듯 몸을 돌리는 것 같은 생각이 들고, 팬티를 내리고 있다는 생각을 하고 있을 때 여자의 신음 소리가 들려왔다.

아마 잠에서 깨어나려는 음성으로 들렸다. 옆에서는 친구가 "가만히 있어." 하면서 그녀의 팬티를 완전히 내렸다고 생각했을 때 갑자기 그녀의 음성이 들려왔다.

"누구야! 하지 마." 하면서 몸을 비트는 여자의 모습이 느껴왔고,

"조용히 해!" 하면서 그녀의 몸 위로 올라가는 듯한 친구의 몸짓이 느껴지고 그녀의 반항하는 음성이 조금 더 들려왔지만, 조금 후 그녀의 신음 소리가 들리기 시작했어.

조금씩, 그리고 아주 선명하게, 그러면서도 "하지 마. 하지 마." 소리가 들렸고, 나는 나 자신이 그녀의 몸에 올라가자마자 쏟을 것 같은 액체를 미리 벽을 향해 손놀림으로 발사하고 계속 그녀의 신음을 듣고 있는데, 어둠 속에서 나를 당기는 친구의 손짓을 따라 그녀의 몸을 더듬으며 그녀의 몸 위로 올라가 서서히 애무를 하면서 한 손으로는 그녀의 허리를 감싸고, 한 손으로는 그녀의 음부를 더듬다가 축축이 젖어 있는 곳으로 나의 보물을 집어넣기 위해 다시 배 근처까지 애무하던 혀를 돌려 얼굴까지 올라갔고, 그녀의 목을 두 손으로 안은 채 나의 성기를 그녀의 까만 숲속으로 밀어넣었어.

그리고 친구가 했던 것과 같이 상, 하 피스톤 운동이 이어졌고 5분도 되지 않아 하얀 액체를 그녀의 몸 안으로 집어넣었지. 내가 했을 때는 그녀의 신음 소리가 친구가 할 때보다 더 컸지만, 내가 연애를 끝마치고 내려서려 할 때 갑자기 그녀가 "한 명이 아니지?"라며 벌떡 일어나는 것 같더니 "빨리 불 안 켜?" 나도 놀랐고, 그녀도 놀랐고, 친구도 놀랐지.

순간, 친구가 "미안하게 됐어. 사실대로 이야기할게, 앉아 봐."라고 말하며 불을 켰어.

그녀의 몸에 정액이 흘러내리고 있다는 것을 알고는 옷을 들고 부엌으로 가더니, 부엌에서 소리 내어 울면서 가만히 놔두나 보라면서 옷을 모두 입었는지 밖으로 나가는 소리가 들리더라고.

그제야 나는 잘못되었구나 후회하였지만 이미 늦어버렸지.

결국 "빨리 도망가자!"라며 그곳을 나오자 친구도 따라 나왔고, 그녀가 어디로 갔나 뒤쫓기 시작하였지.

순간적으로 친구가 파출소 쪽으로 가보자며 파출소를 아는지, 한쪽 골목으로 뛰더군. 나도 따라서 뛰었고, 얼마쯤 가다 보니 파출소의 간판이 보이고 그 안에서 무슨 얘기를 하고 있는 그녀를 볼 수 있었어.

다섯 명의 순경들이 그녀와 함께 오토바이와 순찰차를 타고 그녀의 집 쪽으로 가는 것을 보고, 옆에 숨어 있다가 택시를 타고 곧바로 집 있는 곳으로 왔지. 거기서 친구와 헤어졌는데 일주일 정도 지날 때 형사들이 들이닥쳐 잡혔지. 친구가 먼저 잡혔는데 친구가 내 이름을 이야기하였고, 친구라는 얘기까지 하는 바람에 친구하고 친한 친구한테 물어보면 안다고 하여, 그 친구에게 형사들이 찾아가 우리 집을 알아서 덮치게 된 것이야.

"그럼 강간뿐이잖아. 그런데 강도 강간이 뭐야?"

나는 전혀 모르는데 그날 방에서 친구의 주머니서 칼이 떨어져 있었고, 지갑 속에 들어 있는 돈이 없어져 버렸다더군.

백오십만 원이나 말이야.

나는 죽어도 강도 한 적은 없다고 우겼고, 또 사실이 그렇고.

그런데도 피해자가 잃어버렸기 때문에 우리가 가져갔다는 거야. 그리고 나는 칼을 구경도 하지 못하였고, 돈도 지갑도 전혀 보지 못했다고 했지. 하지만 친구가 친구의 주머니에서 칼이 떨어져 있는 줄도 몰랐다며 칼이 떨어져 있었던 것을 시인하였고, 그녀의 돈도 자기가 모두 가져다가 써 버렸다고 진술을 하였더라고. 그래도 나는 끝까지 칼도 보지 못했고, 지갑도 본 적이 없다고 계속 우겼고, 강간을 한 것만 사실이라고 진술을 쓰고 여기까지 오게 되었어.

친구도 내가 강간만 했다고 얘기한 것 같아. 그런데도 죄명이 강도강간으로 되어 있어. 재판 때 나는 강간으로만 징역 받으면 된다는데 모르겠어.

여

....

원래 여름이 이렇게 더웠나? 내가 더위에 취약하긴 한데 이 정도 일 줄은…. 근데 또 생각해보면 작년 여름보다는 덥지 않은 거 같기도. 다른 곳에 있을 때 정말 더웠거든. 첫 여름이기도 했고 상층이라 햇빛이 바로 들어와. 그때 비하면 덜 더운 거 같긴 해. 적응이, 아니 단련이 돼서 그런가?

그 사람은 친구 따라 강남 간다고. 친구 따라 인생 종 쳐버렸네, 그러니까 사람도 봐 가면서 만나야 된다고 봐. 오빠는 생각도 깊고 판단력이 좋아서 안 그러겠지만 그치 오빠, 우리 서로 지치지도 말고 함께 가자. 서로에게 슬픔도 주지 말자. 우리 두 사람 만나라고 이 아픈 곳까지 왔으니 사랑만 하면 곧 아프지 않은 곳에서 만나게 될 거라 믿어.

오늘은 공장에서 편지 많이 쓸게. 공장은 역시 시원해서 좋아. 한 시간 꼼짝 안 하고 공부 열심히 했어. 오늘은 사람들이 날 찾지 않네. 제발 날 좀 가만히 놔뒀으면 좋겠어.

우리 호칭 생각해봤어? 내가 주말 편지에 몇 개 써 보냈으니 금요일 쯤에는 답이 올까? 오늘 정말 최고로 더운 거 같아. 거기는 최고겠어. 덥다고 짜증 내지 말고. 내 생각 하면서 행복하게 지내. 난 매 순간 그러고 있으니까.

오빠가 날 얼마큼 생각하고 좋아하는지에 대한 마음까지는 자세히 알 순 없어. 하지만 내 마음하고 같다면 대충 짐작할 수는 있어. 이렇게만 지내자. 하루하루 쫑알쫑알 내 마음 표현하며, 사랑하며. 알았지?

요즘 자주 하는 생각인데. 우리가 이렇게 만날 인연이었다면, 이게 운명이라면, 무사히 내 곁에 와줘서 고마워요. 과정은 중요치 않아. 우리 서로의 마음이 닿을 수 있는 이 순간까지 오느라 수고했어. 앞으로는 마음만 전하며 살면 돼. 내가 생각해도 말 예쁘게 잘한다. 그치? ㅋㅋ―

내일은 부모님 만나는 날! 만나고 와서 소식 전할게요.

왠지 편지 마무리하기가 아쉬워 편지 더 쓰지요. 오늘 정말 더워. 공부 다 하고 운동 나갔다가 더워서 기절하는 줄. 그래서 나무 아래 앉아 있는데 같이 있는 언니가 책 보고 휴지를 10개 썼다며. 웃겨. 이 언니, 귀엽고. 펜팔 소개는 언제쯤?

이번 주는 잘 보내고 있는 거야? 이 편지 받는 날은 목요일이니 이번 주도 다 갔네요. 내 생각하다 보니 시간이 아주 후딱 가지? 지금보다 내 생각 더 많이 하면 시간이 더 잘 갈 거야. 근데 나 편지 내용 어때? 재미없지? 재밌어? 느낌이 어때? 뭐, 느낌이 좋으니 나한테 반했겠지만.

내일 잔뜩 사진 골라서 내가 많이 보내줄게. 예쁜 게 있으면.

오늘은 몇 번 물놀이했어? 자주 씻으면 건조해지더라고. 바디로션도 잘 바르고. 난 또 졸려요. 새벽에 이상한 꿈을 꿔서 12시 30분쯤 깨서 거의 잠을 못 잤어. 덥기도 했고, 자다 깨다 계속. 오늘은 잘 자겠지. 오늘은 잘 자야겠다. 아주 많이 보고 싶어. 그러니 다치지 말고, 아프지 말고 있어야 해. 알았지?

내 남자, 아주 기쁜 마음으로 편지 잘 받았어요. 주말 동안 내 생각 많이 한 당신! 아주 예뻐요. 뽀뽀라도 해줘야 하는데. 쪽. ♥

내가 있잖아. 나름 이벤트 나름 해봤는데 어떠세요? 내가 직접 한 건 글씨 적은 거 말고는 없지만, 나의 마음은 잘 전달됐겠지? 사실, 책을 한 권 보낼까 했는데 시도를 못 했어. 뭐라도 해주고 싶은데 참 아주 속상해. 이런 내 마음도 알아주길 바라요.

　남자든 여자든 오빠네 방, 그 '등신' 같은 사람은 꼭 있구나. 그런 사람 많아. 다행히 여기에는 없는 듯해. 별일 없지? 절대 사고는 치지 않기! 알았지? 꼭! 꼭! 그런 사람은 가만히 있어도 다른 누군가한테 혼이 날 거야. 그러니 오빠는 신경 쓰지 마세요.

　일요일에 비가 왔었구나. 다행이야. 시원하게 잤었다니, 하루라도 편히 잤다면 된 거지. 꿈속에서 만났다는 여자는 누구야? 치. 나 또 졸려. 잘게.

60 사랑의 깊이

남____

사랑의 깊이는 얼마나 될까? 엄마. 아빠 만나면 힘들어도 웃고 난 이렇게 잘 지내고 있으니 걱정하지 말라는 안도감을 주어야 해. 우리는 사랑의 깊이를 알 수 있을까? 우리가 사랑이라는 것에 대해 깊이 생각해본 적은 있을까? 순희는 어리광만 부리며 살아와서 여기에 와서야 부모의 소중함 가족의 소중함을 조금씩 조금씩 키워오지 않았나 생각해.

사랑의 깊이는 소리 없이 전해질 때 비로소 깨닫게 되지는 않을까? 오늘은 아래의 글을 읽으며 눈물을 흘리게 하는 어머니의 사랑을 담았어.

<어머니의 깊고 깊은 사랑>

어느 소년 하나가 다른 집 아이들처럼 인기 있는 상표의 운동화를 꼭 신고 싶어서 어머니께 매일 졸라댔다.

"그 운동화를 안 신고 학교에 오는 아이는 나 하나밖에 없어요. 그래서 얼마나 창피한지 엄마는 짐작도 못할 거예요."

"네 신발이 아직도 멀쩡한데 뭐가 창피하니?"

어머니는 여전히 거절을 하셨다,

소년은 궁리 끝에 운동화 살 돈을 스스로 마련하기로 하였다.

우선 당장 돈을 모으기도 하고, 다른 곳에는 일절 사용하지 않았다. 또한 학용품 산다는 거짓말을 해가며 열심히 모았지만, 아직도 5,000원이나 부족했다.

어느 날 아침에 소년은 쪽지 글 하나를 어머니에게 건네주고 학교로 갔다. 그 종이에는 이렇게 적혀 있었다,

"엄마가 나한테 빚진 돈- 심부름 값 2,000원, 쓰레기 버린 값 1,000원, 신발장 정리한 값 1,000원, 집안 청소한 값 1,000원, 합계 5,000원을 내일까지 꼭 주세요."

소년은 학교에서 돌아오자마자 어머니의 눈치부터 살폈다. 그런데 뜻밖에도 어머니의 표정은 평소와 조금도 다름없었다. 저녁을 먹을 때도 어머니는 '청구서'에 대해서 일절 말씀이 없으셨다. 만약에 그것을 어머니가 읽으셨다면 틀림없이 아버지에게 말했을 텐데, 아버지 역시 여느 때와 다름없는 표정이었다, 소년은 점점 더 마음이 불안해졌다.

마치 태풍을 앞둔 고요 같기만 해서 밥을 먹는 둥, 마는 둥 하고 식탁에서 일어섰다. 바로 그때였다.

어머니는 아들에게 "여기 네 돈 있다."라며 봉투 하나를 주셨다. 소년은 금방 얼굴이 환해지며 자기 방으로 뛰어가서 봉투를 열어보았다. 그

안에는 빳빳한 돈 1,000원짜리 다섯 장과 함께 어머니의 편지가 들어 있었다.

"네가 엄마에게 빚진 돈- 아들에게 잠 잘 자라고 자장가를 들려준 값 공짜, 아들이 자라남에 따라서 장난감을 사준 값 공짜, 아들이 병이 났을 때 밤잠 설치며 간호해 준 값 공짜, 아들에게 철 따라 옷 사 입혀주고 세탁해 준 값 공짜, 아들 공부방을 예쁘게 꾸며준 값 공짜, 그리고 아들에게 한 번도 끝도 없이 주어온 사랑 값 공짜, 합계 없음"

소년은 읽어 갈수록 가슴이 뭉클해지며 눈물이 핑 돌아서 글씨가 잘 보이지 않았다.

소년은 일어나 설거지하는 어머니에게로 가서 엄마의 젖은 손에 5,000원을 쥐여 드리며 "엄마! 미안해. 그리고 너무너무 감사해요."라고 말하곤 어머니 가슴에 얼굴을 파묻고 흐느끼기 시작했다. 어머니는 아무 말 없이 자기 키만큼이나 커버린 아들의 등을 토닥거려 주었다.

다음 날 아침, 소년의 침대 머리맡에 놓인 큼직한 상자 하나!

이름 있는 상표의 그 운동화가 소년이 일어나기를 기다리고 있었다. 소년이 놀라 상자를 열어보니 새 운동화의 고무 냄새가 또 한 번 소년의 눈매를 따갑게 자극해 눈시울을 흠뻑 적셔주었다.

소년의 어머니는 학교의 어느 선생님보다 감회를 크게 주시는 재치 있고 훌륭한 윤리 교사였다.

- 유머와 화술 -

정말 감동적이지 않아?

오빠는 이 글을 몇 번을 읽어도 눈물이 나네.

여

....

드디어 이주의 마지막, 좋지? 시간이 생각보다 빨리 갔어. 아주 좋아!

오늘도 날씨는 참 좋네요. 하늘이 구름 한 점 없이 맑아. 가끔 오빠가 보내 주는 글을 읽으며 감동의 눈물을 흘릴 때가 많았던 거 같아 한 편의 드라마보다도 더 가슴을 울리는 이야기. 오빠는 글 재주가 참 많은 거 같아. 가끔 엄마. 아빠를 절실하게 생각하게 해줘서 이뻐 죽겠어.

오빠 지루하지는 않아? 뭐 하며 지내고 있는 거야? 우리 귀염둥이 오빠 어떤 귀여운 행동을 하며 지내고 있을까? 궁금해. 오빠도 내 생각 많이 하고 있지? 얼마나 하며 지내고 있는 거야? 꿈에 한 번도 안 나오고, 날 한 번도 보고 싶어 하지 않는 거 같은데? 느껴지질 않아. 내가 먼저 나가면 우리 오빠를 위해 몸과 마음을 바쳐 충성을 다할게. 알았지? 오빠나 나나 둘 중 한 명이 먼저 나가는데 좋을 거 같긴 해. 그치? 암튼 뭐가 됐든 나가야 나가는 거고. 집에 빨리 가고 싶어. 뭔가 대책은 있겠지? 빨리 나가서 자기도 보러 가고 싶고.

오빠야, 내가 밥을 안 먹는다고 했잖아. 그래서 그런지 항상 배가 고픈 거 같아. 그런가? 자기는 밥 많이 먹어? 난 쌀 끊었더니 이제는 못 먹겠어. 흰쌀밥은 보기도 싫고, 잡곡밥은 먹겠는데 흰쌀밥은 입에 못 넣겠어. 이상해. 나의 식습관에 문제가 생긴 걸까? 그래서 고기 나오면 최대한 많이 먹으려고는 하고 있거든. 근데 요즘 어지러운 거 같기도 하고. 좀 그러네. 오빠 두고 먼저 죽으면 안 되는데.

이번 주가 도대체 어떻게 간지 모르겠어. 하루하루 보내는 시간을 빨리 청산해야지. 방금 이불 먼지 털고 왔어. 앞으로 남은 내 삶을 같이할

내 반쪽이야. 빨리 보고 싶을 뿐이야. 나 정말 오빠 생각 많이 하고 있거든? 근데 편지 내용이 마음에 들지 않아. 진짜 많이 사랑하고, 오빠 생각만 하고 있어. 내 마음 알지?

우리 방에 있는 59세 이모 진짜 좀 짜증이야. 올 엄마보다 두 살이 어린데 왜 이렇게 할머니 같은지. 짜증이 너무 나서 방 애들이 또 구박하고 그래. 그러니 나까지 짜증을 낼 수가 있나? 난 절대 저렇게 늙지 말아야지. 정신 똑바로 하고 살아야지. 나중에 구박받지 않으려면, 오빠는 나 사랑만 하며 살 거지? 내 옆에는 항상 오빠가 있어야 해. 알지? 우리 이곳에 우리 둘, 만나려고 온 거니까. 힘들게 만난 만큼 열심히 사랑하며 서로의 곁에 언제까지나 있어주자.

내년에는 좀 더 안정적으로 있다가 집에 가고 싶은데 어떻게 해야 할지 모르겠어. 갈피를 잡을 수가 없네. 힘들지 않게 지내다 나가고 싶은데 말이야. 이렇게 계획 없이 지내고 있는 시간이 참 짜증이 나는 거 같아. 내 계획대로 뭔가 이루어져야 하는데 아무 계획도 세울 수 없고, 예상도 할 수 없는 이 시간들이 싫은 거 같아. 오빠의 계획도 말해줘요. 무엇을 하던 오빠 곁에는 내가 함께라는 거 알지? 오빠 파이팅! 힘내요. 언제나 함께해! 내가 생각하는 오빠 정말 남자답고 날 지켜줄 수 있는 남자야. 다른 어떤 것도 생각하지 않았어. 오빠는 항상 내 곁에 있어줄 거라는 생각, 내 손 놓지 않을 거라는 생각, 이 하나의 생각만으로 오빠와 함께하기로 마음먹은 거야. 나 또한 언제나 함께 할 거고. 그러니 지금처럼 씩씩하게 활기차고, 긍정적으로 지내.^^ 많이 사랑해요. ♥

빨리 오빠 편지 받고 오빠가 편지에 그려주는 하트 뿅뿅 받고 싶어. 오빠가 보내온 편지를 얼마나 많이 읽고 있는 줄 알아? 읽고 또 읽고,

오빠가 너무 보고 싶어서. 이러다 죽을지도 몰라.

　오빠 소식 하나 없이 이렇게 편지를 많이 쓴 내가 예쁘고 사랑스럽지? 다 알아. 오빠는 내가 왜 좋아? 난 당신이라서 좋다고!

　감옥에서 피어난 사랑의 세레나데

61 우리의 만남

남_____

저녁 배식이 왔어. 순희도 지금쯤 배식이 오고 있겠구나. 오늘은 정말 맛있는 저녁을 먹을 수 있었어. 취사장이 다른 방 하고 범치기 하려고 했는데 통이 바뀌어서 우리 방으로 와버렸어.

밥 13인분이 플라스틱 통으로 왔는데, 배식 담당이 밥을 푸는데 밥 밑에 비닐봉지가 나오고, 그 속에는 돼지고기가 잔뜩 들어 있는 거야. 처음에는 방 사람 아는 사람이 넣어준 줄 알고 누군지 몰라도 잘 먹겠다며 방 사람들 모두 맛있는 저녁을 먹을 수 있었어.

저녁을 마치고 밥상을 치우려는데 사소(사동 도우미)가 방 앞에 오더니 "혹시 밥통에 뭐 들어 있지 않았어요?" 물어보았어. 우리는 고기가 들어 있어 맛있게 먹었다고 했더니, 다른 방에 들어가야 하는데 잘못 들어갔다며 짜증을 내고 가는 거야. 다른 방으로 들어가야 하는데 밥통이 바뀌어 들어온 모양이야. 이것을 범치기(취사장하고 다른 것으로 바꾸는 것)라고 하는데, 어쨌든 우리는 잘 먹고 이쑤시개가 없어서 이를 쑤시지 못했을 뿐 우린 잘 먹었지.

어떤 놈인지, 밥통이 어느 방에 갈 건지도 모르고 담냐? 걸리면 독방에 가니까 말도 못 하고 열받았을 거야. 덕분에 덩어리 돼지고기 실컷 먹었네. 순희를 생각하면 오빠 혼자 먹으면 안 되는데.ㅋㅋ

담에 함께 더 맛있는 거 먹자. 안녕!

여
....

날씨가 정말 정말 좋아. 하늘이 높아졌어. 정말 가을이 오려나?

새벽에도 시원하더라고. 새벽에 운동하는데 확실히 땀이 덜 나더라고. 그래서 완전 열심히 했지. 정말 열심히 운동한 거 같아. 다리가 후들거리고 있어. 남자들은 취사장에 아는 사람 있으면 범치기 많이 하겠네? 오빠는 그런 거 절 때 하지마. 괜히 잘못되면 독방 가잖아.

새벽에 운동하고 씻으니 좋아. 잠도 잘 잤고.^^ 오빠도 좋은 아침이길 바라요. 아이고! 우리 오빠 나한테 편지 쓰다 골병들겠네. 어쩌지? 내가 가서 부채질해주고 싶네. 부채질 10분에 뽀뽀, 아니 키스 10분. 다음 주부터는 기온이 많이 내려갈 거래. 조금만 참자. 내 사랑. 못난이 언니는 생리하고, 이불에 묻는 것도 안 빨아 그냥 뒤집어 깔고. 더러워서. 내 옆에서 잔다고 했잖아. 자꾸 내 쪽으로 이불이 넘어와서 화장실 갔을 때 발로 밀어버렸어. 손으로 만지기도 더러워서. 근데 징역을 어떻게 살아?

펜팔에 미쳐서 나가도 애들 안 볼 기세야. 친구가 나가서 애들하고 안 살 거냐고 물으니 남편이 잘 키우고 있어서 안 살 거 같다고, 이혼도 안 하고 애들하고도 안 살고. 뭐야? 암튼 이상해.

나는 교도소장 주임들 나갈 때 다 신고하고 나가려고 이름 적어놨어. 신고 사유도 아주 멋지게 쓰려고, 감정적으로 쓰면 안 되니까 사실에 입각하여 최대한 똑 부러지게.

어제 자기 전에 동생이랑 대화를 좀 나눴지. 나는 허벅지가 튼실하며 연애할 때 남자들은 허벅지 힘으로 버티잖아. 그래서 좋다는 거라 생각했는데, 동생 말로는 오래 그렇게 할수록 지루인 경우가 많다며. 남자들은 몇 분 안에도 사정이 가능한데 참으면서 시간을 끄는 거라고. 허벅지가 탄탄하다고 해서 SEX를 잘하는 게 아니다 이거지.

생각해보니 내 전 남자친구 그놈 한 시간, 이유를 알았어. 나는 왜 이제야 이런 걸 알게 된 걸까? 오빠가 힘들고 피곤했던 날에 내 편지가 없었을 텐데, 오빠는 기다렸구나. 근데 내 편지 없으니 잘 쉬었을 거 아냐. 그래도 편지 썼겠지? 내 편지 없었어도 편지 썼을 거야. 내 사랑은.^^

오늘 일 안 하니 여유 있고 좋다. 아침에 커피도 오래간만에 여유 있게 마셨어. 내 사랑은 뭐하고 있으려나? 지금 아침 8시 55분인데 뭐하고 있어요? 거기는 아직도 더운가? 여기는 하나도 안 더워. 지난 주말은 죽을 거 같이 덥더니. 작년 구속이 되었을 때는 8월 말까지 더웠거든. 올해는 빨리 더위가 간 건가? 아니면 다시 더워지려나?

오늘은 아빠, 엄마도 오시고 기분이 아주 좋아요. 나 입안도 다 헐어서 커피도 간신히 마시고 있거든. 몸이 안 좋으면 엄마 생각이 많이 나니까. 오빠의 첫 경험 이야기는 들었고, 웃픈 이야기.^^

지금은 그렇지 않다는 것도 알고 있고. 오빠 성감대, 옆구리는 뭐야? 옆구리를 어떻게 해줘야 좋은데? 옆구리 간지럽게 해줘? 마지막 연애 날짜를 정확히도 기억하시는군요. 나도 키스하는 거 정말 좋아해. 우리 키스 많이 하자. 나도 스타킹, 팬티 찢김 당해본 적 없지. 오빠가 찢어줘.ㅋㅋ

내가 여기 오기 전에 읽은 19금 소설책이 있는데, 거기의 회사 상사가 비서 팬티를 그렇게 찢어서 관계하고 오빠가 입는 거야. 그리고 새로 속옷 사서 영수증 처리하라고. 암튼 이런 사이코 책이 있었어. 팬티 그냥 벗으면 되는데 왜 찢지? 비싼 팬티 입었을 때는 찢지 마. 오빠 하고픈 대로, 위험한 날만 피하면 되니까.

근데 오빠는 여자가 임신하면 어떻게 할 거야? 실수로 그리된다면, 그 여자가 나라면? 우린 1년은 놀아야 하니, 피임을 하긴 해야지. 방법이 많던데, 가장 몸에 해롭지 않은 걸로 하지 뭐.

난 피임약도 한번 안 먹어봐서. 산부인과에서 팔에 주사 맞는 게 있다는데, 이게 제일 부작용도 없고 안전하대. 상담받아 보면 되지 뭐. 그래도 남자들은 한 번씩 안에 하고 싶지 않나? 나도 깔끔한 호텔 방 좋아. 나도 빨리 오빠를 느끼고 싶어. 아잉.^^ 나 점점 과감해지는 듯. 괜찮지? 오빠, 나 운동 다녀와서 또 쓸게! 조그만 기다려. 쪽!

운동 갔다가 씻고 밥 먹고 한숨 자고 왔어.

너무 졸려서. 근데 잠들 만하면 못난이 언니가 크게 웃고, 잠들 만하면 크게 웃고. 잠을 잔 건지, 진짜 못생겨서 시끄럽기까지 해. 잠을 잔 거 같지가 않아. 자고 일어나니 배고파서 과자 먹고 있어. 나 요즘 탄수

화물을 일절 끊었거든. 밥은 안 먹으니 배가 금방 고파지는 거 같아. 그치? 아, 모르겠다. 오빠는 밥 먹었을까? 뭐하고 있을까? 주말이니 라면 먹었을까? 보고 싶다. 오빠 사진 좀 봐야겠다. 보고 왔어.

보고 싶은데, 내 모습도 보여주고 싶고, 암튼 답답하네. 지금 드라마에 여자친구 보고 싶다고 집까지 뛰어왔네. 아, 부럽다.

나도! 나도! 오빠랑 빨리 연애하고 싶다. 지금도 물론 연애하는 거지만, 실제로 만나서 연애하고 싶어. 내년에 나가는 거면 좋겠다. 빨리 내년 이맘때가 왔음. 우리 내년 이맘때, 작년을 이야기하자. 오늘도 일찍 일어나서 운동했어.

땀나는 게 좋아. 편지 조금 쓰고 씻어야지. 조용한데 운동하는 게 재밌어. 배고프다. 생각해 보니 이 편지는 화요일이 아니라 수요일에 받네. 내 편지 양이 많아서 오빠 기분 좋겠다. 그치? 그치? 아침부터 이 방 저 방에서 주먹밥을 만들어줘서 맛있게 냠냠하고 왔지.

나도 배가 많이 나왔어. 점심은 굶어야겠다. 오늘은 해님도 없네. 내일부터 비가 많이 내린대. 누가 내 욕을 하나? 귀가 왜 이리 간지럽지? 오빠, 나도 19금 답 쓰긴 했는데 살짝 부끄럽네요. 하지만 부끄러워하지 않기로 했으니까. 나 거짓 하나도 없이 솔직하게 쓴 거야.

있잖아~. 오빠가 마지막 질문에 팬티 젖은 적 있냐고 물은 거, 질문만 봐도 야릇했어. 좋아. 이거 뭐지? 이런 느낌이 말이야. 당황스럽소.^^ 실제로 하는 거보다 편지가 더 야한 거 같아. 그래서 좋아. 빨리 오빠랑 하고 싶어. 근데 '아다'가 뭐야? 관계를 안 한 깨끗한 사람, 이런 말인가? 대충은 문맥상 알겠는데 정확히 모르니까. 오빠! 내가 이상한 걸까? 맘에 안 드는 사람들이 너무 많아. 그럼 내가 이상한 걸까? 나 진

짜 괜찮은 여잔데. 오빠가 봐도 나 괜찮지 않아? 매력 넘치고 말이야.ㅋ
ㅋ 그러니 날 사랑하는 거잖아. 우리 오빠 눈 높아요.

　오빠! 날 보면 나하고만 있고 싶을 텐데 큰일이네. 돈 많이 벌어야 할
텐데. 푸힛! 나가서 뭘 해야지 하는 걱정은 안 하기로 했어. 마음 편히
있다 나갈 거야. 그리고 오빠가 나 먹여 살리겠지. 알지? 이 편지지가
몇 장 안 되는 줄 알았는데 쓰다 보니 은근 많네. 주말 내내 오빠 생각
만 하며 내 사랑을 전하고 있는게 느껴져요~?

　너무 졸려서 잠깐 자고 왔어. 좀 개운하네. 날씨가 시원해서 잠깐 잤
는데도 잘 잤어. 거기 날씨는 어떠려나? 시원하게 잘 지내고 있어야 할
텐데. 오빠, 언니 소개할 사람은 어찌 됐는지 궁금해? 언니 엄청 재밌고
웃겨. 배꼽 빠져. 유쾌한 사람이야. 오늘은 덥지 않아서 좋아. 땀도 별로
안 나고, 입맛 없어서 점심 안 먹었어. 오빠는 점심 맛있게 먹었을까? 어
머나! 이 편지지 정말 많이 썼어. 끝이네. 오, 나 대단하지? 우리 오빠
기분 좋으라고.

　화요일 날 오빠 편지지가 없어 슬프지만, 수요일에 두 배로 행복할 거
니 하루 정도는 참고 있을게. 섹시하고 멋진 내 남자. 오빠가 있어 내가
얼마나 행복한지 알지? 오빠가 지금 행복한 만큼 나도 행복해. 아무리
생각해도 우리의 만남이 신기하지만, 이 만남이 좋기만 해요. 많이 사랑
하고 있어요.♥

62 우리의 생일

남____

순희야! 이곳에서 순희를 만날 수 있었다는 것이 참 신기하다. 특히, 사랑할 수 있는 사람을 말이야. 순희가 생기니까 좋다!

친구들, 난 정리하고 싶어서 한 건 아닌데, 내 상황으로 인해 나도 모르게 친구들이 정리가 되더라고. 짧은 친구, 오랜 친구, 다 의미 없더라고. 내가 능력이 되고 서로 잘 지낼 땐 세상에 둘도 없는 친구들이었는데, 사건이 터지고 재판받으면서, 그리고 이곳에 들어오게 되면서 사람이 자동으로 가려지게 되더라고. 너도 그랬겠지?

순희야, 오빠는 가식적인 친구들은 싫다. 지금껏 직장 생활 사회생활에 남는 것이 없네. 허무하기도 하고, 내 잘못이, 다 망친 것 같기도 하고, 딱 한 가지, 진짜 내 사람이 누구인지 알게 되었다는 것, 그거 한 가지야. 갑자기 조금 우울해지네. 순희가 사랑해줘서 좋다!

지금이야 이렇게 서신으로만 소통이 가능하지만, 나중에 사회에서 연인으로 만나게 된다면 인생 얘기하고, 이런 저런 얘기하면서 재미있게 지내보자!

완전 변태적인 사랑을 즐기나 보구나. 사랑도 궁합이 맞으니까 서로 그런 것들을 좋아하지 않을까? 오빠는 그렇게 한 번도 해보지 않아서 아니 그렇게는 하고 싶지 않아.

거기 언니들은 펜팔을 많이 하나 봐. 오빠가 소개한 사람이 몇 명이 나 되잖아. 편지를 하다가 갑자기 연락이 끊기는 사람도 있고 그리고 구체적으로 소개하는 언니들에 대한 기본적인 신상을 보내줘.

처음에 신상 보내준 것처럼 보내주면 될 거 같아. 좋은 사람만 소개할게. 순희는 오빠의 애기를 다 받쳐주니까 많이 많이 힘이 나. 속마음 들어주는 순희가 이리 좋구나. 순희도 편하게 대해주라. 나도 알고 보면 의리 있는 남자야. 순희! 하긴 좋아~. 영원히 사랑하고 늘 오빠가 생각하는 사람. 네가 두 번째 맞다! 남은 인생에서 서로 도움이 되어주는 그런 친구가 되고 싶다. 오빠가 살아온 인생이 어땠는지 몰라도….

여

우리의 생일, 오빠가 내 이름을 불러준 그 날로부터 생일이 되는 날이야. 그냥 편하게 날짜 계산한 거지만 의미가 있잖아.

우리의 생일을 기념하며, 더더욱 당신을 사랑하겠다는 다짐과 맹세를 하기 위해 이렇게 글을 써요. 밝아진 나의 모습은 모두 오빠 덕분이야. 오빠 편지가 온 그날부터 내 마음은 밝게 반짝반짝 빛나기 시작했거든.

오빠는 나에게 존재야. 나도 오빠에게 이런 존재인 거지? 우리 언제까지나 서로를 밝게 해줄 수 있는 존재가 되자. 많이 사랑해. 나의 이 마음을 오빠가 알고 있기를 바라요.

아! 난 빨리 오빠를 만나고 싶어요. 빨리 오빠의 모든 걸 갖고 싶어. 오빠 몸 구석구석을 내 것으로 만들고 싶어. 다른 여자들은 접근 금지시켜야지. 내 사랑 가득 받고 싶으면 내 몸에서 떨어지지 않는 게 좋을 거야. 사랑하는 나의 남자로 인한 변화가 참 많아. 오빠는 모를 거야. 내가 얼마나 밝아졌는지. 정말 고마워.

옆에 있었으면 입술이 닳도록 키스를 퍼부어줬을 텐데. 정말 아쉬워 일들이 참 많아. 우리 지금 아쉽고 속상한 것들 다 기억하고 있다가 만나면 모두 해보자. 오늘을 기점으로 우리 더 많이, 깊이 사랑하자. 서로에게 최선을 다하자. 오빠! 내가 사랑만 가득 줄게요. 오빠에게 받는 게 사랑뿐이니 받은 사랑만큼 돌려줄게. 많이 사랑해. 나에게는 오빠뿐이야. ♥

63 보고 싶은 사람에게

남

보고 싶은 사람에게.

순희는 오빠의 마음이야. 느낌이 있어 그립고, 생각이 있어 그리운 사람이고.

순희가 아니라면 이런 마음도 품을 수 없겠지? 조금은 빠듯한 일상의 하루라도 순희가 있어 미소로 보낼 수 있게 하여 감사해. 넉넉한 마음으로 바라봐 주는 순희가 있기에 늘 행복해지는 내가 있는가 봐. 힘들고 고단한 하루라도 순희를 기억하면 기쁜 하루가 되듯이, 늘 기쁘게 만드는 순희. 순희의 마음이 내 안에 자리해서 늘 여유로움이 넘쳐나.

외로움은 이제 그리움이고 사랑이라고 해. 이 모든 마음은 순희 때문에 생겨난 알 수 없는 마음이기도 해. 누군가를 만난다는 건, 서로의 지난날과 앞으로의 마주하는 다시 돌아오지 않을 하루하루를 소중하게 여기며, 지금은 순희와 오빠가 함께 걸어가야만 하겠지.

순희와 오빠와의 인연이 정해진 운명이라면 그 시작은 이렇게 이어지고, 끝나는 시점은 언제까지일까? 같은 시간을 함께하지는 않았지만, 서로의 가슴속에 지금은 수많은 그리움과 보고픔으로 기억될 수 있겠지만. 문득문득 순희를 생각하면 늘 기분 좋은 웃음만 가득하지만, 그래서 순희를 사랑할 수 있어 좋기만 해.

순희! 이렇게 순희의 이름을 가슴으로 불러볼 때면 난 따뜻한 기운이 내 속으로 들어오는 것만 같아 또 좋아. 순희가 오빠에게 관심을 주는 만큼 오빠의 관심도 순희에게 가득 전해지고 있는지, 내가 순희를 의지하고 있는 건 아닌지? 오빠가 순희에게 오빠 마음을 전하는 거 순희에게 많은 똑똑한 사람이고 싶고, 특별한 사람으로 남고 싶은 나의 마음이야. 처음 순희의 편지를 받았을 땐 잘 몰랐지만, 순희는 시간이 지나면 지날수록 느낌이 좋은 사람. 오빠의 이야기를 진지하게 읽어주고, 오빠의 아픔도 따뜻하게 쓰다듬듯 공감해 주는 사람.

순희와 차 한 잔을 마셔도 편안한 분위기를 느낄 수 있을 것 같고, 말 한마디에도 포근해지게 느껴지는 사람이듯 당신이 내게 다가온 순간부터 난 빛을 보게 되었어. 이렇게 지내온 시간들이 느낌 좋은 순희가 되었고, 아주 오래전부터 알고 지낸 거 같은 편안함 속에 낯설지 않은 순희.

순희! 옆에 있다면 꼭 안아주고 싶다. 멀리 있어도 마음만은 늘 함께하고 싶기에 그리운 마음에 순희의 모습을 그려보며 긴 여운만 남기곤 하지. 오늘도 순희를 사랑하고 싶어 견딜 수 없을 것만 같은 그리움이 물결치는 고요한 밤. 미치도록 순희를 사랑하고 싶다.

여

．．．．．．．．．．．．．

주말 동안 쓴 편지 내보내면서 뭔가 원고 마무리한 기분이었어. 우리 오빠가 내 편지 받고 기분이 좋았으면 좋겠어. 나의 이벤트도 무사히 잘 전달됐는지 궁금하고. 사랑해요. 그냥 빨리 내일이 와서 오빠 편지만 받고 싶을 뿐이야. 주말도 무사히 보냈고 이제 우리 둘이 사랑만 열심히 하면 될 거 같아. 지금부터는 우리 둘의 미래만 생각하며 사는 거야. 약속해요. 어서! 우리 둘이 행복만. 알지?

점심 먹고 라디오 들으며 오빠에게 편지 쓰는 중. 암튼 난 다시 평일이 돼서 기분 좋아.

오빠, 주말 동안 별일 없었지? 오늘 남자 직, 훈 선생님이 오셔서 남자 쪽은 연휴 동안 싸움이 많이 일어났다고 해. 그래서 난리도 아니었다고. 이 얘기 듣고 난 혹시, 오빠도 무슨 일이 있지는 않을까 하는 걱정이. 아니지? 아니길. 내가 괜한 걱정을 하는 거지?

오늘은 이불 깔자마자 꿈나라로 가야 할 거 같아.

사랑하는 내 오빠는 점심 맛있게 먹었을까? 뭐 먹었을까? 날씨가 더운 거 같아. 내일까지는 좀 덥다더라고. 수요일부터는 좀 괜찮아진다고 하는데~ 여기에 온 지도 4개월이 다 됐어. 진짜 시간 빠른 거 같아. 그치? 언제 시간이 가나 했는데, 교육도 끝날 때가 다 됐고, 다 오빠가 있어서 가능한 일인 거 알지? 오빠 없었으면 시간도 안 가고 힘들었을 거야. 참으로 믿을 수 없는 시간들이야. 오빠를 만나게 된 것도 신기할 따름이고, 내 반쪽을 여기서 찾았네.

우리 끝을 함께 하기 위해 늦게 만난 거라고 생각하자. 우린 앞으로도 평생을 함께해야 하잖아. 지나온 1년 금방 갔으니 앞으로의 1년도 금방 갈 거라 믿어.

　나는 당신과 사랑에 빠졌고, 이 사랑에서 빠져나올 생각 하나도 없어요. 언제까지나 사랑하고 영원히 함께하자.

64 고마운 마음

남___

그리운 순희~ 날 웃게 해주는 사람 순희가 보내준 등기 우편을 받아서 얼굴에 웃음을 감출 수 없는데. 순희가 보내준 등기 편지를 읽어 내려가면서 나도 모르게 눈물이 났어. 왜일까? 너무 고마워서. 미안함이 커진다고 할까? 가슴이 저며 온다고 해야 하나? 순희의 마음이 느껴져서 그런 거 같아. 행복하면서도 슬픔이 느껴지는 것. "가슴은 뛰는데 머리는 차가워진다."라는 말이 맞는 듯.

순희. 우리 지금의 행복에 그냥 감사하며 지내. 나중까지 결론지으며 생각하는 것 힘들잖아. 그렇다고 오빠가 너무 이기적이진 않는 거지? 새로 시작한 취미활동하지 않고 이렇게 편지를 쓰는 순희, 늘 감사하고 미안하고, 나의 하나하나의 일들이 순희로 인해 채워지는 게 너무 좋기만 해.

오빠는 빵을 기다리면서도 순희한테 편지를 쓰지요~ 오빠 예쁘다

해줘. 얼른! 당연히 순희 알몸이 보고 싶지. 누구 거가 보고 싶겠어? 오빠 몸과 마음에는 온통 순희만 있단 말이야~ 오빠 몸은. 지금. 순희의 전부야!

오빠가 야한 남자라는 이유는. 순희랑 나누고 있는 사랑의 속삭임이 좋으니까~ 음란한 이 내용이 너무 좋아. 사랑하는 사이니까 좋은 거지 만약에 아니었음 정말 싫지. 우리 만나면 난리 날 거야. 10번 할까? ㅋㅋㅋ 자기 괜찮겠어? 할 수 있겠어? 내가 야해서 날 더 사랑하는 거야? 더 야해져야겠다. 직접 보면서 말하면 미칠까?

순희의 편지 읽고 잠자리에 누워 글을 쓰는 나를 보면서도 믿기지 않을 정도로 나 자신이 변한 거 같아 믿기지 않아.

순희! 우리 있는 그대로 표현을 해. 어른스러워하지도 말고, 요즘 젊은이들이 하는 것처럼 할 얘기 못할 얘기 다 표현하도록 하자. 오빠는 늘 순희에게는 젊음을 주고 싶고, 어른스럽지도 않고, 그저 어린아이처럼 투정도 부리며 할 것 안 할 것 다 하고 싶은 심정이야. 순희의 편지를 읽으며 순희와는 많이 다르다는 생각을 했어.

그런데 순희가 보내주는 편지를 읽어가며 글로만 전하기엔 너무도 아쉬움이 많다는 생각을 하게 돼. 당신의 편지 속 진심이 내 가슴에 담기고 있으니까.

당신! 이렇게 늦은 시간에 편지를 쓰다가 모두 잠든 동료들을 보고 있으면 그냥 슬퍼질 때가 많아.

오빠 자신이 더 슬플 수도 있는데도 말이야. 이럴 때는 잠깐이라도 순희의 얼굴을 보며 얘기라도 할 수 있다면 참 좋을 텐데.

그리운 사람 순희! 내 마음속에 들어와 앉아버린 순희! 아직은 약간의 쑥스럽고 부끄러운 말, 가슴에 있는 말 차마 말하지 못하지만, 모든 건 시간의 흐름 속에 다 말할 수 있을 거야. 그러니 기다림이란 넓은 두리로 여유를 줬으면 해. 오늘도 두 눈을 감고 좋은 거 생각하며 잠들기로 하자.

모두 잠든 이 밤, 두 눈을 감고 순희의 품으로 빠져들어야지. 안녕!

여
....

세상에서 제일 사랑하는 나의 주인님. ♥ 오빠 편지를 받게 돼서 너무 행복하고 좋아. 이 기분을 말로 다 표현할 수가 없을 정도야.

그리고 그동안 내 편지가 성의 없어서 많이 서운했다고 느껴지니 마음이 아파. 미안해. 내가 오빠 서운하지 않게 사랑 많이 준다고 했는데, 또 서운하고 속상하게 했네. 이제 안 그럴게. 요즘 내 편지들은 아주 최고 아니야? 맞지? 사랑해. ♥

많이 서늘해졌어. 그래도 어제, 오늘은 좀 더운 거 같아. 오빠도 감기 안 걸리게 조심해. 절대 아프면 안 돼. 내 오빠, 투정 부리는 게 아기 같고 귀여워.^^ 오빠는 서운해서 한 이야기들이겠지만, 난 오빠가 너무 귀여워서 깨물어 주고 싶어. 그리고 안아주고 싶어. 진하게 키스도 해주고. 그렇다고, 날 꿈에도 못 오게 한다는 건 너무하잖아. 치. 난 오빠 없으면 못 견딘단 말이야. 그러니 사랑을 아끼거나 줄이면 안 돼. 알았지?

과식을 했었어? 안 했지? 근데 가끔씩 먹어주는 것도 괜찮아. 스트레스받지 말고. 나 미워해서 폭식하고 싶었던 건 아니지? 난 항상 오빠한테만 집중하고 있어. 나한테는 오빠뿐이야. 믿어주세요.

참! 오늘 샤워하는데 샤워기에서 나온 물줄기가 너무 셌는지, 내 젖꼭지에 막 쏟아지는데 아픈 거야. 진짜 너무 아파서 옆에서 씻고 있던 동생한테도 말했었어. 나만 아팠나 봐. 정말 웃겼어.

난 생리할 때는 성욕이 생기는 거 같아. 난 특별히 언제 더 성욕이 있다, 이런 거 없어. 그냥 사랑하는 남자를 만나서 데이트하면 같이 있고 싶고 한 거 같아. 오빠 만나면 매일 함께하고 싶겠지? 우리 평생 함께하자. 나도 오빠랑 영원히 함께할 거야. 나도 약속! 오빠가 보내준 글 너무 좋다. 눈물 날 뻔했어. 오빠 마음이 고스란히 전달했어.

아! 내 오빠가 날 이렇게나 많이, 깊이 사랑하는구나. 나도 하루를 살아도 오빠의 생에 단 하나뿐인 사람이고 싶어. 내 마음도 알겠어? 오빠야, 너무 많이 사랑한다고. 어떻게 표현해야 내 오빠를 서운해하지 않고 내 마음을 알아줄까? 매력 철철 넘치는 오빠는 내 거지, 내 거!

친구랑 재회하고 전에 살짝 짜증 났던 거 오빠한테 적었는데 미워하지 마세요. 지금도 또 그냥 괜찮아졌어. 그냥 살아야지 어떻게 하겠어? 그리고 오빠 말대로 친구하고는 뭔가 잘 맞는 게 있어. 아마, 밖에서도 만날 유일한 아이가 되지 않을까.

우리 오빠 너무 예쁘네. 너무 매력적이야. 내가 그래서 오빠를 사랑하는 거지. 내가 딱 알아봤지. 내 오빠를 말이야. 밖에서 더 많은 매력을 쏟을 거야? 나 그럼 오빠 매력에 깔려 죽으면 어쩌지? 근데, 오빠도 내 매력에서 헤어 나오지 못할 건데. 날 실제로 보면 단 1초도 떨어지기 싫을걸? 우리는 어디든 함께 가자. 더 이상 떨어져 있을 순 없어. 엥? 날이 갈수록 날 사랑해 준다는 약속 지켜야 해. 나도 그렇게!

오빠, 나 기념일 같은 거 챙기는 거 안 좋아해. 말했지? 생일도 잘 안 챙겨. 성격이 그래. 그래서 지금의 오빠 편지만으로도 난 너무 행복하고 좋아. 사랑해. ♥ 그래서 지금 우리 서로의 더 깊어진 사랑도 느끼고 있는 거고, 오빠 만나고 나도 많이 달라졌어. 이런 달달한 이야기 잘못 했는데, 오빠를 사랑하고 나서 내가 느끼는 기분을 표현하려니 달달해질 수밖에 없는 거 같아. 오빠가 날 변화시켰어. 오빠한테만 표현할 거고 사랑할 거야. 내 오빠. 사랑하고 또 사랑해. 내 사랑도 날이 갈수록 커져만 가. 더 많이 표현할게. 다신 서운하게 하지 않을게. 사랑해요.

아! 나 오빠를 너무 사랑하는 거 같아. 순간순간 느껴져. 솔직히 이런 감정 처음이야. 오빠가 책임져야 하는 거 알지? 그리고 오빠, 아기, 흠. 아이 이야기할 때마다 오빠가 좀 더 어리고 건강한 여자를 만나야 하는 거 아닌가 하는 생각이 들어.

오빠 부모님도 같은 생각이실 거고, 오빠가 우리 사랑을 진지하게 생각하니까 (나도 마찬가지고.) 혹시라도 오빠 바라는 대로 되지 않을까 걱정이 돼서. 난 우리 부모님한테 정말 잘하며 살고 싶거든. 조금도 소홀히 하고 싶지 않아. 아마 내가 결혼을 한다면 (당연히 오빠와!) 이 또한 부모님을 위해서일 거거든. 무슨 말인지 알 거라 믿어요. 우리 서로의 생각의 차이와 간격을 서로 대화하며 충분히 좁힐 수 있는 거라 생각해. 그치? 사랑해.

친구가 코를 엄청 고네. 피곤했나? 친구가 요즘 치통 때문에 고생 중이거든. 사랑니 땜에 치과 다녀왔는데 여기에서는 뺄 수 없다고, 계속 아프면 외부 병원 나가야 한다고 했대.

근데 너무 아파하니까 마음이 안 좋아. 이건 좀 너무한 거 같아.

오빠, 나 일어날 시간! 이따 봐요. 사랑해. ♥

밥 먹고 왔어요. 오빠가 친구랑 동생들한테 쓴 편지 다들 귀엽다고 난리야. 자상한 내 사랑 우리 오빠, 너무 귀엽고 사랑스러워서 어쩌지? 가끔씩 어떤 사람들은 왜 같이 지내는 사람들을 불편하게 만드는 걸까? 이해할 수가 없어. 오빠.

여기는 비가 아주 많이 오고 있어. 거기도 와? 비가 새벽에 올 때는 내리는 소리가 듣기 참 좋더라. 빗소리를 언제 이렇게 귀 기울여 듣겠어. 여기에 오니 원초적인 것들에 관심이 생기는 거 같아. 특히 날씨.

오늘은 오빠의 밀려서 쓴 사랑이 오는 날이네. 빨리 받고 싶다. 사랑하고 또 사랑하는 오빠, 오늘도 내 사랑 많이 보낼게. 오늘 날씨도 춥고 밥 먹은 뒤 마시는 커피가 따뜻하고 좋네. 이러다 맥심 커피에 길들여지는 게 아닐까?

오빠, 이 편지가 이번 주 마지막 편지네. 월요일 하루 쉬었다고 이렇게 한 주가 가나? 우리 사랑스러운 내 오빠, 이번 주는 어땠어? 괜찮았어? 내 생각 많이 했어? 난 더했다가는 내 머리가 터질 거 같을 정도로 많이 생각했어. 그래도 사랑하는 오빠한테만 집중해야지. 나 오늘 편지 많이 쓰지 않아?

내 글씨가 작잖아. 작은 글씨로 이렇게나 많은 편지를 쓴다는 게 얼마나 힘든 일인지 아는지? 그러니까 나 미워하지 말아요. 매일매일 오빠하고 편지나 하며 지냈으면 좋겠어. 아무것도 안 하고. 독방에서. 너무 좋겠다. 독방에서 혼자 나갈 때까지 오빠하고 편지만 하고 지내면 나 머저리가 되어 있겠지? ㅋㅋ

날씨가 많이 서늘해. 오빠 몸조심해야 해. 오빠는 혼자의 몸이 아니란 걸 잊지 마. 오빠가 아프면 나도 아플 거고 속상할 거야. 아프지 말자. 나도 아프지 않을게. 나보다 먼저 오빠를 생각하며 살 거야. 오빠의 마음과 사랑을. ♥ 많이 쓴 내 편지가 오늘 무사히 오빠의 품에 들어가길. 나의 이쁜이가 있던 그것도, 잘 쓰다듬어 보면 굳은 부분이 있을 거야.

모습은 지저분하고 안 예쁘지만. 우리 이것도 모두 추억이다. 그치? 이따 방에서는 열심히 편지 쓸게.^^ 오빠가 너무 보고 싶어서 펜 놓기가 싫다. 사랑해. 사랑하는 오빠가 나 때문에 서운하고 속상했다고 해서 마음이 계속 안 좋아. 이제는 아니지? 다시는 외롭게, 속상하게 하지 않을게. 더 많이 사랑해 줄 거야

수업 끝나고 운동하고 왔는데 정말 춥더라. 오빠, 건강 유의해. 아프지 말자. 많이 사랑하고 항상 걱정하고 있어.

65 좋은 날

남

    좋은 날, 순희를 향해 그리움을 담아 보낸다. 참 좋은 날, 언제 어디서든 참 좋아. 괜찮아. 이런 생각을 담고 살면 마음이 한결 가볍고 편안한 거 같아.

    이렇게 밖에 사랑할 수 없는 나만의 선택이 머무르지 않는 것은 내가 택한 마지막 사랑이 순희이기 때문이야. 숱한 사랑이 내 곁에서 맴돌 때, 순희 힘들어하는 것을 보았을 때, 순희에게 조금의 죄책감이란 것에 찔리는 아픔을 느끼지 못했을 때, 어느새 순희는 오빠의 가슴속에서 자리를 잡고 감동의 전율과 떨리는 사랑을 담아버렸어.

    사랑이란 머물다가 가버리는 것도 아니며, 사랑이란 식어 꺼져가는 불꽃도 아니야. 사랑이란 희망도 용기도 아니듯.

    순희밖에 사랑할 자격이 없는 오빠는 어쩌면 순희는 오빠 품속의 어머니! 오늘도 변함없는 사랑을 담아 보낸다. 내 사랑 순희야!

<아버지는 누구인가?>

아버지는 기분 좋을 때 헛기침을 하고 겁이 날 때 너털웃음을 흘리는 사람이다.

아버지는 자녀들의 학교 성적이 자기가 기대한 만큼 좋지 않을 때 겉으로는 "괜찮아. 괜찮아." 하면서도 몹시 화가 나 있는 사람이다.

아버지의 마음은 검은색 유리로 되어 있다.

그래서 잘 깨지기도 하지만, 속은 잘 보이지 않는다.

아버지는 울 장소가 없어서 슬픈 사람이다.

아버지가 아침마다 서둘러 나가는 곳은 즐거운 일만 기다리고 있는 곳이 아니다.

아버지는 머리가 셋 달린 용(龍)과 싸우러 나간다.

피로와 끝없는 업무와 스트레스, 아버지는 날마다 '내가 아버지 노릇을 제대로 하고 있나?' 하고 질책하는 사람이다.

아들딸이 밤늦게 귀가할 때 어머니는 열 번 염려하는 말을 하지만, 아버지는 열 번 넘게 현관을 쳐다본다.

아버지의 웃음은 어머니 웃음의 두 배쯤 농도가 진하다.

울음은 열 배쯤 될 것이다.

어머니의 가슴은 봄과 여름을 왔다 갔다 하지만, 아버지의 가슴은 가을과 겨울을 오간다.

아버지는 집 안에서 어른인 체를 해야 하지만, 친한 친구를 만나면 소년이 된다.

아버지는 자식들 앞에서는 기도를 안 하지만, 혼자 차를 운전하면서는 큰 소리로 기도를 하고 주문을 외기도 하는 사람이다.

아버지는 돌아가신 뒤에 두고두고 그 말씀이 생각나는 사람이다. 아버지란 돌아가신 후에는 보고 싶은 사람이다.

아버지!

뒷동산의 큰 바위 같은 사람이다.

시골 마을의 느티나무 같은 크나큰 이름이다.

-작자 미상-

여
....

조금씩 방 사람들 단점도 보이고 짜증도 나고, 이러면서 맞추며 살다 보면 시간은 오겠지. 아! 우리 오빠한테 인사도 제대로 안 하고 불평, 불만만 늘어놨네. 잘 잤어? 난 목이 좀 칼칼해진 거 같은 기분? 몸 상태? 빼고는 많이 나아졌어. 생리통 땜에 잠을 살짝 못 잤고, 하지만 금요일 밤에 아팠던 거 생각하면 아무것도 아니지. 죽다 살아났으니까.

오빠는 즐거운 월요일 아침이 되고 있을까? 주말 동안 내 생각은 얼마만큼 한 거야? 많이 했지? 내 주말 편지가 적어서 우울했지? 미안해. 아파서 그랬으니 이해해. 아빠, 엄마한테도 편지 간신히 썼어.

아빠, 엄마한테 편지 쓰면서 많이 울었어. 난 아프면 엄마 생각이 나. 이건 어렸을 때부터 이래. 엄마 보고 싶고, 엄마만 찾게 되고, 그래서 울

엄마가 여태 날 "울 아기!" 하나 봐.^^

날씨가 많이 풀렸어. 오늘은 운동 좀 나가볼까. 거기 날씨는 어때? 신기해. 암튼 오빠도 한 주 잘 보내고 내 생각 많이 하며 지내. 오전 시간이 후딱 갔네. 바쁘게 지내니 시간은 빨리 가서 좋네.

오빠 춥지 않아? 운동 다녀왔는데 오늘은 날씨가 별로 안 덥더라고. 아는 언니 만났었는데 정말 반갑긴 했는데 좀 안 돼 보이더라고. 미지정 또라이들 하고 같이 다니는 거 보니까, 지옥이야. 오늘 점심은 내가 제일 좋아하는 닭죽이 나왔어. 많이 먹었더니 배가 터질 거 같아. 배 나오면 안 되는데. 오빠는 배 나왔어? ㅋ

신경 쓸 일들이 생기면 마음에 여유가 없어지잖아. 그러다 보면 편지가 의무적으로 쓰는 게 될 수도 있단 말이지. 무슨 말인지 알지? 반성문처럼. 사랑도 여유가 있어야 가능하게 되더라고. 나는 그래. 지금이나 되니까 오빠하고 이렇게 오빠도 하는 거지, 예전 같았음 엄두도 못 냈을 거야. 한 번에 여러 가지가 안 되는 사람이라.

근데 보면 오빠는 복잡한 일이 있어도 이제부터는 사랑만 속삭여야지, 하면서 나한테만 집중하더라고. 이게 신기해. 난 이런 게 안 돼. 어떻게 하면 이렇게 될 수 있는 거야? 해결되지 않은 문제가 있는데 어떻게 딱 끊고 현실에 충실하게 돼? 그래서 혹시 오빠 마음에 상처 나 속상한 일이 남아 있는 게 아닌가 싶어서, 이것도 걱정이 돼. 좋은 성격이긴 한데 나랑은 다르니까. 난 걱정, 고민이 생기면 다른 건 전혀 못 하거든.

딱 그 일들이 해결돼야 다른 걸 할 수가 있어. 내가 내 성격을 아니까 다른 문제를 만들지 않으려고 웬만하면 참으려고 하는 거지. 어떻게 보면 답답해 보일 수도 있을 테지만 이게 나예요! 오빠가 내 곁에서 답답한 내 성격 좀 챙겨줘.

아프고 나았더니 살이 더 빠진 거 같아. 오빠 편지 받고 기분 좋았어. 언제나 웃을 수 있는 이야기는 모든 사람들이 바라고 원하는 것은 아닐까 해. 어제는 다른 곳에서 23살 귀엽게 생긴 여자애가 이곳으로 이송을 왔는데, 우리 방에 왔고 내 옆에서 잤어. 그런데 새벽에 갑자기 내 가슴을 만지는 거야.

너무 놀라서 손을 치웠는데 조금 이따 또 만져. 그래서 살짝 손을 옆으로 밀어 내려놓고, 아침에 일어나 물어보니 꿈에 엄마 가슴 만지는 꿈을 꿨대. 근데 내 가슴은 자기 엄마 가슴보다 탱탱한데, 많이 다를 텐데 왜 만졌을까?

구치소에 사악한 인간들 많은 건 알고 있지만, 절대 시험에 들면 안 돼! 알았지? 여기도 엊그제 미결 어떤 여자가 자살 소동 벌여서 난리가 났었어. 수건 두 개를 연결해서 자살을 시도했는데, 내가 도울 수 있으면 도와주고 싶다. 처음에 이곳에 들어오면 제정신도 아니고 한창 미칠 때지. 안됐어! 나도 미결 때 정말 죽고 싶었는데, 안 죽길 잘했어. 우리 오빠도 만나고 말이야.

오빠가 보내준 시가 꼭 내 이야기 같아서 몇 번을 읽었어. 오빠는 나에 대해 파악을 한 건가요? 다 내려놓으니 나도 괜찮은 사람인 거 같기도 하고, 어때? 난 어떤 사람인 거 같아? 난 어떤 사람일까? 예쁘고 귀여운 사람이지요.ㅋㅋ

그냥, 지금 이 마음 이대로만 산다면 나답게 살 수 있을 거 같아. 점심시간이라 방에 왔는데 오빠들 운동하나 봐. 점심시간이 제일 활기찬 소리가 나는 거 같아. 남자들의 힘이 느껴지는 거 같아. 여자도 이렇게 답답한데 남자들은 얼마나 답답할까? 오빠도 많이 답답하지?

오빠야! 잠은 잘 자고 있어? 오빠는 자다가 더워서 샤워하고 자는 거 아냐? 왠지 그럴 거 같아. 시원한 곳에서 늘어지게 낮잠이나 잤으면 좋겠어. 낮잠 자고 눈 뜨면 영화 한 편 보다가 또 자고 뒹굴뒹굴. 이렇게 눅눅한 곳 말고 쾌적한 곳에서.

호텔 침대 정말 부드럽고 쾌적한 침대 시트 안에서 뒹굴뒹굴하고 싶다. 아휴, 오빠도 그렇지? 뭐 여기서 20년씩 사는 사람들도 있는데. 이 곳에 온 지도 곧 2년이 되어가. 오빠는 오늘도 유쾌하게 보냈어! 난 덕분에 아주아주 유쾌하게 보냈는데. 남자들을 위해서 안 할 거야.

나의 이상형은 내 옆에 있어주는 사람. 언제든지, 무슨 일이 있어도, 같이 손잡고 어디든 돌아다니며 서로 마주 보고 웃을 수 있는, 상투적 말이지만 그냥 딱 이렇게만 살 수 있었음 좋겠어. 서로 위해주고 아껴주고. 이러면 되지 않나?

이 편지 어제(금)부터 썼는데 오늘은 토요일이야. 날씨가 참 좋아. 난 아침에 아빠, 엄마 오신 데서 씻고 기다리는 중.

나의 치명적인 매력을? 진짜! 정말로! 얼굴은 얌전하게 생겼는데, 소주 좋아하고 성격 좋다는 얘기 많이 들어. 근데 내가 좋아하는 사람들한테만 싫은 사람하고는 눈도 안 마주쳐. 인상도 차가워 보인다는 말을 많이 듣는데 여기 와서 많이 유순해졌어. 웃게 되고, 딱히 어떡할 건 없네? 음, 공부 잘했던 거 나 완전 재수 없는 거 같아. 회사 그만두고 이제 포기해야 할 듯. 공부도 지겹고, 회사도 거의 공부해야 할 수 있는 일들이었거든.

나중에 술 한잔 하면서 재밌는 이야기 더 해줄게. 오빠는 글을 써보는 게 어때? 글을 너무 잘 써. 글씨체도 예쁘고 내용도. 암튼 알게 돼서 너무 좋다. 우리 꼭 밖에서 만나자.

대통령이 가석방 혜택을 10%에서 20%로 늘리라고 했대서 나 정말 교정의 날 기대하고 있어. 꼭 나갈 거야. 오빠는 무조건 살아야 해? 가석방 없어? 내가 먼저 나가게 되면 접견 갈게. 진짜로! 정말! 근데 우리 비슷하게 나가거나 오빠가 먼저 나갈 확률이 더 크긴 해. 그럼 나를 보러 꼭 와야 해. 앗! 반하면 어쩔.^^

항상 반가운 편지야. 그리고 자꾸 수다 떨게 돼서. 유일한 나의 수다 시간. 밥 잘 먹고 하체 운동 열심히 하고.

편지 마무리했지만 심심하면 또 쓸지 몰라!.

심심해서 편지 또 쓰고 있어. 오빠도 심심한데 잘 됐지? 생각해보니 이 편지 수요일 날 받겠어. 그럼 유쾌한 오빠 편지 이번 주에는 못 받겠네. 아빠, 엄마 만나고 우리 부모님은 내가 활짝 웃으면 웃을수록 슬프신 가봐. 나 일할 거라고 했더니 우셔. 왜 일하냐고. 그래야 빨리 나간다고 했더니 직, 훈 간다고.

이것도 기간이 맞지 않아서 점수 유지가 힘들어서 일해야 한다고. 1년만 할 테니 믿고 있으라고 했지. 빨리 나간다고. 슬펐어. 너무 죄송하고. 나가면 잘해야지. 잘하며 살아야지. 오빠네 부모님도 자주 오셔? 형제는 어찌 되는지?

오늘 영화는 뭐 하려나? 나한테 편지나 써. 토요일 하루 잘 갔네. 낮잠도 잤어. 드라마 하는 시간이 제일 싫어서 자버렸어. 오후에 그렇게 자고 나면 시간이 금방 가. 이렇게 자도 난 8시만 되면 곯아떨어지니 어쩌니. 밖에 나가면 밤늦게까지 못 놀까 걱정이야. 5시 되면 졸려서 하품이 어찌나 나오는지. 내가 버티며 밖에서 살 수 있을까? 놀 때는 정신없이 놀 수 있겠지.

　토요일 잘 보냈니? 난 접견도 하고 나름 그런대로 잘 보냈어. 이제 5시 30분인데 졸려. 8시에 또 쓰러질 거 같아. 쓰러져 자야지. 조금만 참고. 난 엄청 할 일 없는 여자 같지? 이해해 줘.^^ 주말 잘 보내고, 아니 잘 보내길. 하루하루 좋은 날 되길.

66 멋진 커플

남 ____

아름다운 날들의 사랑이 가슴에 담길 때 오빠는 사랑하는 순희, 그대 품에 안긴 채 소리 없이 잠들고 싶다. 사랑하는 순희의 부드럽고 따스한 살결을 부딪치며, 사랑의 감미로움을 느끼고 싶은 오빠는 언제나 순희의 남자.

한순간도 순희 생각하지 않으면 미칠 것 같은 그리움과 기다림이 오빠를 힘들게 해. 어쩌면 오빠만이 느끼는 행복한 바보는 아닐까? 순희 품에 갇혀버린 오빠는 순희만의 영원한 사랑이야.

잘 잤어? 하하하! 웃으면 복이 온다고 우리 늘 몇 번씩이라도 웃음을 만들어가야 한다고 해. 오늘은 영화를 보여주기 위해 서울에서 왔어. 전국 교도소와 제휴를 맺어 주일마다 찾아다닌대. 왜 감동의 영화를 가져와서 눈물을 흘리게 하는 걸까? 스트레스 풀도록 액션이라든지 배꼽 빠지게 웃을 수 있는 코믹 영화를 가져오면 좋을 텐데. 그치?

순희는 어떤 하루가 좋다고 생각해? 오빠는 늘 즐겁고 웃을 수 있는 하루가 되었으면 하는 생각을 하는데 쉽지가 않아. 아프면 마음도 무겁고 가족 생각이 제일 많이 나곤 해 늘 마음이 편하면 근심 걱정이 사라진다고 하니 즐거움이 저절로 따라오지 않을까? 물론 그런 분위기도 있어야 하겠지만 만들어 가야겠지.

순희! 우리 밖에서 만나면 하루에 한 번이라도 서로 웃음을 찾아주며 행복하게 살자. 오빠도 순희가 늘 웃을 수 있도록 다 할게! 거기 분위기는 어때? 오고 가는 사람마다 각양각색일 텐데. 그 사람들이 우리 순희를 웃게 해줘야 할 텐데, 순희 힘들게 하고 괴롭히는 사람은 없지.

있으면 즉시 추방해버려. 독방으로. 꼭! 오빠가 옆에 있어야 다시는 안 그러도록 혼내줄 텐데. 순희는 항상 오빠랑 붙어 있어야 한다.

여
....

나 정말 깜짝 놀랐잖아. 갑자기 첫 마디가 "너, 대체 나한테 왜 이러는 거야?" 이래서. 내가 말실수를 했나? 오빠 마음을 또 상하게 했나? 잠깐 심장이 쿵 하고 내려앉았었어. 으이그, 장난꾸러기! 내가 그렇게 좋아? 아주 내 매력에 푹 빠지셨군. 내가 편지 처음 할 때 내 매력에 빠지면 헤어 나올 수 없을 거라고 한 말 기억나지? 오빠는 지금 그 상태가 된 거야.^^ 근데 나도 그래. 오빠랑 나랑은 지금 같은 상태니까 우리 서로만 생각하며 행복하게 지내자. 알았지?

여자들은 이불 가지고 뭐 안 해. 그냥 있는 그대로 덮지. 그리고 따뜻하니까. 오빠도 멋있고 잘 생겼고, 나도 예쁘고. 우린 멋진 커플! 남자는 당연히 어느 정도 성격도 있고 욱하는 것도 있긴 해야 하는데 너무 심하게 그럼 안돼. 무슨 말인지 알지? 이제 오빠는 혼자가 아니니까. 오빠는 나밖에 모르는 바보가 좋아. 아주 좋아. 나도 오빠밖에 모르는 바보야. 알지?

발전이 없는 상태라 약간 의기소침해진 상태라고 해야 할까? 내가 야하게 해주면 오빠가 정말 좋아하는 게 사실일까 하는 생각도 들고.

지금 편두통은 괜찮아. 하루 정도 아프고 나면 괜찮아져. 한번 아플 때 심해서 그렇지, 괜찮아. 난 건강해. 정말 건강해. 우리 오빠는 내 어디가 그렇게 좋은 걸까? 날 만난 적도 없으면서 날 이렇게나 사랑해 주다니, 신기해.

난 눈 뜨니 또 아침이었어. 그래서 슬펐어. 왜 이렇게 잠이 많아진 건지. 내 편지 받고 그렇게 좋았어요? 이모 편지가 안 오네. 안됐나 봐. 그 낯선 곳에 혼자 있기 싫은데. 요즘은 입맛도 없어. 이상하게 입맛이 없는 게 아무래도 죽을 때가 됐나?

난 오빠가 지금까지 만난 여자 중 몸매 제일 별로일 거야. 오빠 여자 친구는 다 예쁘지 않았어? 다른 여자들도 짧은 치마 입고 속바지 안 입을걸? 아닌가? 팬티 보일까 봐 조심하지. 전철 타도 잘 가리고 앉고, 술 마시면 택시 타고. 모르지. 보였을지도. 주말에 정말 야한 거 보내줄 거야? 기대 잔뜩 하고 있어야지. '푸하하' 할 때 귀여워? 그럼 아끼고 아끼다 가끔씩 해야지.

오빠가 잘 돼서 나한테 자주 온다면 소원이 없을 거 같아. 우리 오빠가 날 정말 수발 잘해줄 거 같아. 나도 오빠 많이 사랑해. 요즘도 일어나면 온몸이 다 아파? 요즘 진짜 추운데, 정말 너무너무 추운데, 모범수로 살아야 하니까. 오빠가 말했던 거 걸리지 않게 잘해서 보내야 해. 아니면 오빠 곧 올 거잖아. 와서 접견실에서 보여줘. 보여줄 수 있겠어?

오랜만에 나가서 위탁 이모들한테 인사하고 다음 주에 이송 간다고 안부 전하고 들어왔어. 기분 좋아. 움직이니까 역시 좋은 거 같아. 오빠는 점심 맛있게 먹었을까? 밥도 먹고 운동도 했겠지? 내 생각도 많이 많이 하고 있겠지? 너무 졸려서 좀 자야겠어.

오빠, 많이 보고 싶어요. 아주 많이 그리워요. 빨리 함께 있고 싶어. 아, 오빠. 나 오늘 죽을 뻔했어. 지금 죽을 거 같아. 못난이 대신 일하고 점심은 조금 먹었거든. 이게 체해서 다 토하고, 지금 속이 술 마신 다음날 속 같아. 나 죽으면 오빠 어쩔 거야? 진짜 손이 덜덜 떨려. 열도 나는 거 같고. 오빠, 나 눈물 날 거 같아. 오늘은 진짜 기절해야겠어. 내 사랑 오빠, 보고 싶다. 오늘은 정말 꿈속에서 만나요.

자고 일어났더니 속은 많이 가라앉은 거 같아. 그래도 울렁거려. 나 목도 아픈 거 같고 컨디션이 완전 안 좋네. 생리까지 하고. 왜 이렇게 빨리하지? 이송 가서 하는 거보다는 낫나? 생리하는데 차 타고 왔다 갔다 하는 거보다는 낫지 뭐. 그치? 좋게 생각해야지. 갑자기 예전에 여기 와서 오빠한테 바로 편지 쓴 게 생각나. 그때 쓰면서도 내가 오자마자 이 사람한테 도착했다고 써도 되는 건가?

우리가 그런 사이인가? 오빠한테 편지도 그리 썼을걸. 그치? 내가 좀 튕기고 했어야 했나? 히힛! 여기에서의 6개월이 눈 깜짝할 사이에 지나가 버렸어. 돌이켜 보니 그러네. 생각해보니 사람들도 다 괜찮았던 같아.

아침 조금 먹었더니 울렁거림이 가라앉았어. 배고파서 그랬나? 나 이제 안 아파. 걱정 마세요. 여기는 나이 든 사람일수록 철이 더 없는 거 같아. 이번 주 주말 편지는 양이 적어서 오빠 실망하지 않을까 걱정이네. 아니지? 나 아팠잖아. 다음 주 언제 본소로 갈지는 모르겠는데, 오빠 생각하면서 마음 편히 먹고 갈게.

우리 밖에서 어떻게 해? 오빠는 일단 서울에 살 거지? 그냥 갑자기 궁금해서. 일단 나가봐야 알겠지? 이런 생각 하면 좋아. 그치? 얼마 안 남았으니까 우리 천천히 생각해보자. 오빠 생각도 말해줘. 오빠 많이 보고 싶고 그랬어. 알지? 많이 사랑해.

67 행복은 만들어 가는 것

남 ___

행복은 늘 우리가 만들어가는 거 맞지?

시원하고 좋은 날씨야. 오빠는 늘 순희의 옆에 있어. 순희의 사랑이 오빠에게 담겨 있기에 오빠는 늘 따뜻함을 함께 갖고 있어. 이제 곧 연휴의 시작이라 지금 전쟁이라도 날 것처럼 구매하고 있어. 거기는 어때? 근데 뭐 살게 있어야 사지. 그치? ㅋㅋㅋ

명절에는 떡이랑 부침개 정도는 살 수 있게 해줬으면 좋겠어. 그치? 막걸리도! 정말 요즘. 술 마시고 싶어서 병 날 거 같아.

순희~ 우리 빨리 함께하자. 구매한 거 받느라 방에서 마무리가 이상했네. 오후 공장에 왔어요. 졸려. 점심을 너무 많이 먹었어. ㅋㅋ 순희는 밥 맛있게 먹었을까? 어디를 돌아봐도 생각이 나고 간혹 여자의 모습을 볼 때도 보이는 건 순희뿐. 해맑은 모습으로 오빠에게 다가와 살포시 안아주면 이보다 더 짜릿한 감정을 느낄 수 있을까? 갈수록 쌓이는 순희의 편지를 보면서 오빠의 마음이 포근해지고 따뜻함을 느끼는 것이 참 좋다.

오빠는 오빠 자신이 몹시 초라하고 부끄럽게 느껴질 때가 있어. 오빠가 가진 것보다 더 많은 것을 갖고 있는 사람 앞에 섰을 때도 아니고, 오빠보다 훨씬 적게 가졌어도 그 단순과 간소함 속에서 삶의 기쁨과 순수성을 잃지 않는 사람 앞에 섰을 때는 어딘지 모를 위축감이 들게 돼. 그때는 오빠 자신이 몹시 초라하고 가난하게 뒤돌아 보이거든.

우린 위축 들지도 말고, 위풍당당한 내일만 있다는 것을 늘 마음에 담으며 지내자.

80년대에는 밥을 찍어서 나왔대. 1등급부터 4등급까지 나왔는데, 1등급은 제일 크고 관용 부가 먹고, 2등급은 소년수가 먹고, 3등급은 공장에서 일하거나 확정 방에 있는 사람이 먹고, 4등급은 나이 드신 분들이 먹었다고 해. 그때는 콩이 섞여 있어서 콩밥을 먹는다고 해서 교도소에 들어갔다 나오면 콩밥을 먹고 왔냐 물었고, 나쁜 짓을 하면 콩밥 먹으려고 그러느냐 그랬다는 거야.

이때부터 차별을 두었다는 게 잘못되고 있었던 거지.

여
....

내 편지가 반가웠다니 다행이긴 한데 내용 보고 짜증 났겠어. 공주병 말기의 투병 내용이라서. 교도소로 다시 가는 거야? 앞으로의 일정이 어떻게 돼? 난 어제 방 옮겼어. 직, 훈이든 관용부든 결정이 되면 움직일 줄 알았는데 옮기게 돼서 좀 짜증은 나는데 할 수 없지. 옮긴 방에 경상도 사투리 쓰고 목소리 엄청 큰 여자가 있는데, 이 여자만 빼고는 괜찮은 소 같아. 맞아. 아무리 바빠도 마음만 있으면 연락하든 찾아오든 할 수 있는 거라 생각해. 그런데 이곳에 남은 우리가 할 수 있거나 속을 보일 수 있는 방법이 없으니까 막내는 난 꼭 보러 올 거야. 막내가 온다고 한 거니, 사실 안 와도 그만이고.

구치소에 있을 때 엄청 친했던 친구가 있어. 내가 구치소 들어갈 때 상태가 안 좋았고 좀 엉망이었거든. 밥도 안 먹고 쓰러져 있었어. 그때 들어온 친구가 날 살렸지. 구치소에서도 배려를 해줘서 이 친구랑 방도 같이 옮겨다녔어.

기결되기 전에 헤어지고 여기에 와서 그 친구 없이 방 옮긴 게 2번째니까. 나 자신이 기특해. 그 친구도 잘했다고 하고. 이 친구는 얼마 안 있으면 나가. 이곳에 들어온 걸 그나마 후회하지 않은 이유. 이 친구를 만난 거거든. 이 친구만큼은 아니어도 막내는 날 많이 따르고, 내가 그렇게 호감이 가는 성격이 아닌데도 날 좋아해 주더라고. 여자 동생이 날 이렇게 따르고 좋아한 적이 없어서 당황스러웠지만, 막내도 내가 신기하고, 나도 막내가 신기하고 그랬지.

그리고! 오빠한테 좋은 사람 소개해 주고 싶은 마음에 살펴봤는데 그만큼 사람이 없다는 얘기였어. 우리 방 이모들도 내가 청주에서 제일 예쁘다고 했어. 치. 사진 보여주고 싶은데 다들 사진보다 지금 모습이 훨씬 낫대. 암튼 감안하고 봐줄 거라면 보내줄까? 근데 교정 시설끼리는 사진 못 보내잖아. 지난번에 다른 오빠한테도 대행업체 통해서 보냈는데, 나도 그 사진 아깝다. 대학교 때 찍었던 진귀한 사진들이었는데. 버렸으면 어쩌지? 내가 17년 6월에 들어왔는데, 나 구속되기 전 8개월 정도가 행복했던 거 같아. 하고 싶은 공부 하고, 혼자 하고 싶은 거 다 하고. 암튼 좋았던 때 딱 사진 찍어서 엄마한테 카톡으로 전송해 줬었는데, 그 사진이랑 어릴 때부터 커서 사진들 싹 정리해서 엄마가 넣어주셨었어.

연하남은 나 절대 싫어했었는데, 지금은 다 같이 나이 먹어가는 건데 뭐 어때? 여기에 오자마자 부산에 있는 무기수 아저씨하고는 몇 통 해봤어. 무기수랑 대화하고 싶어서, 어떤 언니가 소개해줘서. 난 치유도 받고 나도 위로도 해주고, 뭐 이런 마음으로 61세 아저씨랑 편지했어. 18년째 계신다고, 살인 및 시체 유기, 1심에서 사형, 2심에서 무기, 불쌍해서 편지하고 좋은 말도 많이 해주시더라고. 성경 책을 많이 외우고 있는 사람이라고 해서 펜팔을 했는데, 도움이 되는 말 좀 들으려고 했었지. 처음 몇 통은 정말 좋은 말만 해주더니 갑자기 이상해지더라고. 야한 이야기하고, 딸 나이도 나랑 별로 차이도 안 나는 거 같은데. 너무 어이없어서 편지 안 했지. 몇 번 오길래 읽지도 않고 다 찢어버렸었어. 그때 다시 한번 느꼈지. 남자란.ㅋㅋ

그리고 다른 오빠랑 편지했고, 다른 오빠 참 좋은 사람인 건 알겠는데 나랑은 안 맞았어. 이렇게 보니 내 글씨 개미 같아. 그치? 남자는 무조건 능력인 건 인정! 돈을 너무 헤프게 써도 문제지만, 돈 쓰는 거에 인색한 남자들, 여자들도 그렇고. 싫어. 나도 술값 내고 선물 사주는 거 좋아해서.

비키니는 입을 수가 없어. 내가 얼굴만 예뻤지 몸매는 별로거든. 속옷 사줄 때 주의해. 가장 작은 사이즈야. 남자들 사이즈 잘 몰라서 잘못 선물하더라고. 속옷 선물 딱 한 번 받아봤는데 85A를 준거야. 나 참, 75A 입는 사람한테. 남자들은 가슴을 못 보나 봐. 그래서 사이즈 바꿔서 입었었지. 내가 이래서 비키니 못 입는다는 거야. 입어본 적도 없고. 편한 거 좋아해. 스키니에 티셔츠, 스키니를 자주 입어. 원피스도 좋아하고.

가방은, 된장녀는 절대 아닌데 명품을 좋아해. 대신 자주는 안 사고 1년에 두세 개 정도만. 이상한 가방 많이 사는 것보다 비싸고 좋은 가방 한 개 사서 오래 드는 게 좋더라고. 난 10년째 들고 다니는 가방도 있어. 이런 가방들 좋아. 내 손, 내 몸에 맞춰진 가방. 지금 내 가방들은 울 엄마 손에.

술자리 좋아해. 소주, 막걸리, 선배들, 동기들, 회사 사람들하고 늦게까지 이야기하면서 건배 수없이 하면서. 술은 잘 마시지는 못해. 분위기를 좋아하는 거지. 나도 아주 능력 있고 멋진 오빠가 생겨 좋아. 대화도 잘 통하는 거 같고, 오빠한테 편지 쓰니 즐겁다. 솔하고 솔직한 대화 좋아. 따스한 격려, 이런 건 솔직히 뭔지 모르겠어. 이곳에서의 삶은 각자의 마음가짐과 마인드 컨트롤에 달린 게 아닐까? 그냥 서로 즐겁게, 편지 읽으면 미소 지을 수 있게. 그 순간만큼은 그렇게 지냈으면 좋겠어.

무엇보다 오래 지속될 수 있는 게 좋겠지? 우리 꼭 나가서 소주 한잔하자 약속이야! 소주 한잔하면서 자세한 계획은 잡고, 난 정말 꼭 가겠다는 의지를 말한 거야.

운동 다녀왔어. 안 나가려고 했는데 예전에 같이 있던 이모들이 창문에 서서 나오라고 계속 그래서 후다닥 나갔지. 사진 보내줘? 어떻게 보내? 얘기해줘. 궁금하다는데. 대신 사진 버리지 말고 잘 갖고 있어야 해. 일단 편지 여기서 마무리! 또 쓸게. 즐겁게 해줘서 참 고마워.^^ 오빠를 알게 돼서 기뻐!

68 행운

남

　사랑하기 위해, 사랑을 따라 오빠의 마음을. 세상은 한 인간을 위해 생명을 주었고, 한 인간의 성장을 위해 언어와 지식을 안겨다 주었는데, 아담과 하와가 하느님의 말씀을 져버리고 선악과를 따먹고 죄인이 된 것과 같이.

　사랑하는 순희야! 이 세상을 살아간다는 것이 순탄한 길만은 아니라는 것을 피부로 느끼고 보니, 새삼 삶이란 이런 것이구나 하는 깨달음이 얻게 돼. 오빠는 오늘도 이곳에 있으면서 많은 것을 배우고 담는단다. 이곳에서 지내는 동안 오빠는 독서광이 되어가고 있어. 지난날들을 가만히 생각해보면 나쁜 짓도 많이 했었던 기억이 나고, 터무니없는 장난도 많이 했었던 것들이 스쳐 지나가. 추억을 되새겨 보면 참으로 긴 시간이었는데.

　사랑하는 순희! 모두 잠든 고요는 끝없이 계속되고, 가끔 고요를 깨버리고 마는 요란한 코 고는 소리는 가다듬었던 정신을 깨뜨리고 말아. 지금 시각은 4시가 넘은 듯.

순희! 보내준 편지는 언제나 반갑고 좋기만 해. 좋은 사람 만난다는 거 그것도 내겐 행운이라 생각해. 순희가 마음을 주는 사람을 만났듯이 오빠도 마음을 주는 순희를 만나 얼마나 행복하고 기쁘고 하루하루의 시간에 기다림이 생기고 그리움을 담을 수 있다는 자체만으로도 얼마나 감사한지 몰라. 언제나 순희를 생각하면 오빠는 불행 속에서도 행복한 사람임을 느끼게 돼. 한순간의 사랑으로 맺어진 우리의 인연이 이렇게 그리움으로 보내야 한다는 것이 너무도 큰 아픔이지만, 이것도 하나님이 주신 선택이라 생각해.

〈승자와 패자의 정의〉

제1장

1. 승자는 실수했을 때 "내가 잘못했다."고 말한다.

   패자는 실수했을 때 "너 때문에 이렇게 되었다."고 말한다.

2. 승자의 입에는 솔직이 가득 차 있다.

   패자의 입에는 핑계가 가득 차 있다.

3. 승자는 '예'와 '아니요'를 확실히 말하고,

   패자는 '예' '아니요'를 적당히 말한다.

4. 승자는 '어린이'에게도 사과할 수 있고,

   패자는 '노인'에게도 고개를 못 숙인다.

5. 승자는 넘어지면 일어나 앞을 보고

   패자는 넘어지면 일어나 뒤를 본다.

6. 승자는 패자보다 열심히 일하지만 시간에 여유가 있고,

   패자는 승자보다 게으르지만 '늘, 바쁘다, 바쁘다'고 말한다.

7. 승자의 하루는 24시간이고

   패자의 하루는 23시간밖에 안 된다.

8. 승자는 열심히 일하고 열심히 놀고 열심히 쉰다.

   패자는 허겁지겁 일하고 빈둥빈둥 놀고 흐지부지 쉰다.

9. 승자는 시간 관리하며 살고

   패자는 시간에 끌리며 산다.

10. 승자는 시간을 붙잡고 달리며

   패자는 시간에 쫓겨서 달린다.

11. 승자는 지는 것을 두려워하지 않는데

   패자는 이기는 것도 은근히 염려된다.

12. 승자는 과정을 위해서 살고,

   패자는 결과를 위해서 산다.

13. 승자는 순간마다 성취의 만족을 경험하고,

   패자는 영원히 성취의 만족을 경험하지 못한다.

14. 승자는 구름 위의 태양을 보고,

   패자는 구름 속의 비를 본다.

15. 승자는 넘어지면 일어서는 쾌감을 알고,

패자는 넘어지면 재수를 한탄한다.

16. 승자는 문제 속에 뛰어들지만,

    패자는 문제의 변두리에서만 맴돈다.

17. 승자는 실패를 거울로 삼고,

    패자는 성공을 휴지로 삼는다.

18. 승자는 무대 위에 올라가고,

    패자는 객석으로 내려간다.

19. 승자는 눈을 밟아 길을 만들고,

    패자는 눈이 녹기를 기다린다.

20. 승자는 바람을 돛을 위한 에너지로 삼고,

    패자는 바람을 보면 돛을 거둔다.

21. 승자는 파도를 타고,

    패자는 파도에 삼켜진다.

22. 승자는 돈을 다스리고,

    돈은 패자를 다스린다.

23. 승자의 주머니 속에는 꿈이 있고,

    패자의 주머니 속에는 욕심이 있다.

24. 승자의 즐겨 쓰는 말은 "다시 한 번 해보자."이고.

    패자의 자주 쓰는 말은 "해봐야 별수 없다."이다.

25. 승자는 차라리 용감한 죄인이 되고,

    패자는 차라리 비겁한 오행을 믿는다.

26. 승자는 새벽을 깨우고,

　　패자는 새벽을 기다린다.

27. 승자는 일곱 번 쓰러져도 여덟 번 일어서고,

　　패자는 쓰러진 일곱 번을 낱낱이 후회한다.

28. 승자는 달려가며 계산하고,

　　패자는 출발도 하기 전에 계산부터 한다.

29. 승자는 다른 길이 있을 것이라 생각한다.

　　패자는 길은 하나뿐이라고 생각한다.

30. 승자는 더 나은 길이 있을 것이라고 생각한다.

　　패자는 갈수록 태산일 것이라고 생각한다.

31. 승자는 여유가 있어 자기 자신을 여러 모양으로 변화시켜 보나,

　　패자는 자기 하나가 꼭 들어갈 만한 상자 속에서 스스로를

　　가두어 놓고 산다

32. 승자는 등수(登數)나 상(賞)과는 관계없이 달리고,

　　패자는 줄곧 상만을 바라본다.

33. 승자의 의미는 모든 달리는 코스에, 즉 신작로와 험준한 고갯길

　　전체에 깔려있다.

　　그러나 패자의 의미는 오직 결승점에만 있다. 따라서 승자는 꼴찌

　　를 해도 의미를 찾으나 패자는 1등을 차지했을 때만 의미를 느낀다.

34. 승자는 달리는 도중 이미 행복하다.

　　그러나 패자의 행복은 경주가 끝나봐야 결정된다.

35. 승자는 자기보다 우월한 자를 보면 존중하고 그 사람으로 배울 점을 찾는다.

    패자는 자기보다 우월한 자를 만나면 질투하고 그 사람의 옷에 구멍난 곳이 없는지 찾으려 한다.

36. 승자는 자기보다 못한 자를 만나도 친구가 될 수 있으나,

    패자는 자기보다 못한 자를 만나면 즉시 보스가 되려고 한다.

37. 승자는 승자에게는 강하고 약한 자에게는 약하나,

    패자는 강자에게는 약하고 약한 자에게는 강하다.

38. 승자는 몸을 바치고,

    패자는 혀를 바친다.

39. 승자는 행동으로 말을 증명하고,

    패자는 말로 행위를 변명한다.

40. 승자는 책임지는 태도로 살며,

    패자는 약속을 남발한다.

41. 승자는 벌 받을 각오로 결단하며 살다가 영광을 받고,

    패자는 영광을 위하여 꾀를 부리다가 벌을 받는다.

42. 승자는 인간을 섬기다가 감투를 쓰며,

    패자는 감투를 섬기다가 바가지를 쓴다.

--시드니 해리스--

여
....

오빠, 방금 친한 이모한테 편지 온 거, 고릴라 친구가 알지도 못하는 사람들한테 내 얘기를 또 한 거야. 진짜 어이없지? 우와! 정말 또라이야. 그치? 도대체 나한테 왜 그럴까? 그냥 모자란 사람이 모자란 행동하는 거라고 생각해야겠지? 나 이제 괜찮아졌어. 오빠 편지도 왔거든. 빈틈없이 편지 보내줘서 고마워. 감동받았어. 내가 평생 많이 사랑해 주고 아껴줄게. 연휴는 잘 보냈어? 외롭지 않게 쓸쓸하지 않게 잘 보낸 거지? 내 생각도 많이 했고?

오늘 아침에 언니한테 오빠 사진을 보여줬어. 언니가 오빠 멋지다고 난리야. 언니가 오빠 멋지다고 하니까 기분이 좋더라고. 방 옮기고 잠을 잘못 잤어. 살짝 어색하더라고. 그래도 오빠 꿈꾸며 잘 잤어. 새벽에 추워서 한번 깨고, 중간중간 계속 깼었어.

오빠네 서신 담당자는 왜 그래? 정말 싫다. 성의도 없고. 그래도 오빠 참아야 해. 내가 힘이 없어서 참는 게 아니고 이곳에서 내가 할 일이 참는 거다. 이렇게 생각해. 알았지?

가끔 우울한 건 예전에는 오래 그랬는데, 요즘은 하루, 이틀 그러다 말아. 모두 오빠 덕분이야. 걱정하지 마. 힘낼게. 그리고 이번에 안양 공장이랑 편지하다 걸린 여자애, 애랑 편지한 남자들도 죄다 징벌 갔대. 사실 이런 것도 이해가 안 가. 한 번 정도는 경고만 하고 넘어갈 수 있는 거 아니야? 여기는 싫어. 나는 죽어서도 오빠하고 뜨겁게 사랑할 거야. 우리 하늘로 올라가지 말고 손잡고 여기저기 날아다니며 살자. 나도 오빠만 내 곁에 있으면 돼. 우리는 서로만 있으면 되니까 욕심부리지 말고 웃으며 행복하게만 살자. 우린 잘만 지내다가 웃으며 만나서 행복하게만 살면 되는 거야. 난 그 어떤 욕심도 없어. 마음 편히만 지내도 좋으니까. 나 때문에 돈을 쓰고 할 일은 없을 거야. 어제는 편지 3장밖에 못 썼어. 엄청 바빴거든. 그래도 하루도 빠지지 않고 오빠에게 내 마음 보내려고 얼마나 노력하며 글을 쓰는지 오빠는 알겠지. 오빠 마음 다 잘 받았어. 고마워. 사랑해.^^

어제 남자들하고 미사를 같이 드렸는데 냄새나서 죽는 줄 알았어. 남자들은 안 씻어? 우웩. 지금도 생각하니 토할 거 같아. 오빠도 집회 가지? 아저씨 냄새나? 여자들만 느끼는 거야? 같은 남자는 느끼지 못하나? 우리 빨리 만나게 해달라고도 기도했어. 시간 빠르지? 빨리 가는 시간 아쉬워하지 말자. ^^ 동생이 중층에 있어서 운동같이했어. 동생이 내 볼에 뽀뽀해 줘서 나도 뽀뽀해 줬어. 동생하고는 항상 아쉬워. 본소에 빨리 가서 편지하는 게 좋을 거 같아. 어제 집회 다녀오니 오빠 편지가 와서 좋았어. 그것도 두 통이나. 이곳에서의 행복, 이곳에서의 희망. 살아가는 나의 삶에 활력소가 되어준 오빠에게 오늘도 고맙고, 감사하다고 말하고 싶어. 때로는 기쁘고 때로는 슬플 때도 있었지만, 기쁨은 기쁨대로 슬픔 또한 슬프지만 받아들이고 힘내야지.

이곳에 괜찮은 사람들이 많이 올 거라 믿어. 제발 별일 없이 잘 지냈으면 좋겠어. 오빠 내 매력에 빠진 상태로 평생 살아야지. 당연히! 참! 오빠 방 옮겼어? 방 자주 옮기는 거 같아. 그럼 함께 있던 사람들과도 떨어져 보내겠네? 처음에는 낯설어도 시간이란 것이 모든 것을 해결해 주겠지? 오빠는 어디서든 다 잘할 거라 믿어.

언니가 청송에 편지하는 사람이 있나 봐. 근데 이 사람이 어제 편지가 왔는데 누구한테 언니 외모를 들었는지, 언니한테 거울 보고 반성하라고, 재수 없다고 그렇게 살지 말라고 편지가 온 거야.

너무 웃기지? 청송 사람하고 편지하는 사람 많이 있는데, 친구가 말했을까? 그럴 아이는 아닌데. 언니가 화 많이 난다고 해서 꼴통이랑 나도 같이 욕 한 바가지 써서 보내기로 했어. 뭐라 욕해야 하지? 이 남자도 웃기지 않아? 아니면 말면 되지, 굳이 편지까지 보냈는지. 남자답지 못해. 그치? 그리고 동생분 내가 적어준 주소로 편지하라고 해줘. 27살이고 날씬하고, 예쁘고 귀엽게 생겼는데, 여기로 편지하라고 해. 착하기도 하고, 우리가 펜팔 하는 거 보더니 소개해 달라고 난리야.

내년 연말에는 우리 둘이 좋은 날들 보내고 있겠지? 아주 행복한 날들. 오빠, 어떤 이모가 나더러 본소에 가서는 운동도 나가지 말래. 예쁜 얼굴 소문나면 또 시기, 질투의 대상이 된다고.ㅋㅋ 완전히 웃기지? 우리 지금 서로 사랑하는 만큼만 계속 사랑하며 살자. 그럼 싸우지 않고 오래오래 행복하게 살 수 있을 거야.

69 자유의 소중함

남

　순희야! 오빠 서운한데. 우리 처음에 솔직하자고 이야기했는데 오빠한테 펜팔 몇 명 하는지 솔직히 말해 달라니? 순희 주위에 있는 사람들이 그런 경험이 있나 보네? 순희야! 오빠는 펜팔은 처음이란다. 순희 만나기 전에 잠깐 한 거 말고는 한 번도 없어. 무슨 이득이 있다고 시간 낭비하면서 여러 명이랑 펜팔을 하겠어? 오빠가 펜팔을 싫어했던 이유가 그런 이유야. 서로에게 솔직하지 못하면서 가식적인 글들로 나누는. 오빠가 순희랑 벌써 정든 건가? 그래도 서운함이 드네?

　순희야! 오빠도 죄를 짓고 이곳에 들어와 있지만, 항상 다짐하는 게 이곳 사람들에게 젖어들지 말자고 항상 다짐한다. 물론 예외인 사람도 있지. 아주 드물게. 그중에 만난 인연이 우리 순희잖아. 순희의 질문에 살짝 당황했지만. 순희! 왜 오빠 질문에는 답 안 해주고 했던 말만 반복하는지? 순희는 사회로 언제 돌아가는지? 어쩌다 이런 상황이 오게 됐는지? 순희 아는 언니를 소개해 준다니? 왜 그러니, 진짜? 오빠는 귀여운 순희 하나면 충분하단다. 알겠지!

그리고 순희야! 순희가 아는 좋은 언니, 오빠가 아주 괜찮은 형 하나가 있는데 소개해 줄까? 이곳에서는 보기 드문 사람이야. 언니한테 물어보고 생각 있으면 수 번이랑 이름 보내줘. 그럼 형한테 먼저 편지하라고 할게. 나이는 40초쯤 모든 면에서 남자다움. 그럼 이제 순희는 오빠 동생이고, 오빠는 순희 오빠다. 응. 오빠는 순희 보지도 못했지만, 글만으로도 너무 밝고 귀여운 거 같아. 근데 너무 털털하다 너. 크크.

오빠는 소박하고, 운전하면서 노래 듣고, 집에서 음악 틀어놓고 맥주 마시고, 노래는 신나는 노래도 괜찮은데 발라드를 더 좋아해. 그날 분위기에 따라 달라져. 그래서 나가면 나만의 공간에서 힐링해야지. 아! 빨리 나가고 싶다. 자유의 소중함을 절실히 느끼는 중. 내년에는 우리에게도 웃을 수 있는 일들이 가득했으면 좋겠다.

무엇보다도 아프지 말고. 오빤 순희가 아주 괜찮은 사람이란 거 알아. 오빠도 순희한테 좋은 오빠 될 수 있게 노력할게! 빨리 나가서 순희랑 밤새 이야기하면서 시원한 소주, 맥주 마시고 싶다. 그런 날 분명히 오겠지! 그래. 부끄럽겠지만 술기운을 빌려 코코도 하고.^^ 좋은 날 기약하며 남은 시간 힘내자. 순희야! 분명 다시 말하지만, 이곳에서 맺은 인연은 네가 처음이자 마지막이야. 남자는 두 명 있는데 나가서 봐야 알지. 우리 순희 한 해 고생 많았어. 과거를 지우랴 현재를 살랴, 미래를 걱정하랴. 잘 이겨내자. 이 시간들.

여
·············

　오빠 편지 읽을 생각에 일이 힘든 줄도 모르고 했었어. 일하는 것도 오빠 편지와 사랑이 있을 거니까 걱정 안 해. 너무 보고 싶잖아. 함께 놀고 싶어. 맛있는 거 먹고 싶어. 요즘 들어 왜 이렇게 나가고 싶은지. 나가고 싶은 마음에 미칠 것만 같아. 진짜 왜 이렇게 답답한지. 오빠는 나보다 더 오랜 시간을 어찌 견디고 산 거야. 응? 그동안 얼마나 힘들었어? 나한테 빨리 연락하지 그랬어. 그랬음 우리 좀 더 빨리 행복할 수 있었잖아. 바보.

　우리 공장에는 전국에서 온 사람들이 많아. 규율은 센데, 여기보다는 낫다는데? 여사는 괜찮은가 봐. 그나저나 난 잠을 못 자서 병든 닭처럼 졸고 있어. 계속 졸다가 씻고 왔어. 씻었더니 잠이 확 깼어. 오늘 밤도 잘 못 자겠지? 어떤 아이는 코 골고 자더니, 갑자기 일어나 앉아 떡갈비 하고 우유를 먹고 그냥 또 자. 너무 웃기지 않아? 계속 옆에서 자다가는 돌아버릴 거 같아. 오빠가 와서 데려갔으면 좋겠어.

　또 제대로 마무리 안 하고 자버렸네. 히힛. 오늘 아침에 여기서 유명한(꼴통) 아이가 우리 방 앞에서 날 불러서 식겁. 여기는 거의 자치 사동이라 공장, 직, 훈 생이 돌아가면서 배식, 쓰레기 분리를 하더라고. 전에 이곳에 있을 때 잠깐 안면이 있었거든. 이 아이가 나 보려고 일부러 나왔대. 나한테 "어떻게 온 거야? 어떻게, 어떻게!" 계속 이래. 뭘 어떻게야. 그치? 무슨 문제가 있는 건가 싶어서 "별일 없이 잘 지냈지?" 했더니 "응!" 하더라고. 이렇게 만났어. 살짝 긴장도 했었고 두렵기도 했지만, 잘 인사했어. 학과장 다니고 하다 보면 마주칠 일 거의 없을 거 같

아. 그냥 신경 안 쓰고 살 거야. 나는 별 탈 없이 잘 지내다가 빨리 나가서 오빠랑 함께해야 하니까. 이곳은 무서운 곳이니까. 사람들하고 부딪치지 않고 잘 지낼게. 오빠는 걱정하지 않아도 돼. 사실 아침에 이 아이 보고 살짝 겁먹었어. 나갈 때까지 이럴 거 같아.

걱정거리를 시원하게 마음속에서 내보내라고. 난 이게 잘 안되니까. 오늘 이 아이 만난 이후로도 이게 끊임없이 떠오르고 생각나서 괴로웠거든. 왜 난 잊히지 않을까? 그냥 '그런가 보다. 그렇구나.' 이게 잘 안돼. 이런 성격 좀 고쳐서 나갔으면 좋겠어. 슬프다. 올 한 해도 우리 사랑 많이 하며 행복하고 즐겁게 지내도록 하자. 사랑해. 올해는 좋은 일이 아주 많을 거야. 조금만 더 참고 견디자. 이제 정말 얼마 안 남았으니까.^^

새벽에 또 옆에서 자던 아이의 몸 반이 내 자리로 와서 도저히 잘 수가 없었어. 일어났더니 어떤 이모가 일어나서 이 아이 몸은 들어서 제자리에 놓아줬어. 내가 들 때는 꿈쩍도 안 하더니. 잘 때마다 이렇게 스트레스받으며 어찌 살아야 하는 걸까? 정말 돼지같이 먹고 잠만 자. 어젯밤에도 수면제 먹고 과자 한 봉지를 다 먹고 자더라고. 아침에도 아침밥만 먹고 다시 누워 자고. 이상해. 도대체 여긴 왜 온 걸까?

여기 언니 한 분은 다른 소에 펜팔을 다섯 명하고 한 대. 정말 웃겨서 막 웃었어. 50살인데 전혀 펜팔 안 하게 생겼거든. 얼굴도 괜찮고 엄청 순수하게 생겼어. 남자들은 이 언니가 이렇게 생긴지 알까? 역시 펜팔의 세계란, 아주 무궁무진한 곳인 거 같아. 나 지금 불평, 불만하는 거 처음 직, 훈 갔을 때 같지 않아? 이러다가도 잘 지낼 거야.

방금 어떤 이모가 나한테 넌 어쩜 그렇게 예쁘게 생겼니?"라고 하시네.^^ 기분 좋게, 다시 기분 좋아졌어. 오빠, 나 정말 예쁜가 봐. 푸하하하! 나 빨리 보고 싶지? 히힛. 저 돼지, 여태 자다 일어나서 과자 먹고 있어. 오빠, 지금 나한테 좋은 이야기만 하고 있지? 내 생각 하면서 열심히 편지 쓰고 있지? 지금 오빠 마음은 어떨까? 내가 여기에서 잘 적응하고 있을까 걱정 중이지? 오빠가 걱정하는 거 같아서 난 잘 지낼게요.

앞으로 어떤 힘든 일이 있을지 가늠할 수는 없지만, 그때마다 오빠가 함께할 거니까 걱정 안 하고 있을게. 나한테는 든든한 오빠가 있으니 난 좋아. 난 어제 방 이모가, 오빠가 많이 우울한 사람이라고 한 게 마음에 걸려. 난 오빠가 우울하지 않았으면 좋겠어. 내가 자주 우울한 사람이니까. 우리 같이 우울하면 이상하잖아. 내가 오빠는 우울하지 않게 잘 해줄게. 그러니까 우울하지 말고 항상 웃고 행복해야 해. 내가 우울하다고 할 때마다 속상해한 게 이해가 돼. 이번에는 오빠가 우울하다고 한 것도 아닌데도 속상해. 웃기지? 내가 오빠를 너무 사랑하나 봐. 정말 많이 사랑하나 봐. 너무 보고 싶고 그립다. 오빠를 만나 적도 없는데 정말 너무 사랑하게 됐어. 그러니까 우리 꼭 이 사랑 잘 지켜서 끝까지 가자.

방금 여기가 난리 났었어. 점심에 반찬이 완전 조금 온 거야. 난 안 먹으니까 상관없었는데 우리 이모님들 난리 났어. 민원 넣겠다고. 이모 한 분이 반찬을 한곳에 다 섞어버렸어. 먹고 못 먹고를 떠나서 기본적인 것도 안 해주는 게 기분 나쁘다며 난리, 난리. 10년 사신 이모 말씀 잘 하시네. 담당이 왔어. 반찬을 섞은 언니를 데리고 나갔어. 10분 정도 있다가 이모가 들어오고 취사장에서 반찬을 더 가져왔어. 이모들이 그러는 거야. 이렇게 해야 반찬을 신경 쓴다고.

내가 여기 한두 해 있는 것도 아니고, 이러면서 정식으로 민원제기할 거라고. 우리 할머니들 식사 못 하고 기다렸거든. 그냥 이런 상황들이 너무 싫어. 이제 별생각을 다 하는 듯.

우리 앞으로의 모든 것들은 서로가 처음이 되도록 하자. 그 누구보다 더 많이 사랑하고 서로를 아끼도록 하자. 오빠 말고는 날 잡아줄 사람이 없어. 오늘 자고 나면 괜찮아질 거야. 나 때문에 괜히 오빠도 우울하겠다. 오빠는 힘내야 해. 알지? 오늘 아침은 별로 안 추운 거 같아. 여기가 따뜻한 건가? 첫날 빼고는 계속 따뜻한 거 같아. 아직까지는 좋아. 그냥 이곳만 아니라는 것만 빼면 괜찮은 거 같아.

새로운 시작이야. 잘할 거 같아. 재밌을 거 같아. 이곳에 오니까 오빠가 더 그리워. 내 맘 알지? 또라이들 천국인 미지정에서 상처받고 있는 건 아닌지, 보고 싶네. 다들. 중간중간 만나면 엄청 반가울 듯해. 새해가 바뀌어도 작년과 크게 다르지도 않네. 그날이 그날이니까. 오늘도 좋은 하루 되라고 말하고 있는데 들려? 우리가 빨리 만날 날이 정해졌으면 좋겠어. 그래야 이것저것 계획도 세우고 재밌을 거 같은데. 그치? 편지는 상황 봐서 계속 쓸게.

아무래도 분위기가 이상스러워 물어봤지. 오늘은 왠지 나가기 싫었어. 그냥 방에 있고 싶더라고. 땅도 얼었고 물도 얼었더라고. 정말 추었어. 오빠도 조심해. 바깥에서 운동 안 한다고 했나? 운동 30분이지만, 15분도 안 하고 들어왔는데 이유가 뭔 줄 알아? 미지정이 나왔는데 대부분 무기, 장기수들이라 혹시 싸움을 걸 수 있어서 우리 보호 차원에서 들여보내는 거래. 웃기지? 웃긴 일 참 많아. 엄마랑 통화하고 왔는데 정말 많이 울었어. 왜 그렇게 눈물이 났을까? 아무 일도 없는데 눈물이 쏟아져서 주체할 수가 없었어.

엄마도 우셨어. 무슨 일 있냐고? 괴롭히는 사람 있냐고? 자꾸 우는 게 무슨 일 있는 거 같은데? 이러셔. 아무 일 없다고 말하고 끊긴 했는데, 아무래도 울 엄마 잠도 못 주무실 거 같아. 속상해. 왜 눈물은 나 가지고. 나도 철들려면 멀었어. 나이 헛먹었나 봐. 왜 이렇게 속상한 일이 많은 건지, 속상하고 마음이 아파. 이런 괴로운 마음이 드니까. 올해 안에 나갔으면 좋겠어. 집으로 가고 싶어. 이렇게 징징거리면 안 되는데, 오늘은 내 마음이 그래요. 미안. 이러다가 금방 괜찮아질 거야. 걱정 마세요.

오빠, 나 처음에 편지할 때랑 분위기가 어때? 지금 많이 달라진 거 같지 않아? 달라졌으면 어떻게 달라진 거 같아? 우리 벌써 함께한 지 1년이 넘었어. 아직도 이렇게 좋은데. 대부분 이곳에서 펜팔을 하면 오래 안 간다고 하던데, 우린 매일 이렇게 사랑을 전해도 사랑이 식지 않잖아. 히힛.^^ 나한테는 오빠뿐이야. 많이 보고 싶어. 여기는 날씨가 이상해. 눈이든 비든 쏟아질 기세야. 날씨도 이렇고 마음도 춥고. 외롭네. 나 외롭지 않게 해줘야지.

점심도 먹는 둥 마는 둥. 배고프다. 요즘 계속 내 얘기만 해서 미안해 오빠는 어찌 지내는지도 궁금하고 그래. 밥은 잘 먹는지, 사람들은 어떤지? 그냥 잘 지내고 있는 건지 궁금하고 그래. 오빠는 힘든 거 잘 말 안 하니까 내가 다 알 수는 없지만, 지금은 나보다 자기가 더 힘들 거 같아. 항상 말하지만 힘든 일 있으면 꼭 얘기하고, 나도 오빠한테 힘이 되어주고 싶어. 지금보다 만나면 더 많이 사랑해 줄게. 알았지? 아프지 말고, 우리 즐겁게 살자!

70 혹등고래의 슬픈 이야기

남____

떨어진 낙엽을 주워 순희에게 보낸다. 운동장에 심어진 나무들의 푸르던 잎새는 어느새 퇴색하고 앙상하게 보이는 나무와 가지들의 외로움은 바닥에 떨어져 고독을 담고.

흐르는 강물이 언제 바다에 닿아서 짠물에 혼합이 되는지도 모르듯 시간은 어느새 쓸쓸한 가을도 지나, 겨울의 계절에 멈춰버린 이때. 사랑하는 아름다운 소녀, 순희에게 편지를 쓴다. 순희가 요즘 고민도 많고 많이 힘들어하는구나, 라는 걸 오빠는 느껴져서인지 자꾸만 순희의 옆으로 달려가고파.

정말 보기 싫은 사람을 만났다는 것도 힘든 일인데 옆에 짜증 나는 사람까지 함께한다니 마음마저 우울해지는 우리 순희 어찌할까? 하지만 받아들여야만 한다면 즐기는 쪽으로 선택했으면 좋겠어. 사랑하는 내 사랑. 순희야!

정말 인재들은 모두 교도소에 있다는 말이 틀린 말은 아닌 듯해 런닝 곽으로 카드를 만들었는데, 와! 정말 똑같아. 편지지, 편지 봉투에 그림을 그려주던 분인데, 그림 하나하나를 볼 때마다 정말 예술이야. 그래서 띵(망을 보다.)을 세워 놓고 우표 따먹기 카드 했는데 한 명이 100장을 잃었어. 우표를 딴 사람이 250장 정도 땄나 봐.

오빠는 가만히 앉아서 20장 주길래 받았지. 백 장이면 20만 원인데 속 많이 상하겠지? 오빠는 하지 않았어. 너무 성실하고 범생이니까.ㅋㅋ 오빠는 사실 도박은 별로 좋아하지 않아. 서늘한 듯 차가운 듯 깊어 가는 초겨울의 어느 날, 순희를 향한 오빠의 마음은 변함이 없음을 말하며.

<혹등고래의 슬픈 이야기>

50년 전, 해안가 모래사장으로 떠밀려온 혹등고래 두 마리가 발견되었다. 상처를 입은 덩치 큰 수놈은 왼쪽 귀에 출혈이 심한 상태였고, 암컷은 건강했다.

근방은 파도가 별로 높지 않기 때문에 사람들은 고래들이 마음만 먹는다면 언제든지 바다로 돌아갈 수 있을 거라 예상했다.

해양 경비대에서는 작은 어선 몇 척을 바다에 띄우고 로프를 연결해 건강한 고래를 바다로 끌어들여 돌려보내려는 작업을 시도했다.

그런데 바닷물에 띄우자마자 암컷 고래는 구슬픈 울음소리를 내며 번번이 수컷이 있는 해안가로 돌아와 곁에 있으려고 애를 썼다.

마치 짝에게 보호막이 되어줄 생각인 듯, 그러기를 반복한 지 3일째 되던 날 아침, 수컷이 숨을 거두자 사람들은 마지막으로 한 번 더 암컷을 바다로 돌려보내려 시도했다.

이번에는 암컷이 죽은 수컷의 곁으로 돌아오지 않고 해안 가까이에서 끊임없이 원을 그리고 헤엄치며 장송곡 같은 휘파람 소리를 처량하게 냈다.

해변을 산책하던 사람들의 가슴이 철렁해질 만큼 으스스한 소리였다.

한참이나 계속되던 울음소리는 시작할 때처럼 순식간에 멈추었다.

긴 장례의식을 마친 암컷은 천천히 모래사장으로 돌아와 이내 숨을 거두었다.

두 고래가 서로에게 느낀 애정이 모두에게 감동을 주지 않았나 한다.

여
....

편지지 예쁘지? 내가 만든 건 당연히 아니고 누가 줬는데, 너무 예뻐서 우리 오빠한테 딱 보내요.

동물도 사랑을 표현할 줄 아는데 하물며 인간이 동물보다 못해서야 쓰나. 끝내 함께 목숨으로 끝내는 가슴 에이는 이야기는 읽음으로 끝날 게 아니라 우리도 사랑의 고귀함을 배워야 하지 않을까?

오늘도 오빠 편지에 난 행복해. 우리 오빠 정말 어쩜 이렇게 사랑스러운지, 항상 내 곁에 있어야 해. 어디 갈 생각하지도 마. 요즘 정말 좀 시원해진 거 같지 않아? 살기 괜찮아졌어.

여자들 목욕할 때? 내 몸매 보고 다들 감탄하지.ㅋㅋ 어떤 언니가 가슴을 자꾸 만져주면 커진다고 "잘 때 만져줄까?" 그러는 거야. 변태 아냐? 남자 손이 와도 모자랄 판에, 근데 사실은 "만져줘." 할 뻔했어.

너무 사랑이 그리워서 오빠가 옆에 있다면 얼마나 좋을까? 난 그냥 날씬한 거 같은데 다들 말랐다고 해서. 그래도 몸 하나는 최고라고 언니들도, 이모들도 그래. 여기에서나 마른 거지. 밖에 나가면 보통 정도? 암튼 비키니 입을 거야. 가슴 땜에 좀 그런가? 여기서 매일매일 만지면서 키워볼까? 만지다가 하고 싶으면 어떻게 해. 이럴 때는 오빠한테 전화하면 되는데, 안 되잖아. 오빠도 감탄사를 받는 남자인가요?

우리 사랑하려면 건강하게 잘 있다 나가야 해. 우리 함께 할 날만 생각하며, 기대하며, 우리 예쁘게 하고 만나서 데이트하자. 사람들이 "우와! 저 커플 예쁘다." 할 정도로 예쁘게, 사랑스럽게. 알지? 오빠, 너무 좋아. 오빠, 나는. 그냥 오빠 손잡고 걷고 싶어.

거기가 어디가 됐든, 손 꼭 잡고 마주 보고 웃고, 서로의 머리도 쓸어주고, 그냥 이게 가장 하고 싶어. 살아보니 그래. 오빠를 난 믿어. 뭐든 잘할 거야. 내가 오빠 곁에서 힘이 되어줄 거야. 우리의 이 모든 게 현실이 될 거야. 나 또한 당신에게 중독이 됐어. 어쩌지? 빠져나올 수가 없을 거 같아.

그런데 우리에게 시간이, 떨어져 있는 이 시간이 무섭고 두렵다. 지금은 이렇게 좋고 영원히 함께할 거라는 믿음이 있는데 혹시라도 틀어질 일이 생길까 봐, 이게 겁이 나. 나는 절대 변치 않을 건데. 혹시, 혹시, 우린 아니지? 그럴 일 없겠지? 살아보니 생각지도 않은 일들이 너무 많이 생기더라. 우리 그럴 때마다 손 놓지 말고 잡은 손 더 세게 잡고 함께하자. 우린 떨어질 수 없는 사이잖아. 오빠를 너무 사랑해서 그래. 알지? 내 사랑, 사랑해. 정말 많이 사랑해.

71 나를 기다리는 예쁜 사람

남____

그리운 사람, 나를 기다리는 예쁜 사람.

그 기다림에 실망하지 않도록 기도할게! 제발 예쁘게 사랑할 수 있게 해달라고, 오빠가 순희에게 좋은 사람이 될 수 있게. 나의 사랑아! 고마워. 오빠는. 입으로 오빠의 이쁜이를 쪽쪽 해주는 거 좋아해. 순희 입으로 해줘. 기대하고 있을게. 너무 좋아! 생각만으로도 좋아. 많이 사랑해줘요. 내 이상형? 난. 순희가 이상형이지. 지금은 순희가 이상형이야. 예전은 예전이고~ ^^ 다른 사람들은 어떤지 모르겠는데 난 사진 보면 특징을 잡는 편이야.

오빠 요즘 요즘 너무 야해졌나? 순희 거 만지면서 입에 넣고 혀로 해줄게. 순희 두 개의 앵두를 입에 넣고 빨아줄까? 순희 좋아해? 오빠. 이 말 하면 순희가 오빠를 어찌 생각할지 모르겠는데 ㅋㅋ 순희의 몸 구석구석을 만지는 게 좋아. 부드럽고. 차가운 귀 만지는 걸 좋아하는 거랑 비슷하다고 해야 하나?

오빠가 순희 팬티 벗기고 막 만질지도 몰라. 어때? 다 말하고 나 부끄러워졌어. ㅋㅋㅋ 오빠가 이렇게 야했나 싶고. 부끄러워하지 않아도 되는 거지? 혀를 순희의 이쁜이에 깊숙하게 넣는다는 말에 상상했어. 매일 만져줘요. 날 사랑해 주고 날 멋있게 봐줘서 그리고 날 행복하게 해주어서. 막을 길 없이 흠뻑 적셔져서 너를 사랑할 수 있는 마음을 주어서. 나의 연인, 예쁜 순희 사랑해! 순희가 오빠에게 주는 사랑, 하나도 놓치지 않을 거야. 순희의 손끝으로 주고 싶어 하는 사랑 모두 다 받을 거야. 그래서 웃는 행복한 사람 보여줄게! 멋있는 사람 보여줄게! 순희의 사랑이니까.

우리 순희! 오빠에겐 너무 예쁜 애인이고 사랑이야! 그래서 그 예쁜 순희란 여자에게 나한테 해주는 모든 사랑, 꼭 받을 거야. 그러니 우리 이곳에서 나가 서로 많이 사랑하자. 순희 가슴속에 있는 사랑, 우리 만나면 다 보여줘야 해. 순희는 내 것이니까, 고맙고 소중한 나의 순희니까. 사랑하는 나의 연인이니까

내가 이곳에 온 이유는? 지금 생각해도 또 눈물이 난다. 평생 잊히지 않겠지…. 내 인생의 큰 오점이니까 그리고 순희야. 왜 순희는 오빠보다 못난 사람이라고 생각해?

순희는 오빠보다 더 큰 사람이야. 난 순희한테 배우며 살 건데. 순희의 행복과 기쁨이 오빠의 것 맞지? 순희는 오빠의 기쁨과 행복이고 그래. 행복의 시작이 미래에서 지금으로, 특별함에서 평범함으로, 순희랑 연애하는 것. 한 번뿐인 인생, 지금의 행복에 충실하고 다른 사람에게 보여주기식의 삶이 아닌 내가 원하는 삶, 거기에 행복도 더해지니 모두

순희 덕분에 오빠도 순희 곁에서 행복할 거야.

순희에게 편지 쓰면서 이런저런 생각을 많이 했어. 그러면서 너무 행복했다. 순희와 데이트하는 생각, 같이 밥 먹고, 같이 영화도 보고, 음악도 같이 듣고, 같이 걷고, 차 마시고, 아주 좋다. 행복하면서도 눈물이 난다. 오빠 곁에 순희가 있다는 것에 오빠가 행복하고, 그것 자체가 오빠에겐 기쁨이라는 것, 순희에게 말해주고 싶어! 그래서 이젠 기다림도, 눈물도, 행복하고 기쁘게 생각하려고 해!

순희를 생각하는 사람임에 감사하고, 순희에게 주는 예쁜 사랑에 감사하고. 그래야 긴 날들, 서로 애타게 기다리며 서로의 기쁨이 되면서 잘 버틸 수 있고, 예쁜 사랑 지켜갈 수 있을 거야. 아름답고 아름답게. 순희 그리워서. 순희만 만나고 싶어서. 달려가고 싶어서. 내 맘은 항상 그래. 오늘 하루 추운데 고생 많았어! 우리 꿈속에서 만나자. 하고 싶은 거 생각하고 나와. 꿈속에서 보자.

여
....

요즘 일반 편지지가 글씨가 잘 써지는 거 같아서 평일에만 써봤어. 오빠한테는 이제부터 다른 방법으로 편지 적을게! 오빠는 인사말만 귀여운 게 아니고 모든 게 다 귀여워. 나한테는 언제나 투정 부리고 앙탈 부려도 돼. 나한테만 그래야 해. 알았지? 오빠 사랑이 엄청 크다는 건 잘 알고 있지. 사랑해. ♥ 응!

나도 온수 목욕 시작하고 몸도 나른해지고 아주 좋더라고. 오빠도 그랬구나? 뜨거운 물 싫어하는데 좋아졌어. 하지만 잠깐만 좋고, 뜨거운 수증기가 답답해서 얼른 나와 버렸어. 오빠 꿈속에서의 내 모습이 어때? 내 얼굴이 정확히 나왔어? 나도 오빠 만나고 싶다. 나야말로 간절히 바라고 있는데 왜 안 나오는 거야. 오빠가 못 찾아오는 거 아니야?

오빠도 나 닮아서 밤에 편지 쓰다 기절하는구나? 아주 좋은 현상이야! 잠 잘 자면 좋은 거지. 내 생각 하면 마음이 편해지나 봐. 나는 그래. 안대하고 누우면 오빠 생각만 할 수 있는 시간이 시작되니까 아주 좋아. 이런저런 복잡한 생각 안 하고 오빠 생각만 할 수 있으니까. 그러고 있다 보면 잠이 드는 거야. 그 시간이 제일 행복해. 하루 종일 그 시간을 위해 열심히 살고 있는 거지. 우리 아이도 죽는 것보다는 이해해 주고 다 같이 행복하게 사는 게 낫지 않겠어? 내 생각은 그래. 오빠가 우리 아이 혼내려고 하면 내가 막아야지.^^

하지만 우리에겐 이런 일은 생기지 않을 거야. 우리 아이는 오빠와 날 닮아서 음양의 조화를 완벽히 이루며 잘 살 거야. 오늘은 생리 기간이라 운동은 쉬고 대충 스트레칭만 했어. 새벽에 배가 많이 아파서 많이 힘들었어. 이번에는 평소보다 더 아픈 거 같아. 짜증이 확 나네. 그래도 일하기 전에 시작해서 다행인 거 같아. 오늘 방을 옮겨야 좋은데 내일 옮길 수도 있을 거 같아. 방만 옮겨봐. 오빠한테 야한 거 많이 해줘야지.^^ 근데 항상 친구한테 코치 받고 했는데, 혼자 있어도 잘할 수 있을까? 내 사랑 나 편지 못 받고 우울하게 주말 보낼까 봐 걱정한 거야?

어쩜 좋아! 너무 감동이야. 이런 오빠가 있어서 난 참 행복해. 언제까지나 사랑할게. 정말 사랑받고 있다는 생각이 들어. 오빠는 짧은 머리도 귀여울 거 같아. 난 개인적으로 남자들 짧은 머리를 선호해.

짧은 머리가 잘 어울리고, 안경이 잘 어울리는 남자를 좋아해요. 나도 많이 먹으며 운동하고 싶은데, 먹을 것도 없고, 먹고 싶은 것도 없어. 그냥 이 정도로 하고 나가면 할래. 그리고 여기 애들이 워낙 살쪄서 내가 상대적으로 말라 보여서 그렇지 나가면 나 같은 여자들 많을걸?

참, 오빠네 편지 담당자가 바뀐 거야? 예전에는 안 그랬잖아. 내 주말 편지는 잘 들어갔을까? 걱정이 되네. 많이 까탈스러운가 봐.

경고를 받은 거 보니, 이제 당분간은 편지에 뭐 넣어서 못 보내겠어. 걱정이 너무 돼. 별일 없이 잘 오빠 손에 도착했기를. 에휴! 오빠. 야한 사진은 반입이 안 될 수도 있는 건데, 야한 거 빼고도 안 준다는 건 말이 안 돼. 이건 민원을 넣어야 할 거 같아. 너무하네. 몇 살쯤 됐어? 남자가 어쩜 그렇게 꽉꽉 막혔을까? 이래서 공무원들이 욕을 먹는 거야. 울 부모님들은 절대 막히신 분들이 아닌데. 그래도 우린 지금은 참을 때야. 알지? 여기에서 저런 인간들하고 오래 살아야 하는 사람들도 많잖아. 요즘 뉴스에 누굴 죽이고 구속된 사람들 보면 나쁜 놈이다, 욕은 하지만 이런 곳에서 남은 생을 다 살아야 한다는 게 먼저 생각나서 안 됐기도 해. 오빠가 별나서 생기는 일이 아니란 거 알아. 다 알아. 오죽하면 그랬을까 싶고, 나한테는 다 말해도 괜찮아. 기분 풀린 거지?

요즘 날씨가 무작정 떠나기에 좋은 날씨야. 무작정 떠나본 적은 없지만, 이런 여행도 한번 해보자. 재밌겠다. 내 생일에 뭐 갖고 싶냐고? 오빠가 갖고 싶어요! 갖고 싶은 건 오빠 마음, 가득 편지.^^ 갖고 싶은 거 없어? 지금 뭐 의미 있나? 선물은 우리 만났을 때, 그때 서로 챙기자. 알았지? 절대 뭐 할 생각 마세요. 오빠가 사랑을 잠근다고.?

그럼 진심 같아. 화난 거 같고. 앙탈이란 좀 귀여워야지. 화난 줄 알

앗어. 오빠는 엄청 꼼꼼하고 깔끔할 거 같아. 맞지? 나는 더러운 건 아니고 절대! 어질러져 있는 걸 좋아해. 정리, 정돈되어 있으면 뭔가 이상하고 그래. 회사에서도 내 자리는 항상 어지러워 서류가 한가득 널려있거든. 먼지는 없는데 그렇게 하고 있는 게 마음이 편하더라고.

나 오빠가 귀여워서 더 좋은 건데, 귀엽단 말 싫어? 아니지? 나한테만 귀여운 건 괜찮잖아. 귀염둥이 내 사랑. 혹 오빠 방에서 막내야? 여기 할머니들은 정말 다 답답할 때가 많아. 할아버지들은 괜찮아?

지금 시간은 수요일 오후예요. 진짜 바빴어요. 하는 일 없이 정말 바빴어. 어젯밤에 새로 들어온 효숙이가 고참 하고 싸웠어. 효숙이 성격 장난 아니야. 나도 멀리서 들었는데 고참이 효숙이보다 20살 정도 더 많아. 근데 "야! 너!" 막 이러더라고. 끝내 담당이 올라와서 소리 지르고 난리. 오늘 방 옮긴다고 하더니 안 옮기네. 고참이 망나니와 친한 이상한 여자, 내가 지금 쓰는 방 전 주인, 화장실 더럽게 쓴. 하여간 이상한 여자야.

할아버지들 많아서 불편하진 않아? 오빠가 아주 잘할 거 같아. 성격이 좋아서 위, 아래 다 잘 챙기고 다 줄 거 같아. 나한테 오빠는 '꼼꼼하고 남자답고 사람 잘 다룰 줄 아는' 남자다운 사람이야. 맞지?

이런 이유로 오빠를 좋아하는 거고. 사랑해. ♥

72 겨울비

남____

사랑하는 순희!

어제부터 계속 내리는 겨울비는 창밖으로 깔린 어둠을 뚫으며 계속해서 강하게 내리고 있어. 이렇게 많은 비가 그치고 기온이 많이 떨어지면 많은 사고가 날 텐데 기온이 많이 떨어지지 말아야 할 텐데~ 순희가 보내주는 편지는 늘 반갑고 기쁘게 잘 받아 읽어. 늘 씩씩한 순희의 편지는 싱싱하고 좋기만 해.

오늘은 철창으로 엮어진 창밖을 바라보며 정신없이 쏟아지는 빗방울을 바라다보며 '하늘에 구멍이 뚫렸을까?'라는 생각을 해보기도 해. 빗줄기를 향해 하늘을 올려다보며 사랑하는 순희를 떠올렸어. 가끔씩 천둥, 번개와 우뢰가 들릴 때면 사랑하는 순희의 놀라 무서워하는 상상을 하게 돼. 순희 놀라서 오빠의 품으로 파고들며 "오빠 무서워 안아줘!" 하면서 놀라는 순희의 모습도 보고 싶고 천둥, 번개, 소리를 들으며 샤워기를 틀어놓고 순희와 함께 서로의 은밀한 곳을 만지며 장난도 하고 서로의 몸에 하얀 거품이 온몸에 덮여질 때까지 서로의 몸을 양 손바닥으로 쓰다듬으며 강하고 진한 사랑의 표현을 하면 얼마나 좋을까?

사랑하는 순희! 정말 보고 싶다. 이렇게 비가 쉬지 않고 내리면 미치도록 보고 싶은 심정 억제하지 못할 것만 같아. 담벼락 넘어 어디선가 빗속을 뚫고 자동차 경적 소리가 스며와. 밤은 소리도 없이 깊어만 가는데, 차라리 하늘의 초롱 한 별들이나마 떠 있다면 별들을 바라보며 사랑하는 순희에게 오빠의 마음을 조금이나마 빨리 전달할 수 있을 텐데.

이곳에 들어와 순희는 이번에 경험하지 못한 많은 것을 경험하게 되는구나. 앞으로의 미래에 순희에게 변화되는 그런 큰 밑바탕이 되었으면 좋겠어 오빠도 이곳에 와서 많은 것을 배우고 느껴

지금 이 시간이면 침구를 펴고 있을 사랑하는 순희. 천둥, 번개가 잠자리를 괴롭힌다고 무서워하지 말고, 순희의 곁에는 항상 오빠가 있다고 생각하며 편안한 수면에 들어가길 바랄게. 좋은 꿈 꾸어 꿈속에서 만나길 바라면서. 사랑하자. 미치도록~.

여
....

벌써 셋째 주네. 시간은 참 잘 가는 거 같아. 시간은 잘 가는 거 같은데 왜 내 시간은 오지 않는 거 같을까?

우리의 시간도 곧 올 거야. 난 새로운 환경이 조성되면 긴장되더라고. 항상 같은 패턴으로 쭉 가는 게 좋은데 뭔가 바뀌고 변하면 싫어. 어제 꿈에 드디어 오빠가 나왔어. 오빠랑 손잡고 여행을 갔는데 어디를 어떻

게 갔는지는 안 나왔어. 그래도 꿈속에서도 "드디어 만났네?" 이런 느낌이었어. 그래서 깨기 싫었어. 우리 꿈에서 손잡았으니 곧 다른 것도 할 수 있겠다. 오빠가 정말 많이 보고 싶어. 편지로만 만났는데, 참 많이 마음이 깊어졌어.

가을이 되고 날씨가 날 참 감정적으로 만드네. 조금만 힘들어도, 조금만 슬퍼져도 사랑하는 사람이 생각나잖아. 나한테는 오빠가 그래. 무슨 일이 있으면 뭐든 말하고 싶고, 내 편들어 줬으면 좋겠고, 내 마음이 지금 쓸쓸한 거 같기도 하고, 좀 그러네? 지금이 고독하고 추운 겨울이지만! 계속해서 추운 계절이 지나면 우리 만날 날이 한층 가까워지겠지?

내가 걱정하는 만큼은 오빠가 힘들지 않을 수도 있지만 '내가 오빠라면.' 하는 생각을 난 떨칠 수가 없어. 힘내요. 오늘 내 편지가 없을 텐데 이것도 걱정이고, 내일은 내 편지가 많을 거니 괜찮아질 거야. 지금은 괜찮지? 그치? 사랑해.

오늘 날씨 너무 좋다. 구름 한 점 없어. 거기도 그렇지? 오빠는 거기에서 계속 살았어? 태어나고 계속? 학교도 거기에서 다닌 거야? 어디 다른 지역으로 간 적은 없어? 난 부안에서 초등학교까지, 그 뒤로는 지금까지 서울에서 살았어. 암튼 누워있든, 서 있든 빨리 오빠랑 함께하고 싶을 뿐이야. 우리 서로를 생각해서라도 무사히 이 시간을 잘 버티자! 난 오빠를 내 생에 마지막 남자라고 생각하니까. 어디 도망갈 생각도 마시고, 오래오래 사랑하며 살자! 항상 자신감 있게! 긍정적인 내 남자니까. 당신의 모든 길 함께 갈 거야.

73 새싹

남

　늘 상큼한 순희의 글은 오빠의 마음을 상쾌하게 해주어 좋아. 순희보다는 오빠가 순희를 더 좋아하지 않을까? 언덕을 올라왔으니 이제는 내려가야지? 이미 겨울이 왔고, 담벼락 밑으로 돋아나는 새싹을 보며 이제는 정말로 재회의 날이 다가 왔군아를 느끼고 우리들의 마음도 돋아나는 새싹처럼 푸르고 싱싱하게 시작하는 날이 빨리 오기만을 기다리자. 사랑이란 마법과 같은 것이어서 서로의 마음이 일치함으로써 사랑이 지속될 수 있으며 우리 서로의 생각들을 가슴에 담고 떠올리며 살 수 있다면 어쩌면 영원히 이어갈 수도 있다고 생각해.

　우리 서로 사랑하는 관계 서로의 대화 속에서 아름다움에 높음은 끝이 없지만 우리 계속 관심을 갖고 의지하며 함께한다면 우리의 사랑은 계속 이어질 수 있다고 생각해. 꿈속에서 만나 사랑도 하고 편지를 하며 사랑을 하고 서로 생각과 표현은 달라도 우리 사랑하는 마음은 변함이 없기를 서로 노력하면 된다고 봐. 남자는 누군가가 자기를 신경 써주고 관심을 준다고 느낄 때 힘이 솟아나고 여자는 누군가가 자기를 사랑하고 있다고 느낄 때 힘이 넘쳐난대.

하지만 여자와 남자는 늘 함께하고 사랑할 수 있을 때 서로 닮아가듯이 우리. 서로 사랑하며 그 사랑이 지속될 수 있도록 최선을 다하자. 지금까지 우리는 서로의 힘이 되어왔고 서로 마음으로 사랑을 하며 서로에게 전해주고 있잖아. 오늘은 오빠의 마음도 고독에 쌓이는 하루가 되는 거 같아. 순희 사랑이란 단어 많이 많이 쓰자. 오늘도 변함없이 사랑해. 사랑해.

여

즐거운 하루의 시작. 왜 즐겁냐면 오빠의 편지가 있을 거니까. 자면서 5번은 더 깼던 거 같아. 오빠가 내 곁에 왔다 간 건가? 많이 깼더니 피곤해. 그냥 방에 있었으면 좋겠는데. 나가기도 귀찮고 그러네. 오늘 전방이 있으면 친구가 우리 방으로 올 수도 있는데. 친구가 오면 기분이 좋아질 거 같기도 하고. 그래도 월요일이니까 기분 좋게 시작해야겠지?

오빠의 월요일은 어떨지 궁금해요. 내 생각으로 시작하고 있지? 난 오빠 생각만 죽어라 하고 있어. 새벽에 깰 때마다 오빠 생각하면서 다시 잠들었는데 꿈에는 안 오더라. 치. 나는 오빠 꿈속에 찾아갔을까? 내가 오빠 찾아가서 몽정하게 해줘야 하는데.

참, 주말 편지에 각서 써서 보낸다고 하고 안 보냈네. 사실 각서를 쓰긴 했는데 내용이 유치해서 생각을 좀 더 하자 하다가 안 보냈네. 우리 마음이 각서지 뭐. 그치? 오빠는 나 정말 사랑하는 거 맞지? 언제까지나 나 예뻐해 주고 쓰담쓰담 해줘야 해. 난 사랑이 아주 많이 필요한 여자니까. 배고프다. 생리 직전이라 식욕도 좋고 가슴이 너무 아파. 오빠의 모든 게 보고 싶다. 내 손이 닿는 곳에 오빠가 있다면 얼마나 좋을까. 우리 지금 너무 슬픈 거 같아. 이 현실이, 진짜 만나면 떨어지지 않고 붙어 있을 거야. 어디든 함께 가야 해. 이제 오빠 없으면 난 살 수가 없거든. 알지? 서로만 바라보기! 우리 서로의 해바라기가 되어주자. 난 오빠만 바라볼 거니까. 오빠만 내 곁에 있으면 되니까. 사랑해. ♥

오늘 전방이 있어서 완전 긴장 돼. 못난이랑 같은 방 될까 봐. 친구만 우리 방으로 오면 되는데. 엄마 아빠가 낼 오신다고 했는데 오시려나? 난 오실까 모르겠네. 오시면 마음만 아플 거 같고, 안 오셨으면 좋겠어. 엄청 눈물 날 거 같아.

오빠! 친구가 온대. 친구가 왔어. 지금 내 옆에서 편지 쓰고 있어. 좋겠지? 근데 너무 내가 바라는 대로 돼서 뭔가 불안해. 무슨 일이 생길 거 같고. 근데 오빠가 복덩이인가 봐. 이렇게 좋은 일도 생기고. 내 오빠 우쭈쭈 복덩이야. 정말! 사랑해. 정말 사랑해. ♥ 잠자리도 우리 둘이 같이 자. 친구랑 나는 진짜 인연인가 봐. 오늘 다시 기분 좋아졌어. 난 소소한 복이 있다니까. 큰 복이 없어서 문제지. 여기 와서 오빠랑 친구 만난 건 정말 큰 복이야. 점심에 전방하고 친구랑 밀린 이야기하느라 바빴어. 이제 빨리 오빠 편지만 받았으면 좋겠는데. 그 편지에 좋은 소식만 가득했으면 좋겠어. 나의 복덩어리 오빠, 항상 옆에서 나를 사랑해줘서 고마워. 오늘은 더더욱 오빠가 그립고 보고 싶어. 많이 사랑해.

내가 정말 많이 사랑해. 오빠 곁에 오래오래 머무를게. 오빠가 날 만난 걸 후회하지 않도록 내가 잘할게. 항상 서로를 그리워하며 이 사랑이 끝나지 않길 바라며 살자. 오늘 많은 일이 있었네. 오늘 내 사랑의 표현이 좀 작아도 서운해하지 마세요.

74 초코파이

남____

좋은 친구가 왔다니 정말 힘이 나겠다. 이것도 인연일 거야 내가 바라고 원하는 대로 되면 괜스레 마음이 뿌듯해지지. 싸우지 말고 사이좋게 잘 지내. 서로 양보할 일 있으면 양보하면서. 응

생각지도 못한 친구가 면회를 왔어. 오빠의 핸드폰이 몇 달 동안 꺼져 있어 걱정하고 있는데, 어느 날 핸드폰 번호가 없는 번호로 나오길래, 서울에 있는 오빠의 집에 와서야 오빠가 구속되었다는 것을 알고 이곳 멀리까지 면회를 왔다고 해. 이 친구는 10대 때부터 직장(공장) 생활을 함께하였고, 방 한 칸에서 10년 가까이 함께 숙식하며 함께했던 친구였어.

어느 날, 이 친구는 본드를 흡입하기 시작했고, 마약처럼 본드에 중독이 되어가고 있었어. 본드를 흡입하게 되면 환각에 빠지게 되고, 스스로 원하는 모든 것이 환각 상태에서 이루어진다고 해.

어떤 날은 숲속에 들어가 본드를 흡입하게 되었고, 우거진 숲에서 숲

을 향해 이열 종대 또는 이열 횡대, 이렇게 외치면 숲이 갈라지며, 그리워하는 여자가 있으면 그녀의 옷을 벗기기도 하며 사랑을 하기도 한다고 해. 물론 이 정도까지 되려면 많은 시간이 필요했겠지만, 자동차로 뛰어들기도 하고 고층에서 뛰어내리기도 한다고 해.

이후로도 오랜 시간 동안 헤어나지 못했지만, 환각 상태에서 사고가 났고, 구속이 되어 새로운 삶을 살아가고 있는 친구야. 모든 일에는 원인이 있었겠지만, 결과에 부끄럼이 없다면 살아간다면 그래도 만족한 삶이 아닐까?

여
....

오빠의 주말 편지 받고 기분이 최고로 좋아서 날아갈 뻔했어. 기분이 너무 좋아서 특별히 초코파이 한 개를 먹어줬지. 아주 달달하니 좋네. 꼭 오빠 사랑처럼 달콤해. 사랑해. 근데 지금은 너무 행복해. 오빠가 있어서 너무 좋아. 나 많이 사랑해줘서 고마워.

흠. 친구는 남자친구 죄명을 말 안 해줘서, 알고 있는 건지도 모르겠고, 사람을 죽이고 15년밖에 안 받았다는 건 좀. 15년을 받았다는 건 우발적인 건 아니란 거잖아. 무서워. 살인은 가석방이 아예 없는 거야? 친구는 내년 5월에 남자친구가 나갈 거라 굳게 믿고 있거든. 친구 남자친구가 못생기진 않았어. 내 스타일은 아니야. 절대! 오빠가 더 멋지고 잘생겼어. 동생도 오빠가 더 멋지다고 했어. 모든 면에서 오빠가 낫지. 친구 남자 친구는 아마 15년이나 여기 있다 나가는 거라 능력도 없을 거야.

스마트폰도 사용 안 해봤을 텐데, 친구는 도대체 무슨 생각인 거지? 어휴. 알아서 하겠지? 그치? 사람들이 나 말랐다고 해서 속상해? 나 오늘 동생이랑 운동장 뛰는데, 효숙이가 나한테 살 더 빠지니까 운동하지 말라고. 뼈다귀가 뛰는 거 같대. 진짜 효숙이 싫어. 말을 넘 밉게 해. 동생이랑 같은 방인데 동생도 효숙이 땜에 스트레스받는다고, 근데 앞으로 한 달이면 헤어지니까 참는대. 효숙이는 내 스타일 아니야. 오빠가 맛있는 거 많이 사줘. 오빠 덕분에 오빠 아는 사람들은 옷도 좋은 거 받고 좋겠네. 오빠 없으면 구치소 너무 심심해질 거 같아.

우와! 할아버지들이 편지하고 싶대? 그냥 조용히 있으라고 해. 어이가 없네. 남자들은 다 그런가? 여기 할머니들은 안 그렇거든. 주책바가지이긴 한데 편지하게 해달라고는 안 해. 할아버지들 나이 속이고 편지하는 거 아니야? 함께 계신 할머니 한 분이 있는데 나 엄청 예뻐해 주셔. 매일 예쁘다고 엉덩이 두들겨 주시고 그래.

오빠 사동 식구들 그립구나. 오빠가 왜 이상해? 나 같아도 그럴 거 같아. 다시 가면 잘해줘. 오빠는 나한테는 없는 좋은 모습들을 많이 갖고 있는 거 같아. 그래서 좋아. 더 좋은 거 같아. 토요일 날은 종일 오빠 생각만 했었지. 나도 오빠가 보낸 텔레파시 받았어! 정말이야. 나도 우리 왜 이제야 만난 걸까 하는 생각 했는데. 더 늦지 않게 지금이라도 만난 걸 다행으로 여기자. 나도 사랑해.

사랑한다고. 오빠가 내 방에 온다면 내가 확 따먹을 거야. 잡아먹을 거란 말이지. 아주 맛있게 요리해서 잡아먹을 거야. 어떻게 요리 해줄까? 오빠랑 하면 뭐든 좋은 거 같아. 오빠 따라다니다 살 더 빠지는 거 아냐? 지금보다 더 밝히게 하면 나 죽을지도 몰라. 내가 선생님 같아서 좋아? 진짜 선생님이 돼줄까?ㅋㅋ 무슨 느낌인지는 알겠어. 나중에 선생님 한번 해줄게.

오빠가 "넌 절대 어디에도 못 간다. 날 알게 된 순간부터는 오직 나랑만 함께 사는 거야."라고 해주니 좋아. 오빠만 믿고 따라갈게. 오빠가 야하니까 내가 자극을 받고 자극을 받으니, 나도 여자였구나. 이런 걸 느끼는 여자구나. 내가 관심이 없던 사람이 아니었구나. 날 깨워줄 남자를 만나지 못해서 그랬던 거구나 하는 걸 느끼게 돼서 좋지. 난 오빠를 내가 아니면 안 되게 하고 싶어. 나도 최선을 다할게. 사실 내가 남자한테 이런 존재가 된다는 게 신기해. 난 섹시하지도 않고. 근데 오빠는 내 생각 하면 기분 좋아진다고 하니까. 처음에는 신기했고, 지금은 오빠가 날 더 많이 생각하고 그리워할 수 있게 나도 최선을 다해야지 하는 생각뿐이야. 내가 더 많이 최선을 다할게.

나 여기에 남지 않기로 했으니, 어째? 집 근처를 알아봐야 하나? 울 아빠, 엄마는 내 말은 무조건 믿고 잘 들어주시니까 친구들 온다고 하면 안 오실 거야. 그러니 걱정 마세요.

남자 홀린 게 오빠가 처음이냐고? 아닌데. 난 마음에 드는 남자가 있으면 항상 꼬셨지. 넘어오지 않은 남자가 없었어. 오빠도 편지가 아니라 실제로 날 봤음 더 빨리 넘어왔을 텐데.^^ 세 명 정도 그랬던 거 같아. 오래 만난 남자 전에 두 명. 나도 오빠랑 나랑 우리 둘이 비슷한 게 많다고 느꼈어. 그러지 않고는 이렇게 잘 맞을 수가 없지. 안 그래? 그래 우리 사랑은 항상 포근하고 따뜻해. 나는 도대체 뭐냐고? 나는 오빠 거, 오빠의 여자, 오빠를 위해 태어난 여자, 오빠를 만나기 위해 돌고 돌아온 여자. 오느라 힘들고 고됐어. 그러니 나 오빠 품에서 편히 쉴 수 있게 해줘. 사랑해.♥

오빠 편지 쓰다 계속 기절하는 게 딱 내 효과네. 이곳에서 남자들 쪽지는 몇 번 왔는데 기억은 안 나네. 나한테만 왔어. 의미도 없고, 누가 볼까 짜증 나고 그래. 요즘에는 안 와.

난 암기할 때는 딱 한 번만 집중을 해. 그리고 머릿속에 넣지. 웬만하면 그 시간에 집어넣으려고 해. 내 성격상 그 시간이 지나서 뒤늦게 머리에 넣는 건 용납이 안 되고, 잘 안 들어가면 나름의 방법을 찾거나 연관성을 찾아. 그래서 무조건 이해하며 암기해! 그냥 외우면 안 돼. 이해하고 외워야 해. 이게 적응이 되면 암기라는 거 아주 쉬워. 한번 보면 잊을 수 없게 외우게 돼. 내가 봐도 머리가 좋아. 공부를 많이 했다고 똑똑한 건 아니야. 사람이 똑똑한 건 살아가며 느끼고 알게 되는 거야. 똑똑하게 사는 사람들이 있거든. 오빠도 그렇고, 우리 삼촌도 그런 거 같아. 삼촌은 공부도 잘하긴 했는데 사는 거 보면 정말 똑 부러 지거든. 오빠는 아주 똑똑하니 부러워할 필요 없어요. 알았지?

난 당분간을 서울에 있어야 할 거 같아. 엄마가 지난주에 그러시더라고. 아빠는 내가 빨리 결혼했으면 좋겠다고 했는데, 엄마는 혼자 살면서 하고 싶은 거 맘껏 하고 살아보라고. 아, 그리고. 여기서 본 나쁜 거 절대 배우지 말라고. 사랑해. 주말 편지 기대하고 있어.

75 내 삶의 이유

남____

순희의 두 손에! 때도 없이 추워지는 날씨는 온몸을 웅크리게 만들어. 그래도 여름에 비하면 겨울이 훨씬 좋은 거 같아

차라리 함박 눈이라도 내려주면 마음에 평온이 찾아올 텐데 바람까지 부는 바람에 얼어있는 손으로 순희를 향해 편지를 쓰는 오빠란다. 참, 순희 오빠가 보내준 오빠의 사랑 자국 냄새 잘 받았나? 그냥 편지지에 묻혔는데 솔직히 쪽팔려. ㅋㅋ 그러면서도 어찌나 웃기던지. 나중에 생각 많이 날 거 같아. 정말 재밌어. 방을 옮기기 전에 또래 친구가 있었는데 이 친구가 다섯 명하고 펜팔을 했어. ㅋㅋ

어떤 여자가 본인 숲을 그려 보내고 색도 비슷하게 칠해 보냈거든. 이걸 우리한테 다 보여 줬었어. ㅋㅋㅋ 정말 웃겼어. 암튼 또래 친구가 나가는 날까지 다섯 명하고 열심히 편지하다 갔어. 진짜 열심히. 화요일에는 항상 새벽에 자더라고. 제일 편지 양이 많은 날이잖아. 우리가 아주

대단하다고 했지. 나가는 날까지 최선을 다하고 가더라고. ㅋㅋㅋ 여자들도 여러 명하고 편지하는 사람 있어? 방 옮기기 전에는 많았는데 여기는 없어. 나도 그렇고 대부분 한 두명하고만 하거든. 우리 말고는 펜팔도 안 하는 거 같아.

오늘은 다른 날보다 날씨가 많이 추운 듯해. 이리도 추운 이유는 온도 탓도 있겠지만, 오빠의 마음에 보고 싶은 순희가 깃들어 있음에 냉기가 온몸에 퍼져 있다는 생각이 들기도 해.

보고 싶은 나의 순희! 자유도 없는 곳이라도 목소리라도 매일 들을 수 있다면 좋기는 하련만, 법무부의 방침은 너무 가혹한 거 같아. 그치? 다시는 이런 힘든 일이 없도록 우리 열심히 사랑하며 살자. 오늘은 이만 쓸게. 사랑해!

여
....

주말 편지에 사랑이 가득 담겨 있어서 배가 불러. 너무 사랑스러운 거 아니야? 오빠, 최고야! 나 너무 감동하여서 내 마음을 어떻게 표현해야 할지 모르겠어. 이 마음을 어떻게 말해야 하지? 내가 요즘 사랑의 양이 줄어서 오빠 많이 속상했구나. 난 그렇게 적어진 줄 몰랐는데, 오빠가 그렇게 느꼈다면 그런 거겠지?

친구가 우리 방으로 온 건 알고 있지? 친구가 지금도 엄청 떠들고 있는데 나만 열심히 편지 쓰고 있어. 열심히 써서 최대한 많이 보내려고. 사랑해, 내 오빠. ♥ 어딜 봐도 오빠 같은 남자는 당연히 없지. 당연히 우리는 출구 없는 사랑을 하고 있는 거지. 우리의 사랑은 서로의 마음 속에 갇힌 거지. 아, 우리 정말 빨리 만나야 하는데. 그치? 이러다 병 날 거 같아. 오빠가 너무 보고 싶어서. 하지만 우리 만날 때까지 오빠 말 대로 참고 열심히 사랑만 할게. 오빠 잘 자서 컨디션 좋아졌다니 다행 이야. 오빠 꿈속에 찾아가려고 걷다 보면 길을 잃게 돼. 빨리 찾아갈게. 조금만 기다려. 나도 너무 보고 싶어. 오빠 마음은 한시도 잊지 않고 있 어. 난 하루 종일 오빠 생각뿐이야. 나 바람피우다 걸리면 죽는다고? 그 럼 죽을 일은 없겠네요. 오빠도 마찬가지야. 바람피우다 걸리면, 흠. 근 데 뭐가 바람인 걸까? 나 말고 다른 여자랑 편지를 한다는 자체가 바람 이라고 하기보다는 마음이 가서가 아닌가? 이곳은 바깥이 아니잖아. 이 미 마음이 가서 편지까지 하는 건데 무슨 수로 말리나. 무슨 수로 그게 바람이라고 내가 장담을 하고 다시 돌아오라고 할 수가 있는 걸까?

갑자기 이런 생각이 들었어. 이곳에서 서로 사랑해서 편지 나누며 함 께하는 시간은 참 소중하고, 밖에서도 끝까지 함께한다면 더할 나위 없 겠지만, 그전에 서로가 아닌 다른 이성에게 끌린다면 어떻게 할 수가 없 잖아. 이렇게 될까 봐 난 걱정이 되는 거고. 하지만 우린 이럴 일 없다는 거, 절대 없을 거라는 거 알잖아. 그치? 어두운 생각은 안 할게.

오빠랑 함께 행복해질 생각만 하며 살 거야. 나도 오빠가 나한테서 벗 어날 수 없게 매력을 보여줄게! 나도 내 마음을 강력하게 표현하고 싶은 데 방법이 떠오르질 않아. 그래서 속상해. 나도 오빠만 정말 사랑하는 거 알아줘! 오빠 뇌 구조도 보니 온통 내 생각뿐이네? 추석 연휴 동안 오빠가 아주 많이 행복할 수 있는 여러 요소 들을 마련해서 보낼 테니 기대 많이 하고 있어요.

근데 갈비 먹고 싶어? 삼겹살, 쌈. ㅋㅋ 넘 사랑스럽잖아. 오빠. 정말 나 많이 사랑하는구나. 어디 갔다 이제 나타났어?. 내 짝꿍…. 나로 인해 자기가 더 좋아지고 있다니 너무 좋다. 나도 오빠로 인해 긍정적이고 밝아졌어. 사고도 안 치고 잘 지내는 내 오빠, 아주 잘하고 있어요. 오빠의 변화가 나로 인한 것이라는 게 더 날 행복하게 하는 거 같아. 고마워. 날 행복하게 해주고 사랑받는 여자이게 해줘서. 오빠 때문에 버티며 살아. 오빠는 내 삶의 이유이자 전부야.

우리 오빠 정말 아이를 많이 원하는구나. 오빠가 이렇게 아이 원한다고 할 때마다 내 나이가 원망스러워. 내가 오빠보다 나이가 많이 차이 나는 거. 많기도 하고 나이 자체도 많이 어린 거. 하지만 당연히 아이는 생기면 낳을 거야. 이건 당연한 거지. 우릴 닮으면 아이가 정말 예쁠 거야. 그리고 아주 예쁘고 똑똑하게 키울 자신도 있어.

떡 친다는 말은 아는데 한 번도 써보진 않았지. 근데 왜 떡 친다고 하는 거지? 나도 오빠랑 하루 종일 떡 치고 싶어. 나 정말 어젯밤에는 힘들었어. 진짜 하고 싶더라고. 그리고 오빠하고만!

만약에 그 상황에서 '다른 남자가 있었다면'도 생각해 봤는데 전혀, 완전 싫고, 오빠하고만 하고 싶었어. 오빠하고 어떻게 묘한 감정이 생겼지. 내가 귀여워? 아이~ 좋아라! 나도 귀엽고 재주 많은 오빠가 있어서 좋아. 아주 행복하고.♥ 오빠 편지 늘 많이 써줘서 너무 좋아. 그리고 한 줄 한 줄, 한 자 한자 성의 있고 애정이 가득해. 그래서 더 좋아. 근데 난 자기만큼 표현을 못 하는 거 같아서 미안해. 추석 연휴를 기대해. 알았지? 나 정말 이번 편지 최고라 생각하지?

주말 편지만큼 쓰고 있는 거 같은데. 이곳이 아니더라도 남녀 간의 사랑은 아슬아슬하잖아. 이건 진리인 거 같아. 이유 없이 오빠가 좋고 항상 보고 싶어. 눈뜰 때가 뭐야. 눈 감고도 오빠 생각뿐인데. 내 모든 걸 지배하고 있다고. 오빠가 말야. 오빠는 나한테 이런 사람이야. 온통 오빠 생각뿐이고 오빠와 함께할 날만 기다리고 있어. 오빠 마음과 똑같다고 생각하면 돼. 내 사랑 오늘 하루도 오빠의 사랑으로 시작하고 있어서 너무 행복해. 나 아주 오랜 시간 행복하게 해줘야 해. 오빠만 나한테 그럴 수 있어. 사랑해. ♥

76 언제나 사랑할거야

남____

순희야! 오늘은 토요일. 어젯밤에 편지 쓰고 또 적는다. 밤새도록 비가 내리고, 지금도 비가 내리고 있다. 청승맞게 얼마나 내리는지 마음이 착찹한 거 같아. 가슴속 묻어나는 가시 박힌 글들로, 나눌 수 있는 순희가 생긴 것만으로도 설레면서. 오늘은 편지를 너무 많이 쓰는 거 같아. 지금 순희에게 쓰는 편지가 오늘의 마지막 편지다.

다른 곳에서 온 편지를 답장 다 하고 또 심심해서 잉크 자국 한 글자 한 글자 적어본다. 이번에 몇 명이 이송 가서 새로 신입들이 몇 명 들어오고, 방 분위기가 완전히 바뀌서 또 적응 중이야. 오빠 나이로는 중간 정도인데 이제는 사람들 바뀔 때마다 이번에 어떤 종류의 사람일까? 많은 기대감이 들기도 해.

순희 말처럼 두 달을 넘게 겪어봐야 그 사람을 잘 알 수 있을 거 같더라고. 내 마음 같은 사람은 없더라고. 오빠는 더러운 거는 못 보는 성격이라 매일매일 샤워해야 해. 머리부터 발끝까지 정신이 바짝 들어. 아무리 추워도 씻는 게 습관이 되다 보니. 오늘 비는 오고 춥지만, 아침 점검하고 샤워하고 밥 먹고 편지 쓰고 TV 보고….

여기 와서 성질 죽이고 인내를 하다 보니 좀 차분해지는 것 같고, 편지를 많이 쓰다 보니까 성격도 바뀌어 가는 거 같아.

순희야! 오빠 편지 쓰는 거 너무 좋아. 다른 곳으로 이송 간 방 사람들과 계속 서신 주고받는데 너무 재밌어. 공부도 하고 책도 많이 읽고 지식이 쌓이고, 이곳이 그렇게 나쁜 곳만은 아니라니까. 자유가 없어서 그렇지 이런 점들은 좋은 거 같아. 나를 돌아볼 기회도 주잖아.

순희는 정말로 남자한테 관심이 많이 없나 봐. 우리 방 사람들은 펜팔 하는 거 보면 난리도 아니야. 편지를 읽는 건지 19금 소설을 읽는 건지 구분이 안 가. 오빠도 처음에 깜짝 놀랐잖아.

우리 나중에 사회에서 보면 소주 한잔하고 서로에게 도움 줄 수 있는 그런 사이였으면 좋겠어. 오빠도 여자한테 별 관심 없다. 지금은 언제가 될지 모르지만 나가면 천천히 시작해볼까 생각해. 원래 여자에 대해서 크게 이성으로 생각해본 적 없어서 오빠가 그랬잖아. 이때까지 두 명이라고 우리 방 형들도 아무도 안 믿어. 안 믿을까 봐. 그냥 "맞다, 안다." 그러고 만다. 근데 순희는 믿어라. 나는 순희한테 거짓말한 거 하나도 없으니깐 내숭 떠는지 모른다고 했지. 절대로 믿어라.

오늘은 이런저런 얘기 두서없이 적었네. 그냥 뭔가를 적고 싶은데 생각나는 대로 적었다 우리 순희 밥 잘 챙겨 먹고 오빠한테 편지 자주자주 쓰고. 안녕~.

여
....

우울증 환자들은 치료교도소에 보내야 해. 우울증 환자들이 여기 와봐야 밖에서의 삶이 얼마나 행복한지 알게 된다니까. 맞지? 왜 그 랬을까? 에잇. 속상해. 우울한 얘기는 그만! 오늘도 오빠 편지 받고 행복했어.

우리 엄마도 예쁘고 단단하셨는데 요즘 많이 작아지신 거 같아서 속 상했거든. 근데 오빠, 우리 엄마가 그러셨어. 자식한테 문제가 생기면 제 일 강해지는 사람이 엄마라고. 엄마는 지금 그 누구보다 강한 상태니 걱 정하지 말라고. 오빠 어머니도 우리 엄마와 같은 마음이실 거야. 모습이 약해 보이시는 건 세월 때문이 맞지만. 마음만큼은 이곳에 있는 우리보 다 몇 배로 강하실 거야. 그러니 오빠, 지금은 우리 힘이 없으니 강한 엄 마들한테 우선 의지하며 지내자. 우리가 정말 나가서 몸과 마음 더 예쁘 게 만들어 드리면 되니까. 더 이상의 아픔만 드리지 말고. 내 말 알겠지?

나는 사실 크게 부모님께 의지하며 살았던 적이 없었던 거 같아. 물 론 물질적으로는 도움을 받았지만 난 그냥 공부만 열심히 하며 학교 다 녔고, 크게 속을 썩인 적도 없고. 이곳에 오기 전까지 그냥 내가 알아서 그렇게 살아왔던 거 같아. 아빠, 엄마한테 뭐 사달라고 때 쓴 적도 없 고 잔소리 들을 행동도 난 안 했던 거 같아. 가끔 엄마한테 뭐해달라고 조르고 하는 친구들 보면 부럽다는 생각도 했었어. 난 성격 자체가 이 런 게 안 되는 사람이거든, 부탁하는 거. 여기에 와서 처음으로 부모님 께 마음까지 의지하며 사는 거 같아. 처음에는 적응이 안 됐는데 친구처 럼 나도, "엄마, 이것 좀 해줘."라고 했더니 우리 엄마 기쁘게 해주시더라고. 엄마도 내가 이런 딸이길 바라셨을 수도 있겠구나 하는 생각이 들더라고. 지금은 날 그냥 막내딸 대하듯 해주시고 나도 막내딸처럼 해드리니 좋아하셔. 오빠도 너무 자책하지 마. 부모님은 우리가 생각하는 것보다 강하셔. 오빠가 80살이 돼도, 90살이 돼도 부모님 눈에는 어린아이에 불과하니까. 어떤 상황에서든 자식을 지키고 싶어 하시는 거 같아.

우린, 우리를 우리 자신보다 더 사랑해 주는 부모님이 계시니 얼마나 다행이고 행복한 일이야. 지금은 도움을 받고 나가면 꼭 그 어떤 사람보다 행복하게 해드리자. 알았지? 힘내!

헐! 동상까지. 그렇게 추운 거야? 아니면 찬물로 계속 씻어서? 찬물로 씻고 방도 추워서 그런 건가? 괜찮은 거야? 아휴. 오빠가 걱정하지 말라고 했으니 나 걱정 안 해. 알았지? 대신 빨리 나가야 해. 할머니들하고 빨리 헤어지고 싶은데. 아침에도 70세가 넘은 할머니 때문에 너무 짜증 났어. 할머니들이라도 빨리 가버렸으면 좋겠어.

여기에 인성교육 마친 사람들이 미지정에 많이 몰려 있었거든. 본소만 해도 인성교육이 많이 밀려서 대기하는 사람들 어마어마했으니까. 어찌 보면 난 6개월 기다려서 인성 교육한 게 잘 됐던 건지도 몰라. 경쟁자가 많지 않았으니까. 이렇게 심한 경쟁률 속에 내가 됐다는 게 신기할 따름이야. 내가 왜 됐지? 나 어떤 모습으로 자고 있냐고?

침낭 속에 들어가서 자고 있지. 그냥 쏙 들어가서 자고 있어. 나도 오빠 시간들 어떻게 지냈나 싶어. 우리 절대 헤어지지 말고 손 꼭 잡고 끝까지 함께하자. 오빠 말대로 못난이는 좀 불쌍해. 그래서 요즘 꼴통보다 못난이를 더 챙기고 있어. 못난이는 지저분해서 그렇지 못 되지는 않았거든. 아침에 또 71 넘은 할머니 때문에 짜증 났었어. 보고전이랑 전화

신청 다 끝나서 제출했는데 뒤늦게 내더라고. 나는 급한 건가 싶어서

"이모, 오늘 거는 다 걷어 갔으니 내일 제출해야 되니까, 급한 거면 담당한테 따로 말씀하세요."

이렇게 얘기했더니 갑자기 소리를 지르는 거야. 내가 알아서 하니까 아무 소리 하지 말라고. 헐. 같이 있던 이모도 걱정돼서 하는 얘기잖아요. 라고 말했는데도 혼자 열받아서 얼굴이 붉으락 푸르락!

진짜 이 할머니 왜 저럴까 싶고, 갑자기 소리 지르는데 깜짝 놀랐어. 진짜 저렇게 늙지 말아야지. 어린애도 아니고, 70 넘으신 할머니 2명이 다 우리 방이라 너무 힘들어. 꼴 보기 싫어.

사실, 아침에 일어나자마자 나랑 친한 이모가 갑자기 직, 훈은 나이 제한 좀 있었으면 좋겠다고. 60세 이하로만 와야 될 거 같다고 이랬거든. 이 말을 할머니가 들은 거지. 내 생각에 이때부터 기분이 안 좋았던 거 같아. 근데 맞는 말이잖아. 저 할머니만 안 오셨어도 더 젊은 사람이 왔을 거고, 원래 나이 드신 이모들 정말 착하고 좋거든. 근데 여기서 만난 이모들은 이기적이고 아기 같아. 이 할머니들이 지금 나랑 같이 있어. 너무하지? 진짜 이건 너무 한 거 같아. 나 못됐어? 나빠 보여? 난 지금 터지기 일보 직전이거든. 내 얼굴 빨갛게 달아올랐어. 오빠야, 나 좀 살려줘. 할머니들 좀 빨리 본소로 보내줘. 그냥 저런 할머니들은 집으로 보내는 게 좋을 거 같은데. 맞지? 우리 잘 있다가 무사히 만나자.

빨리 오빠하고 여기저기 돌아다니고 싶어. 손잡고, 예쁘게 하고, 여기저기 즐겁게 대화하면서 돌아다니면 얼마나 좋을까? 예전에는 이런 즐거움을 모르고 살았는데. 이제 어디든 다닐 거야. 누구랑? 오빠랑! 우리 많이 다니자. 생각만 해도 기쁘고 행복할 거 같아. 오빠 편지가 계속

이곳으로 와야 하는데. 오빠 편지 없이는 살 수 없거든. 본소로 가게 되면 편지 보내고, 그렇게 편지 비우는 날 없었으면 좋겠어. 오빠야, 나 편지 많이 써서 예쁘지? 히힛.^^ 우리 오빠 언제나 사랑할 거야. 지금 오빠가 있어서 나는 잘 견디며 살 수 있어요.

77 겨울바람

남

　사랑을 담아 전해지는 하루는 순희를 그립게 하고, 차갑게 불어오는 겨울바람의 추위는 순희를 그리게 한다. 잘 잤어?

　유난히도 덥던 여름도 아름답게 물든 가을도 잠들었고 이렇게 우리 만남의 날은 서서히 다가오고 있는데, 이 겨울 잠시 쉬는 동안 어디선가는 함박눈이 펑펑 쏟아지고 있겠지?

　순희야! 오빠에게 편지할 때마다 사랑한다는 얘기, 좋아한다는 얘기, 언제나 상쾌하고 기분이 좋아. 이곳 생활에 힘들다고 오빠한테는 한 번도 내색하지 않아도 이곳 생활이 얼마나 힘들고, 고달프고, 짜증이 나는 곳인지 말하지 않아도 오빠는 알아. 오빠에겐 힘들면 힘들다, 누군가는 미치도록 밉다, 누군가는 정말 보기 싫다, 이렇게 말해주면 안 될까?

　오빠는 순희가 걸림돌이 없이 잘 견디며 좋은 것만 보다가 이곳을 나갔으면 하는 바람이구나.

*아는 형이 신용불량이라 본인의 통장을 사용하게 되면 은행에서 압류를 해버리기 때문에 쓸 수가 없으니 통장을 하나만 만들어 달라고 부탁하길래, 그냥 생각 없이 만들어 줬는데 '전자금융거래법 위반'으로 구속이 되었어. 아는 형이 만들어 준 통장을 '보이스피싱'에 돈을 받고 팔아먹었대.

이 친구는 그런 사실을 전혀 알지도 못했고, 경찰에서도 검찰에서도 전혀 모르는 사실이라고 진술했지만, 만들어준 자체로도 범죄라도 하면서 요즘에는 대부분 중국에서 '보이스피싱'을 이용하여 우리나라 돈이 중국으로 빠져 들어간다고 강력하게 단속한다며 재판에서 1년 6월을 선고받았다고 해.

순간의 잘못된 판단일까? 아니면 사람을 너무 믿었던 탓일까? 사람을 선택하는 것도 믿음을 주지 못하는 사람이라면 처음부터 그 사람과는 만나지 말았어야 하는데….

여
....

머리를 어깨까지 잘랐는데 많이 자랐어. 나갈 때는 긴 생머리로 나갈 수 있을 거야. 오빠가 날 보러 올 때도 난 긴 머리일 거야.

지금 언니도 같이 있어. 언니 진짜 재밌어. 완전히 웃겨. 그 아저씨가 편지를 매일 보낸대. 근데 언니는 매일 못 보낸대. 그리고 전과가 많아도 2급을 달 수 있는 거야? 전과가 많은데 어떻게 2급이 됐지? 언니가 이상하다고 하더라고. 일단 난 지금 할머니들하고는 헤어져서 좋아. 정말 돌기 직전이었거든. 할머니들의 고집을 어찌할 수가 없겠더라고. 우리는 정말 멋지게 늙자. 교양 있게! 정신 줄 똑바로 잡고. 내 사랑 오빠는 지금 뭐하고 있을까? 동상 걸린 발가락 찜질 중일까?

난 오늘 아빠, 엄마가 오실 줄 알았는데 안 오시네. 눈이 와서 아빠가 운전 못 하시나 봐. 우리 아빠는 눈이 한 송이만 내려도 절대 운전 안 하시니까. 아빠, 엄마 보고 싶다.

나 왜 이렇게 졸려? 수면제 먹은 거 같아. 어제도 완전히 잘 잤는데, 한 번도 안 깨고 푹 잤어. 대단하지? 이송 가서도 잘 자야 할 건데. 제발 좋은 사람들이 많이 있으면 좋겠어.

내가 참 괜찮은 여자지? 나도 알아. 푸하하하. 오빠와 나의 인연도 참 신기해. 그치? 우리가 만나려고 돌고 돌아 여기까지 온 거 같아. 우리 무사히 잘 만나서 다행이야. 더 늦지 않게 만나서 정말 다행이야. 서로가 있기에 이 시간을 잘 버틸 수 있는 거 같아. 지금 우리의 이 사랑이 몇 년 후에는 그리운 순간이 될 수도 있어. 우리가 싸우면 지금을 떠올리자. 우리가 얼마나 애틋하게 사랑을 했는지 말이야. 사랑해, 오빠. 얼마 남지 않은 올해도 마무리 잘하기!

78 내 삶의 활력소

남____

내 사랑 순희, 긴 밤을 자면서 그대에게 다가가 입맞춤했어. 오빠가 순희에게 사랑이라는 단어로 다가갈 수 있을까? 이제 조금씩 서로를 알아가는 과정에서 조금 더 가깝게 다가갈 수 있는 빠른 길에는, 사랑이라는 단어가 반드시 필요하다고 생각해. 이미 스쳐버린 인연 순희에게 한 걸음 한 걸음 다가서려 해. 이렇게 변해가는 오빠의 자신도 놀랍지만, 내 삶에 활력소를 만들어준 순희에게 진심으로 감사를 드려.

순희가 내게 용기를 주면 내 심장은 다시 뛰겠지. 가슴에 스며드는 이 촉촉함, 순희에 대한 사랑의 시작이겠지? 오빠는 많이 웃을 거야. 순희를 향해 맑은 미소만 지을 거야. 그럼 순희도 웃을 테니까.

오빠가 행복하면 순희도 행복하고 순희가 행복하면 오빠도 행복할테니까. 매일매일 다가와 주는 순희가 정말 좋아. 오빠를 바라보며 사랑스럽게 다가와 주는 순희가 정말 좋아. 나에게 순희는 정말 예쁜 사랑이야. 세상에서 날 사랑스럽게 가장 사랑스럽게 바라봐 주는 아름답고 예쁜 나의 순희. 그대가 주는 이런 큰 사랑 나도 그대에게 주고 싶어. 많이 예쁘게 사랑해주고 싶어! 내 삶을 행복으로 가득 채워주는 예쁜 순희에게 주고 싶어. 순희하고 늘 같이 있고, 그래야 날 사랑해주는 내 사랑에게 내가 더 많이 사랑한다고 말해주고 싶어.

나에게 항상 두근거림을 안겨주는 그대. 그래서 그대가 참 좋아. 넘넘 사랑스러워. 그대는 지금이 항상 매력이야. 내가 그대를 향한 아침 햇살 같았으면 좋겠어. 환하게 비추는 희망 같은 거. 순희 가슴속에 뜨거운 불씨로 남아서 꺼지지 않게 계속 남아 있었으면 좋겠어! 내가 반짝반짝 웃는 햇살처럼 다가갈 테니. 서로 그리워하고 서로 보고 싶어 하고 서로 웃음을 담았으면 좋겠어. 그땐 우리 닮아가겠지. 우리 편지글도 닮아갈 거야. 순희의 달콤한 속삭임에 내 가슴이 뛰는 게 참 좋아.

여
....

난 안경 낀 남자가 좋기도 하고, 잘 어울리는 남자도 좋아. 근데 생각해보니 안경 낀 남자를 사귀어 본 적은 없네. 그러고 보니 그러네. 오빠, 선글라스 잘 어울린다니 우리 둘이 선글라스 끼고 여기저기 돌아다니자.

이송은 12월 20일쯤 갈 거 같아. 본소 가는 거 하나도 겁나지 않아. 오빠가 함께 있는 거고 조금만 견디면 되니까. 그냥 뭐든지 참을래. 그래야 집에 빨리 가지. 오빠! 나 바빠도 오빠한테 집중했었는데, 시간 날 때마다 편지 쓰고, 바쁘다고 소홀한 적은 없었어. 근데 내가 보내준 편지가 사랑이 부족하다고 생각하는 거야? 자꾸 계속 그러면 용서 안 한다고 하고 각오하라고 하니까. 이건 좀 그래. 난 항상 최선을 다했는데, 내 마음이 오빠한테 닿지 않았나 봐. 어떤 점이 서운하고 싫었는지 말해주면 더 나아지려고 노력해 볼게. 알았지?

　나도 심심한데 안경이나 새로 할까? 여기보다는 본소가 예쁜 게 더 많으니 본소에 가서 사야겠다. 오빠는 안경 많겠네. 나중에 집에 자기 방을 따로 만들어야겠다. 음. 오빠가 왜 어른 같아 보이는지는 모르겠는데 아무도 나한테 오빠처럼 말해준 남자가 없거든. 내가 무서워서 그런지 까칠해서였는지, 암튼 나 하는 대로 그냥 놔두더라고. 한편으로는 오빠처럼 나한테 잔소리(?) 비슷한 걸 해주길 원했던 거 같아. 이게 다 관심이고 표현이잖아. 오빠하고는 이런 대화가 돼서 좋아. 그리고 오빠, "순희야!" 이렇게 불러주는 거 너무 좋아. 자주자주 불러줘.

　오빠네 방 12명이 됐어? 거기도 사람 많네. 꼴통 언니 진짜 말을 밉게 해. 근데 그냥 그렇게 살아왔나 보다 하려고. 내가 데리고 살 것도 아니고. 정말 웃긴 게 친구 이불은 안 주면서 어제 폴리 담요는 샀더라고. 근데 친구 이불은 여전히 안 줘. 보니까 영치금이 오면 한 번에 뭔가를 많이 사고 그냥 없이 지내는 거 같아. 암튼 이해가 안 되는 아이야. 할머니들이라 엉덩이를 두드려. 나도 처음에는 이런 거 적응이 안됐는데, 이게 이분들의 표현이구나 생각하고 그냥 받아들이기로 했지. 나의 엉덩이를 내놨어. 오빠가 보낸 오늘 편지에는 항상 사랑과 오빠 마음이 잔뜩 실려 있는 게 느껴져. 그래서 매번 나의 글재주에 좌절을 하지. 오빠 글 솜씨에 계속 비교되는 거 같고. 난 글을 못 쓰는 대신 예쁘고 똑똑하니 괜찮지?

나 원하는 거 없냐고? 글쎄. 내가 원하는 건 오빠뿐인데. 오빠만 있으면 다 되는 거 아니야? 맞지? 여기에서 나가도 그냥 막연히 행복하게 잘 살아야지 정도였지. 이렇게 누군가와 구체적으로 어떻게 살자라고 계획을 세우게 될지도 몰랐으니까. 오빠가 많은 도움이 됐고 날 변하게 했어.

여기는 금방이라도 눈이 올 것처럼 어두워. 정말 깜깜해. 눈이 왔으면 좋겠는데. 거기 날씨는 어떨까? 내 오빠, 춥지는 않은지 걱정이야.

아주 잘 됐어. 두 사람하고 같이 살기 싫었는데 두 사람이 나가니까 편하게 살다 본소로 갈 수 있겠어. 오빠 이번 주도 수고했어. 몸은 떨어져 있지만 우리 서로를 생각하며 잘 버티자. 무사히 올 한 해를 보내자. 이번 주말부터는 혼거실로 가서 사랑을 전할 거야.

주말 잘 보내 아프지 말고. 사랑해요. ♥

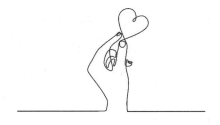

79 만날 수 있는 시간

남____

담장 너머 먼 산에 보이는 풍경이랄까?

하얗게 뒤덮인 산에는 벌써 군데군데 아름다운 조화를 만들어 가고 있는 것을 보니 이제는 겨울도 조금씩 익어가고 있구나 생각하니 우리가 이곳을 벗어나는 시간이, 아니 우리가 만날 수 있는 시간이 다가오고 있음을 기쁘게 받아들이자.

목걸이와 시계 어때? 예쁘지? 디자인이 예쁜게 아니라 그림을 잘 그렸지? 내가 그런 건 아니고 방에 있는 사람이 그려줬어. 순희가 좋아하는 목걸이랑 시계. 나도 좋아하는데. 빨리 예쁜 거 하고 싶다. 순희도 그렇지? 주말 잘 보냈어? 일요일도 다 갔어. 주말인데 너무 피곤해. 오빠는 왜 이렇게 매일매일이 피곤하고 졸릴까? 무슨 병에 걸린 건 아닐까? ㅋㅋ 오빠 허리가 너무 아파. 운동을 잘 못 한 건가? 오른쪽 허리 부위가 아프네. 뻐근한 거 같아. 스트레칭 했는데도 많이 아파. ㅜㅜ

집에 가고 싶어. 순희야~

우리 순희 오늘은 뭐 하며 하루를 보냈을까? 당연히 오빠 생각 말고는 크게 한 것은 없겠지만, 크크. 아픈 곳은 없지? 싫어진 사람이나 싫어하는 사람도 없고? 우리 몸은 우리가 지키자. 알았지?

오빠는 차가운 바람을 부딪치며 운동장을 뛰고 또 뛰었지만. 오빠 역시 운동장을 뛰면서 순희 생각뿐이었지만. 거기는 요즘 어때? 그곳에 갔다 온 사람들 얘기 들어보면 방에서 눕지도 못하고, 옷도 탈의하지 못하게 되었다고 하던데. 복장 단속이 심하다던데 여사는 괜찮은가?

여기는 CRPT가 오는 시간이 정해져 있어. 아침 10시, 오후 2시, 이 시간대에 오니까 이때만 옷을 입고 있고, 그 이후에는 대부분 편하게 옷을 입고 있어. 물론 재수 없게 걸리는 사람도 있지만, 대부분 3진 아웃제라 많이 봐주는 사람도 있어. 어디 가나 에프엠대로 하는 사람도 있지만, 이런 사람한테만 걸리지 않으면 되니까. 그래도 항상 조심은 하지.

순희는 늘 모범생이니 잘할 거라고 믿고 있지만, 그래도 우리의 사랑을 위해 조심하도록 하자. 오늘은 한비자의 책을 읽다가 좋은 글이 보이길래 옮겨봐.

"한비자의 토끼는 그루터기에 두 번 부딪치지 않는다.- 有反(유반)"

무슨 일인가 일어났을 때, 그로 인해 이익을 얻은 자가 있다면 십중팔구 그자의 소행으로 보아 무방하다.

또 어떤 일로 인해 손해를 본 사람이 있다면 그와 이해와 상반되는 자의 소행으로 생각해 틀림없을 것이다.

사람은 화를 당하면 두려움을 느끼게 된다. 두려움을 느끼면 행동이 조심스러워진다.

행동을 조심스럽게 하면 사리분별이 생긴다. 사리분별이 생기면 만물의 이치를 깨닫게 된다.

그래서 행동이 조심스러우면 화(禍)를 당하지 않는다. 화를 당하지 않으면 수명을 다해 살 수 있다.

또 만물의 이치를 깨닫게 되면 반드시 성공을 하게 된다.

성공을 하면 부와 귀를 얻게 된다.

천수를 누리며 부귀, 영화로운 삶을 사는 것을 복(福)이라 말한다.

이렇게 볼 때 복의 근원은 복인 것이다.

福(복)은 福(복)을 의지해 일어나며, 福을 바탕으로 성공을 이룰 수 있다.

자식을 사랑하는 사람은 자식에게 인자하고, 생을 중히 여기는 사람은 제 몸을 아낄 것이며, 공을 귀히 여기는 사람은 일에 열중할 것이다.

자식을 사랑하는 어미는 그 자식이 복되게 하기 위해 힘쓸 것이며, 그에게 미칠 화를 막아주기에 힘쓸 것이다.

화를 막아주기 위해서는 깊이 생각을 할 것이며, 깊이 생각하면 사물의 이치를 깨닫게 된다.

자식을 사랑하는 자는 자식의 의식(衣食)에 소홀하지 않는다.

여

....

우리 오빠 요즘 사랑 표현이 늘어났어. 그래서 너무 좋아. 오늘도 오빠 편지 온 거 읽지 않고 있다가 일하고 와서 읽었어. 예쁜 꽃 편지에 예쁜 오빠 글씨가 있으니 너무 좋더라. 역시 오빠는 내 기쁨이야. 사랑해. ♥ 오빠, 많이 아팠어? 괜찮아? 왜 열이 나고 그래. 얼마나 힘들었을까? 지금은 어때? 아프지 마. 알았지?

여자들은 마르면 다 몸매 좋은 줄 알아. 그래서 내 몸 보고 그러는 거지. 가슴 수술은 많이 아프대? 그럼 안 할래. 아프면서까지 하고 싶지 않아. 이건 좀 더 생각을 해봐야겠다. 난 오빠만 믿고 있으면 되는 거네? 그치? 오빠야~, 난 오빠한테만 최고로 예쁜 게 아니라 진짜로 예뻐. ㅋㅋ 나도 느낌이 좋아. 오빠에 대한 느낌.

오빠도 나한테는 최고로 멋진 내 남자야. 내 거. 부족하고 못나지 않았으니 이런 말도 하지 않기!

이 아이가 만들어준 편지지야. 만들어 주길래 성의를 봐서 쓴 거지. 난 편지지 꾸미고 그런 거 전혀 못 하거든. 오빠도 깔끔한 게 좋지? 나도 편지 못 받아서 휴일이 제일 싫어. 오빠 편지 못 받는 날이 제일 싫어! 빨리 내일이 와서 또 편지 받고 싶어. 이렇게 서로의 편지 기다리고 받다 보면 시간 금방 갈 거야. 올해만 지나면 우리의 만남이 현실이 될 수 있어. 나 나갈 때 오빠가 올 수 있게 할 게. 나도 그랬으면 좋겠고. 내가 달려가서 안길 테니 오빠는 날 꼭 안아줘야 해. 오빠 생각만 하면 참 좋아. 날 이렇게 기분 좋게 해줘서 고마워.

요즘 날씨 때문인지 잠을 너무 잘 자. 어제 자려고 누웠던 시간이 8

시 30분쯤이니까 한 번도 안 깨고 5시까지 잤어. 바로 일어나서 운동했지요. 진짜 열심히 할 거야. 오빠를 위해서. 주 중에 휴일이 하루 있으니 금방 가는구나. 벌써 금요일이네. 이달은 엄청 빨리 가는 거 같아.

오빠, 나 여기에 남기로 결심했어. 나 오늘 몸이 이상해. 무겁고 기운도 없고, 땅으로 꺼질 거 같이 축 늘어지네. 사람들이 몸살 오려는 거 아니냐고? 입맛도 없고 이상해. 방금 목욕하고 들어왔어. 어지러워서 쓰러질 뻔. 왜 이러지? 이러다 오빠 편지 오면 괜찮아질 거야. 그러니 오늘 꼭 오빠 편지가 와야 해. 알았지? 오늘은 또 어떤 소식이 있을까? 우리 오빠 너무 보고 싶네. 나 빨리 나가고 싶어. 오빠도 보러 가고 싶고. 아니다. 내가 너무 빨리 오빠보다 빨리 나가면 외로울 거 같아. 오빠가 먼저 나가면 좋을 거 같아. 그럼 난 외로울 틈이 없잖아.

오빠가 접견 오고, 그러다 보면 두 달이야 금방 갈 거고. 우리가 나눈 모든 것들이 현실이 되는 거지. 아이! 좋아라.^^ 오빠 편지 아끼고 아끼다 이따 읽어야지. 사랑해! 내 거. ♥

이불 깔고 오빠 편지 봤어. 우리 오빠 항상 감동이야. 아끼고 아껴야지. 오빠 편지 읽고 나 조금 흥분했었나 봐.^^ 너무 짜릿했어. 내가 미쳤나 봐. 오빠한테 말이야. 오빠 바쁜데 편지 쓰느라 고생했어. 덕분에 난 힘이 나고 행복해. 나 오늘 종일 힘들었는데 오빠 편지 읽고 다 나았어. 사랑해. 내 치료제. 근데 내가 성의 없이 답했어? 아닌데. 나 완전 성심 성의껏 최선을 다해 대답한 건데. 야한 이야기는 들어본 적 없고, 물이 많아서 좋다고는 들었어. 칭찬인가? 좋은 건가? 잘 들어가서 좋은 거라고는 하네. 이런 이야기해도 부끄럽지도 않고. 너무 좋네.

오빠! 나도 입에 사정하는 거 싫더라. 근데 한 시간 그놈이 좋아했어.

암튼 생각하면 짜증 나. 좋았던 기억이 없어. 불쾌하고 싫었어. 오빠 편지 읽고 화장실 갔는데 팬티 젖어 있었어. 이 이야기할까 말까 하다가, '뭐 어때?' 싶어서 하는 거야. 오빠가 좋아하지 않을까 싶어서. 다시 한 번 느끼지만 나 많이 변했다. 오빠로 인해. 좋아. 아주! 응! 나 야한 이야기 오빠가 해주니 너무 좋아. 그전에는 한 번도 이런 적 없는데, 오빠가 해주는 건 좋아. 다른 사람이었으면 거부감이 심했을 거 같은데, 오빠가 해주는 건 뭐라고 표현해야 하지? 좋아. 너무 좋아!! 좋아 죽겠어! 표현이 거침없다는 게 어느 정도일까? 궁금해! 궁금해! 우리 빨리 만나야겠어. 오빠, 빨리 만나자! 오빠, 난 일주일이 아니라, 믿을지 모르겠는데 몇 달도 안 한 적 있어. 내가 막 피해 다녔어. 하기 싫어서.

근데 지금은 오빠랑 빨리하고 싶어.^^ 오빠야, 나 또 졸린 시간이 왔어. 자야 해. 오늘은 너무 피곤하고 졸려요. 사랑해. 알지? 내가 오빠를 얼마나 사랑하고 원하는지. 내 거. 내 여보. 언제까지나 내 곁에 있어야 해. 꿈속에서 이렇게 오빠 온몸에 키스해 줄 거야. 옆구리만 공략해야지.^^

오빠, 지금은 새벽 3시 30분. 2시쯤 일어났는데 다시 자보려고 아무리 애를 써도 잠이 오지 않아서 그냥 일어났어. 갑자기 이런저런 생각이 많이 들어서. 딱히 꼬집어서 드는 생각은 없는데 이 생각 저 생각이 내 머릿속을 침범하네. 우리 오빠는 쿨쿨 주무시고 있겠군요. 오빠 꿈속에는 내가 갔을까? 나는 짧은 치마에 힐 신는 것도 좋아하고, 스니커즈 신는 것도 좋아해. 스타킹 신는 거 안 좋아해. 아예 안 신고 맨 다리로 많이 입고, 겨울에 짧은 치마 입고 검은색 스타킹 신고, 힐 신는 거 좋아하지. 힐은 맨발로 신어야 예뻐. 무슨 느낌인지 알아, 오빠? 짧은 치마 입고 야한 거? 음. 뭘까? 나중에 야한 거 많이 하자. 좋아 좋아! 나 근데 너무 야한 거 밝히는 듯. 그동안 쌓인 욕구불만이 한꺼번에 봇물 터지듯 터져버린 거 같아. 오빠 때문이야!ㅋㅋ 오빠랑 있는 게 싫은 게 아니고, 결혼한 게 아닌데 같이 산다는 건 좀 그렇지 않나?

당연히 대부분의 시간을 오빠 집이나 우리 집에서 보내겠지? 우리의 첫 연애를 위해서 내가 나가기 한 달 전부터 피임약을 먹을까? 나도 빨리 오빠한테 안기고 싶어. 이런 느낌 정말 처음이야. 편지가 잘 써져. 그리고 오빠한테 쓰는 건 편지가 너무 잘 써져. 정말 사랑하니까 그렇겠지?

'아다'가 그런 뜻이었군. 나의 순결도 오빠한테 줄게. 우리는 빨리 만나야겠다. 그치? 오빠가 너무 좋아서 심장이 터져버릴 거 같아. 사랑해요. 보고 싶다. 내 오빠. 변치 말자. 지금 이 마음 좀 쉴게. 쪽. ♥ 잠을 못 잤더니 너무 피곤하고 졸려. 새벽에 쉰다고 하고, 갑자기 화가 나서 언니한테 편지 썼어. 막 화내지는 않았고 그냥, 너무했다 정도만. 나쁘게 쓰지 않았어. 암튼 미래의 내가 과거의 나를 바꿀 수 있다는 게 가능하다면 자기는 어쩔 거야? 지금 오빠가 내 곁에 있어서 너무 행복하거든. 난 요즘 매 순간 오빠를 떠올리고 생각해.

80 서로에게

남

보고 싶은 순희를 생각하니 왜 이리 떨리는 걸까?

오빠가 지금 어떤 기분일지 모를 거야? 그래서인지 오빠의 잠재의식은 초조하고 신경이 날카롭고. 내 안의 무언가 사랑받고 싶은 마음인 듯. 소중히 여기고 싶은 마음이 깊이 자리 잡고 있다는 게 정말 놀라워. 서로 마주 보며 웃으면서 이야기하고 싶은데. 이런저런 생각을 하면 마음이 아파. 진정으로 마음이 아픈 건, 나는 완벽한 남자가 아닌데 행여 환상 속의 그녀를 좋아하는 건 아닐까 하는 혼자만의 정신없는 생각을 가져보지만, 그리움과 아픔도 순희를 만날 수 있을 때까지 희망을 담고 기다림이 되려 해. 시간의 흐름이 얼마나 빨리 갈지는 모르지만, 우리의 글들이 소중한 기억으로 남겨지고 싶은 까닭에…. 그러면 또 내 머릿속이 복잡해지고 내 맘은 두려워서 이불 속으로 숨어버리고.

순희! 나의 정신없이 어수선한 마음 부드럽고 따뜻한 순희가 잡아줬으면 해. 순희 편지를 기다리면서 생기는 현상일지도 몰라. 우리 예쁜 순희가 내 맘을 앗아 가버렸어! 어쩌면 순희가 오빠를 유치하다고 여길 지 몰라서 다시 쓸까도 생각했지만, 한편으로는 이렇게 안 하면 아무런 고백도 제대로 못하겠구나. 이런 생각을 하며 용기 내어 쓰는 거야. 순희가 보내준 글을 읽으며 미소 짓는 순희를 떠올리기도 해. 순희는 오빠에게 행복을 주는 사람. 세상 많은 사람들이 잠드는 이 밤에, 어둠에 갇혀서 이런 곳에 있다는 것을 현실로 받아들이고 싶지 않아서 나의 꿈조차 잠들 때 희망을 가지고 무언가를 생각할 수 있게 나의 가슴에 노크를 해준 순희에게 나를 향해 정말 고맙다고 말하고 싶었어!

정말 고마워! 늘 기다리던 순희의 편지가 없는 날엔 지루함이 더 많은 거 같아. 가끔은 책을 읽기도 하지만 졸음부터 쏟아져 버려. 요즘은 애정 소설을 보지만 웃기긴 해. 학교 다닐 때도 안 읽던 소설이긴 한데, 그래도 여기에선 책을 읽다 보면 많은 것들을 새롭게 접하게 되고 신비스럽다고 느껴져. 같이 있는 동료들은 책을 거의 보지 않아서 하루 종일 이런저런 수다만 떨어. 살아온 환경들이 모두 다르니까. 여자들이 더 19금 이야기를 많이 한다고는 하는데 사실이야? 처음엔 아무런 기대도 없었는데 지금은 내게 많은 매력을 보여주며 다가오는 순희이기에 늘 좋은 글, 오빠의 이야기를 담아주려 해. 순희를 향해 걸어가는 오빠는 오늘도 설렘과 부푼 마음을 전해주고 싶단다. 항상 해피하길 바라며!

여

    오늘 드디어 기다리고 기다리던 오빠의 편지가 왔어. 편지 안 읽고 아끼고 아끼다 일 끝나고 방에 와서 읽었어. 미소 가득 머금고.^^ 완전 사랑스러운 내 거. 나의 사랑. ♥ 우리 오빠도 몸 만지는 거 좋아하는 거야? 나랑 똑같네. 우리 서로의 몸 만지면서 있으면 진짜 웃기겠다.

    우린 통하는 거 너무 많은 거 아냐? 난 말랑한 건 싫고, 약간 딱딱하면서 차가운 거. 내가 많이 만져줄게. 내 가슴은 75A인데, 많이 빈약해. 내가 봐도 문제가 있어. 근데 난 항상 만족하며 살았는데 여기 와서 보니 한 번 사는 인생, 가슴이 조금은 더 커서, 예쁜 가슴으로 살아보고 싶기도 하네. 오빠가 보고, 만져보고 말해줘요. 푸흣! 헐. 오빠는 사랑하지 않아도 연애할 수 있어? 아니지? 그런 사람도 있다는 거지? 오빠는 나하고만.^^ 오빠 편지 보면 목소리도 알 거 같고, 그 목소리가 오빠의 귀여운 모습보다 깊고 감성도 풍부할 거 같아. 이 생각만으로도 오빠는 섹시할 거 같다는 생각이 들어. 그리고 잘할 거 같기도 하고. 무엇보다 오빠한테서 내가 좋아하는 향이 날 거 같아. 그래서 빨리 안기고 싶어. 멋있는 오빠 빨리 보고 싶네요. 오빠랑 커플로 뭔가를 같이 한다는 게 참 좋은 거 같아.

    그리고 좁은 공간에서 족구가 뭐야? 아무튼, 우리 오빠는 못 하는 게 없네. 오빠의 긍정적인 성격이 참 좋아. 나한테는 없는 좋은 성격이야. 나도 오빠처럼 그래야 하는데. 가끔 편지 주고받던 여자? 누구고? 치! 정리했다고 하니 신경 안 쓸게. 지금은 오빠가 내 거니까. 난 오빠를 무조건 믿으니까. 그리고 오빠, "오빠가 먼저 나가면 꼭 내게 와주라." 이 말이 너무 마음 아파.

오빠는 내가 여기에서 오빠랑 편지만 나누다 말 거 같아? 우리 연인 사이잖아. 오빠한테 가는 건 당연한 거고, 오빠 나올 때까지 기다리는 것도 당연한 거지. 안 그래? 오빠 옆에 가서 살 거야. 그러니 오빠 나올 때까지 이런 말 이제 안 하기. 바보! 속상하게. 우리 사랑이 마치 이곳에서 끝날 것만 같은, 이런 말 하지 말아요! 나 부끄러운 것도 내려놓고 오빠한테 다 주고 있는데, 나도 오빠가 어떤 모습이라도. 다 좋아.

배 나오면 싫어. 살찌고 배만 나오지 않으면 좋아. 오빠, 나 졸려. 꿈 속에서 만나는 거지? 내 사랑, 내 앞에 있었으면 좋겠다. 입 맞추고 싶어. 사랑해. 잘 자요. 이따 만나!

꿈에 또 나오지 않았어? 오빠. 오늘 언니가 내 몸은 마르고 가슴도 작지만 남자들이 좋아할 몸이래. 푸하하! 그래서 기분 좋았어. 빨리 보고 싶지? 운동은 열심히 해. 나야 좋지. 오빠 운동 열심히 하면. 나는 일어나서 30분 정도 운동하다 보면 땀이 나. 땀 나서 바로 씻으면 좋더라고.

어! 나도 오빠 생일에 손만 잡고 잔다는 거였는데. 당연히 우리 뜨거운 밤 보내는 거 아냐? 맞지? 헤헷! 내가 말하는 '뒹굴뒹굴'은 침대에 누워 이리 갔다 저리 갔다 하며 TV 보자는 거지. 오빠는 뭘 생각한 건데?

오빠는 왜 이렇게 돈을 벌려고 해? 돈도 중요하고, 사는 데 있어서 돈이 중요하다는 거 아는데, 돈을 좇으며 살지는 않았으면 좋겠어. 잘 생각해봐. "어떻게 사랑만으로 사니?" 하는 물음에 예전 같았으면 못 산다고 했을 텐데 지금과 앞으로는 아니야. 사랑만 있으면 살 수 있어.

남자가 능력이 없으면 내가 벌어와도 되고. 난 둘이서 뭔가를 한다는 거에 의미를 두며 살 거야. 손잡고 동네 한 바퀴 돌고 몇 달 모아서 여행

다니고, 너무 재미있을 거 같지 않아? 난 이래. 그러니 오빠야, 적당히 벌며 욕심부리지 말고 살자. 언니는 너무 힘들겠네. 걱정이네. 요즘 많이 안돼 보여. 엄마 돌아가시고 밥도 잘 안 먹고, 살도 많이 빠지고, 그러니 당연히 내가 더 귀엽지! 사랑스럽고. 나도 사랑해요. ♥

　오빠 옆에만 있으면 아주 좋은 집에 살 수 있겠네. 나는 정말, 진심으로, 원룸에 살아도 좋아. 더 많이 붙어 있을 수 있고, 욕심 많은 오빠. 내가 옆에서 욕심을 조금씩 줄여줘야겠다. 하지만 오빠가 바라고 원하는 삶까지 내가 어쩌지는 못하니까. 난 그냥 행복했으면 좋겠어. 행복은 우리 둘이 함께라면 가능할 거야. 그치? 사랑하는 오빠, 오빠 많이 좋아하지. 당연한 거 아니야? 어머나! 우리 오빠 진짜 나 많이 사랑하는구나? 프러포즈 한다는 말에 눈물 날 뻔했어. 우리가 만나려고 그 시간들 지나왔나 봐. 오빠를 많이 사랑해. 정말 많이, 진심으로. 나도 내 모든 걸 오빠한테 던질게. 잘 받아줘요. 내 반쪽. 너무 좋아 죽겠어. 나 죽으면 어쩌지? 오빠랑 사랑하고 죽어야 하는데, 내 마음 다해서 사랑해 줄게. 이 세상 남자보다 행복하게, 우리가 만나면 오빠를 더 빛나게 해줄게. 내가 옆에서 그렇게 해줄 거야.

　같은 방에 있는 동생이 내가 청순한데 강단 있어 보인대. 아~, 오빠한테 날 보여줘야 하는데. 아쉬워.^^ 내가 이렇게 들은 말을 전하는 건 공주병이 아니라 오빠 기분 좋으라고. 오빠 여자 예쁘다고. 아직 소문 안 났어? 여기 소식! 나! 오빠 애인.^^ 오빠 웃고 있지? 웃어요! 오빠 운동하고 나오다 화장실 앞에서 넘어지는 상상했어. 완전히 웃겨. 귀여워.

　내가 이야기했나? 나도 오빠랑 사랑 나누고 싶지. 이렇게 사랑하는데 당연하지. 우리 첫날 기대하고 각오 단단히 하고 있을게. 도망 안 가! 절대! 요즘은 오빠 편지 기다리는 재미, 재미가 아니고 암튼 낙에 살아요. 편지 오면 떨리고 그래. 오빠도 그래? 그래서 오빠 편지 없는 날 너무 슬퍼. 휴일도 싫고. 막다른 골목에 몰아 넣어져서 살기 싫었던 순간도 있었어. 그래서 그 순간을 모면하려고 잘못된 선택도 했었지. 힘든 시간 지나오면서 이거 하나는 알고 있었어. '버티면 이겨낼 수 있다는 거. 참으면 견딜 수 있다는 거.' 정말, 이 악물고 버티고 참으니 이런 날도 왔네.

사랑하는 오빠를 만나 이렇게 서로 사랑하는 날이. 이곳에서 만났고 우리 인연은 보통 인연이 아니잖아. 돌고 돌아왔으니 특별한 인연, 소중히 잘 지켜나가자. 우리 둘이 함께면 뭐든 할 수 있을 거야.

오빠를 처음 알게 됐던 그 순간부터의 시간들이 참 많이 생각나고, 좋았어. 그때는 서로에게 집중하던 때가 아니었지만, 우리 앞으로의 삶은 서로에게만 집중하자.

81 수행의 길

남____

내 사랑 잘 지내?

흠. 오빠 이야기는 재미도 없고. 어쩌지? 순희 서방님아~ 하고 해줘서 심쿵 했어. 너무 좋아~ 사랑해♥ 근데 오빠가 순희 거랑 오빠 사랑이랑 모두 이름을 정해야 해? 순희도 아이디어를 좀 내봐. 순희 앵두가 잔뜩 화가 난 상태가 보고 싶지~ 화가 난 상태?

일단 이 편지는 목요일에 받으니 주말 편지에 생각해서 보내줘. 오빠도 그럴게! 순희 숲을 보면 바로 달려들어야지. ^^ 순희 앵두와 숲은 오빠 거라니까~

유난히 먹는 거에 목숨을 거는 사람이라고 할까? 방에 130킬로나 나가는 동생이 있어. 배식을 하거나 간식거리를 먹을 때면 그곳에만 눈이 집중돼. 다른 사람보다 많이 주어도 제일 빨리 먹고 이 동생이 먹은 자리는 너무도 깨끗해. 물론 덩치도 있고 살이 많이 찌면 일반인보다 위가 커지게 되고, 때도 없이 속이 허전해진다고는 하지만, 그래도 몸이 가벼

워지려면 스스로 먹는 것도 억제하면서 살을 빼려고 해야 하는데, 먹는 거만 보면 정신을 못 차리는 동생이 안타까워서 하는 말이야.

여자들도 살찌고 그런 사람 먹는 거에 목숨 걸려고 하지 않아? 오빠는 조금만 살이 올라와도 미칠 것만 같던데. 순희도 그러지? 오빠 맘과 순희 맘이 같다는 것을.

가끔 교회당에 집회를 나가는데 이번에는 불교에서 스님이 오셨어.

스님의 말씀을 들으며 그 말씀을 순희에게도 옮겨주고 싶어 이렇게 기억을 더듬어 보내.

<수행의 길>

이생의 수행을 마치고 부처로 돌아가기 위해 먼 길을 걸어가던 중, 조를 심어 놓은 밭길로 걸음을 옮기게 되었습니다,

'마달 스님'은 잘 익은 조를 손바닥으로 훑어버린 후 손바닥을 펼쳐 보이자 그곳에 조 알이 3개나 묻어 있었다.

손바닥을 털자니 버리는 거 같아 아깝고, 입안으로 털어 넣자니 도둑질이고 "에라!" 하면서 '마달 스님'은 조 알을 입안으로 털어 넣게 되었다

입안에 넣고 가만히 생각해 보니 도둑질을 했다는 생각이 들었고, 죄책감에 수행이 부족함을 깨닫고 조 밭에서 부족한 수행을 해야겠다고 마음먹고, 어떠한 방법이 좋을까 고민하다가 이 밭을 위해 할 수 있는 소로 변하여야겠다고 마음먹고 힘센 황소로 변하게 되었다.

황소로 변한 마달 스님은 조 밭에 앉아 있는데 밭 주인이 와서 보더니 황소 한 마리가 어디 가지도 않고 앉아 있으니, 누구 소인가 하다가 집으로 돌아갔다. 삼일이 지나 다시 밭으로 왔는데 그때까지도 황소가 그 자리에 있는 것을 보고는, 누구 소든 굶어죽는 것이 안타까운 데다 주인을 찾아줘야겠다는 생각에 집으로 끌고 가려는데, 야생 소 그대로라 "이리 와. 이리 와!" 했는데 소가 먼저 앞장서 그 집으로 가더란다.

며칠 동안 온 동네에 잃어버린 소가 있으면 찾아가라 했는데, 아무도 나타나지 않아 밭 주인은 소를 잡아 코를 뚫고 밭이나 논에 일하는 데 소를 부려먹었다.

아니, 소로 변한 스님이 먼저 열심히 일을 했다.

이렇게 3년이 지나자 밭 주인은 큰 부자가 되었다.

이제 일을 한 지도 3년이 지나 수행을 끝내려 했다,

그런데 갑자기 어떤 '영감'이 스쳐 지나게 되었다,

그때 밭 주인이 소 옆으로 다가오자 소가 "주인장 오늘 저녁에 식사를 500인분만 준비하시오." 하는 것이다.

밭 주인은 갑자기 소가 말을 하는 것이 신통하여 깜짝 놀랐지만, 소가 시키는 대로 500인분의 식사를 준비했다.

그리고 해가 떨어질 즈음, 이 집에 500명의 도둑들이 밭 주인의 집에 들이닥쳐 무턱대고 밥을 달라 하였다. 주인은 "이미 준비가 되었다."라고 하자, 도둑들이 의아해하며 "어떻게 된 것이냐?"고 묻자 주인은 소를 가리키며 이야기를 했다.

도둑들이 소를 바라보자 소가 갑자기 스님으로 변하게 되고, 스님은 조 밭에서의 일을 얘기하며 수행이 부족하여 3년을 더 이 집에서 수행을 하였고, 오늘 끝나는 날이라고 말하며 도둑들에게도 선한 마음으로 수행을 쌓아서 착하게 살도록 권유하자, 도둑들은 모두 스님의 제자가 되겠다며 모두 스님을 따라나섰다고 한다.

그 후 500인의 도둑들은 스님들의 제자, 500나한이 되었다고 한다.

-어느 스님의 설교 중-

하루의 시간은 우리의 가장 소중함을 일깨워 주는 스승은 아닐까?
오늘도 해맑은 모습으로 내게 다가올 순희를 그리며.

여
....

드디어 우리의 기나긴 연휴의 시작.

그리고 사랑의 레이스가 시작됐어. 편지 나가는 날에는 얼만 큼의 사랑이 쌓일까? 그때까지 자기 생각 많이 하면서 즐겁게 잘 지내고 있을게. 물론 편지도 많이 적으면서. 자기가 편지 쓰는 밤에는 난 이미 잠에 푹 들었을 시간이지. 어제 꿈에도 자기는 오지 않았어. 우리 꼭 만나자.

절실하게 기도하고 자면 만날 수 있을 텐데, 우리의 절실함이 부족한 건가? 나도 너무 보고 싶어 죽겠는데 방법이 없어서 짜증 나. 앙탈쟁이 내 자기.^^

지금 일기예보 나오는데 서울, 경기 기온이 11도래. 엄청 서늘해진 거 같아. 더운 것보다는 추운 게 낫지. 시원한 연휴가 될 거 같긴 해. 정말 데이트하고 싶다. 응. 우린 정말 통하는 게 많은 거 같아. 여기 오기 전에는 우표를 한 달에 한 번밖에 못 사서 한 번 살 때 진짜 많이 사거든.

여기는 일주일에 한 번 구매돼서 아주 열심히 사 모으고 있지. 요즘 편지는 아빠, 엄마 빼고는 오빠한테만 써. 이러다 이모들 다 삐지겠어. 오빠한테 편지 쓰는 거 말고는 다 귀찮아. 의미 없는 일 같고. 다른 사람들한테는 할 이야기도 없어. 벗어날 생각 하나도 없으니 걱정 마세요.

오빠나 벗어날 생각하지 마. 지구 끝까지 쫓아가서 괴롭혀 줄 거야. 그리고 펜팔 할 사람 한 명만 더 소개해 줘. 42살 언니는 진짜 괜찮아. 꼭 해줘. 괜찮은 사람으로. 나랑 정말 친한 언니니까 신경 써주시고 빨리 연락하게 해주세요. 이 언니 펜팔 한 번도 안 해봐서 지금 떨면서 기다리고 있을지도 몰라. 지금 중식 자격증을 따려고 이곳에 와 있어.

우린 서로가 어떤 상황이든, 모습이든 함께하는 거야. 난 이미 마음먹었어요. 그러니 우린 건강하게만 있다가 만나면 돼. 나 또 편지 마무리 안 하고 잔 거 있지? 나 어제 머리 잘랐어, 어깨까지. 갑자기 긴 머리가 짜증이 확 나더라고. 내년 이맘때면 다시 자랄 거니 아깝지는 않아.

그리고 난 어깨 단발도 보여주고 해야지. 머리 자르니까 좋네. 머리 감아도 금방 마르고. 오빠는 긴 머리 좋아한다고 했는데 자기 만날 때는 다시 긴 머리로 만날 수 있을 거야. 나 머리 자르니까 애들이 나보고 고등학생으로 보인대. 뭐, 난 머리 기나 짧으나 예쁘니까.^^

오늘은 접견도 있고 괜찮은 거 같아. 아빠, 엄마로 예약하셨더라고. 사실, 명절에는 안 오셨으면 했거든. 슬퍼질 거 같아서. 아무 날도 아닌

날 오셔도 슬픈데 명절 전은 더 슬퍼서, 울면 괴로운 마음이 오래 가더라고. 그래서 부모님이 오시면 좋긴 한데 싫기도 해. 만나러 가는 길은 좋은데 다시 돌아오는 길은 심란하기만 해. 나 다 잊은 줄 알았는데 그렇지 않나 봐. 벌써 졸음이 쏟아지네. 잘게!

82 수 많은 대화

남

순희! 아이고~ 우리 순희. 지난주 오빠 편지가 성의 없어서 완전! 단단히! 삐지셨군. 어제 오빠 편지도 없어서 완전! 더 슬펐겠다. 미안해. 내 사랑. 그렇다고 오빠한테도 사랑을 조금만 보내주면 오빠 울어버릴 거야. 오빠 우는 거 싫지?

주말 오빠 편지가 무사히 잘 들어간 거지? 오빠 팬티도 받았지? 오빠가 그 정도라고! 그거 어떻게 하고 있을 거야? 오빠가 오늘 친구로 지내는 애한테 오빠 팬티 보냈다고 했더니 글쎄 미친놈이라고 하지 뭐야?

순희는 그거 어떻게 할 거야? 설마 버린 건 아니지? 순희는 너무 사랑스럽지. 정말 너무 사랑스럽고 귀여워 죽겠어.

예전부터 도서관에서 하고 싶다는 생각을 많이 했었어. 대학 때 내 친구가 후배랑 도서관에서 공부할 때 이 후배 바지 속으로 손을 넣고 만졌다고 하더라고. ㅋㅋㅋ

그때는 친구한테 뭐라고 했는데 그 후로 오빠도 도서관에서 해보고 싶다는 생각이 들더라고. 순희 어때? 도서관에서. 순희 바지 지퍼만 내리고 만지고 싶어. 그리고 손으로만 순희를 미치게 만들어 버릴 거야. 그러니 끝까지 오빠만 기다려. 응

머리를 자르지 말지 정말 많이 서운했겠다. 물론 순희의 선택이긴 하지만 오빠도 처음에는 머리가 길었는데 머리를 짧게 자르고 나니 어딘지 모를 서러움이 밀려 오더라고‘ 그래도 이곳에서 지내는 동안 다시 기르면 되니까 하며 위안도 하고 그랬어.

인터넷에 올라온 감동의 글을 보낼 게. 순희도 한 번 읽어봐.

서초동 법정에서 일어난 사건입니다.

서울 도심에서 친구들과 함께 오토바이를 훔쳐 달아난 혐의로 구속된 소녀는 방청석에 홀어머니가 지켜보는 가운데 재판을 기다리고 있었습니다.

조용한 법정 안에 중년의 여성 부장판사가 들어와 무거운 보호 처분을 예상하고 어깨가 잔뜩 움츠리고 있던 소녀를 향하여 나지막이 다정한 목소리로,

"앉은 자리에서 일어나 날 따라 힘차게 외쳐 보렴. 나는 이 세상에서 가장 멋있게 생겼다."

예상치 못한 재판장의 요구에 잠시 머뭇거리던 소녀는 나지막하게

"나는 이 세상에서…."라며 입을 열었습니다.

그러자 이번에는 더 큰소리로 나를 따라 하라고 하면서

"나는 이 세상이 두려울 게 없다. 이 세상은 나 혼자가 아니다. 나는 무엇이든지 할 수 있다."

큰 목소리로 따라 하던 소녀는 "이 세상은 나 혼자가 아니다."

라고 외칠 때 참았던 눈물을 터뜨리고 말았습니다.

소녀는 작년 가을부터 14건의 절도, 폭행 등 범죄를 저질러 소년 법정에 섰던 전력이 있었으므로, 이번에도 같은 수법으로 무거운 형벌을 받게 되어 있는데도 판사는 소녀를 법정에서 일어나 외치기로 판결을 내렸기 때문이었습니다

판사가 이런 결정을 내린 이유는 이 소녀가 작년 초까지만 해도 어려운 가정환경에도 불구하고 반에서 상위권 성적을 유지하였으며, 장래 간호사를 꿈꾸던 발랄한 학생이었는데, 작년 초 귀갓길에서 남학생 여러 명에게 끌려가 집단폭행을 당하면서 삶이 송두리째 바뀌었기 때문입니다.

소녀는 당시 후유증으로 병원의 치료를 받았고 그 충격으로 홀어머니는 신체 일부가 마비되기까지 하였으며, 소녀는 학교를 겉돌았고 심지어 비행 청소년들과 어울려 다니면서 범행을 저지르기 시작했던 것입니다.

판사는 다시 법정에서 지켜보던 참관인들 앞에서 말을 이었습니다

"이 소녀는 가해자로 재판에 왔습니다. 그러나 이렇게 삶이 망가진 것을 알면 누가 가해자라고 말할 수 있겠습니까?

이 아이가 잘못의 책임이 있다면 여기에 앉아 있는 여러분과 우리 자신입니다. 이 소녀가 다시 이 세상에서 긍정적으로 살아갈 수 있는 유

일한 방법은 잃어버린 자존심을 우리가 다시 찾아주어야 합니다."

그리고 눈시울이 붉어진 판사는 눈물 범벅이 된 소녀를 법대 앞으로 불러 세워

"이 세상에서 누가 제일 중요할까? 그건 바로 너야. 이 사실만 잊지 않는다면 넌 다시 일어날 수 있을 거야."

그러고는 두 손을 쭉 뻗어 소녀의 손을 잡아주면서 이렇게 말을 이었습니다.

"마음 같아서는 꼭 안아주고 싶지만, 너와 나 사이에는 법대가 가로막혀 있어 이 정도밖에 할 수 없어. 미안하구나!"

16세 소녀에게 서울가정법원 '김귀옥' 부장판사가 판결을 내렸던 사건으로, 이례적인 불처분 결정으로 참여관 및 실무관 그리고 방청인들까지 눈물을 흘리게 했던 사건입니다.

-인터넷에서 옮김-

나는 감동을 잘 안 하는 편인데 이 글을 읽으며 눈물을 흘렸어.

난 그래도 부유하게 살았는데 이 글을 읽으니 왠지 눈물이 나더라. 어린아이가 안타깝기도 하고 오죽했으면 이랬을까? 꼭 착한 아이로 발전했으면 하는 바람으로 잠시 눈 감고 기도해 줬어.

여

....

오늘만 지나면 내일 우리 오빠 편지 오는 날, 맞지?

새벽에 추웠어. 왜 사람들이 선풍기 때문에 저 체온으로 죽는지 알겠더라고. 선풍기 바람도 춥지, 바깥바람도 차지, 진짜 너무 추웠어. 이불을 뒤집어쓰고 잤다니까.

오빠가 보내준 글 너무도 감동이야. 왜 나한테는 저런 판사를 안 보내줬지. 나이가 많아도 좋은 판사를 만나면 더 열심히 살아갈 수 있는 기회가 될 수도 있는데 주말 동안 내 생각은 얼마큼 하셨을까? 난 상상도 못할 만큼 했지요~. 오늘 날씨도 시원하고 오래간만에 커피 믹스에 블랙 타서 마시고 있어. 오늘은 기분이 좀 그러네?

일요일에는 오빠 보통 뭐해? 일과가 어떻게 돼? 오빠가 수요일에 편지 나가기 직전에 쓴 한 장짜리 편지 보고 많은 걸 느꼈어. 오빠 마음에 내가 많이 자리 잡았구나. 이제 정말 우리는. 우리구나! 하는. 든든하고 좋았어.

내가 뭘 해도 내 곁에는 오빠가 있을 거고, 이제 외롭지도 않을 거라는 거 알게 됐어. 오빠 마음에 내가 그냥 넘겨지는 존재가 아니란 것도 알았고, 꽉 찬 이 마음이 참 좋다. 편지로의 사랑이 참 좋다. 매력 있어. 나는 더 예뻐지고 몸매도 예쁘게 만들어나갈 테니, 우리 밖에서 좋은 모습으로 만나서 데이트 많이 하자. 나갈 때까지 수많은 대화를 나누게 되겠지? 그 수많은 대화 속에는 우리의 함께하는 미래만 있었으면 좋겠어. 오빠하고의 장래는 참 밝고 행복할 거 같은 느낌이야. 느낌 좋은 당신! 내 곁에 꼼짝 말고 있어. 알았지? 나도 오빠가 너무 좋아. 좋아 죽겠어!

83 주먹밥

남＿＿＿

순희! 오빠 편지 잘 받고 있지?

내 사랑을 생각하며 오빠의 마음을 전하고 있는 오빠는 행복해. 오늘 하루의 좋은 공기를 가득 담아 보내며, 순희의 몸속에 스며들도록 기도하며 편지를 쓰는 오빠의 마음이 이렇듯 넓단다. 오늘 하루가 힘들지 않았어?

아침에는 주먹밥을 만들어 먹었어. 떡갈비하고, 참치하고, 김 부셔서 넣고, 단무지 썰어 넣고, 굵은소금 밥그릇으로 갈아서 넣어 음식 만드는 거 좋아하는 아이가 자주 만들어서 일주일에 한 번 정도는 주먹밥을 먹어. 생각 외로 맛은 있는 거 같아. 방 사람들도 다 맛있다고 잘 먹어. 순희도 주먹밥 만들어 먹어봐. 오빠 생각하며 만들면 더 맛있을 거야.

오늘은 업체에서 라면을 두 박스나 주었어. 거기도 일반 라면 나와? 여기는 한 달이나 두 달에 한 번 정도 준다고 해. 그러면 소지 간(사동

청소하는 재소자가 쉬는 곳)에서 점심때 방별로 끓여서 갖다 줘. 어떤 때는 맛있고, 어떤 때는 불어서 정말 맛없어. 이왕 먹는 거 맛있게 끓여 주면 어디 덧나나?

코끼리 등에 파리가 한 마리 앉았는데 코끼리가 벼랑 끝에 서 있었대. 그런데 코끼리가 파리한테 뭐라고 했는 줄 알아?

"파리님, 제발 부탁이니 믿지 말아 주세요."라고 코끼리가 애원했대. 어때! 좀 웃기지 않아?

순희. 현실을 살아가는 우리에겐 언제나 우리의 상상을 초월하는 수많은 일들이 많이 일어나고 있다는 것 잘 알지? 지금쯤 오빠 아는 사람들은 오빠를 마음에 담고 있을까? 잘 지내고 있나. 걱정은 할까? 요즘들어 자주 편지를 못 해서 정말 미안해. 마음은 늘 순희 곁에 있는데, 방 사람들과 같이 어울리다 보니 정신없이 며칠이 훌쩍 가버렸어. 예쁘고 마음 넓은 순희가 이해해 줄 거라 오빠는 믿어. 오늘 아침에는 나이 드신 분이 화장실에서 샤워하다가 넘어졌어! 그래서 허리를 다쳐서 의무실로 옮겨 가고. 오후에는 방송이 나오는데 앞으로 화장실에서 씻다가 걸리면 징벌을 준다고, 절대로 화장실에서 샤워하는 일이 없도록 하라는 거야. 그렇다고 씻지도 못하게 하니 왠지 서글퍼지는 거 같아.

이곳에 있는 사람들만 외로움을 느끼는 것은 아니다. 세상 누구나 자기 그림자를 이끌고 살아가고 있으며, 자기 그림자를 되돌아보면 다 외롭기 마련이라 생각해. 외로움을 느끼지 못한다면 그는 무딘 사람이겠지. 너무 외로움에 젖어 있어도 문제이지만 때로는 옆구리를 스쳐가는 마른 바람 같은 것을 통해서 자기를 정화하고 자기 삶을 밝힐 수 있지 않을까해. 따라서 가끔은 시장기 같은 외로움을 느껴야 하는 거라 생각해.

여
....

좋은 아침이야! 주말 동안 정말 행복할 수 있을 거 같아. 사랑해. ♥ 나도 오빠 많이 사랑하고 보고 싶어! 빨리 만나자. 나는 잘 때 자기하고 키스하는 생각을 많이 해. 키스하는 생각하다 보면 더 깊은 것도 생각하지. 히힛! 키스는 지칠 때까지 해볼까? 입술이 퉁퉁 부을 때까지. 어때? 오빠는 키스 참 달콤하게 할 거 같아. 우리 입술을 먼저, 땐 사람이 소원 들어주기로 하자.

소주 마시면서 이야기 나누고 싶어. 편지로만 나눈 대화 말고 서로 눈을 보면서 대화하고 싶어. 오래 대화하고 숙소에 가서 뜨거운 밤을 보내야지. 키스부터 오래 하고. 오빠 예상대로 나 밝히는 여자다. 오빠가 그려 보내 준 그림 좋아. 근데 그림 속 여자들 가슴이 다 크네. 흠. 작은 가슴으로는 표현이 안 돼? 표정이 너무 적나라해. 오빠는 문학을 공부해도 좋을 거 같은데, 취미로라도 한번 배워봐. 다른 얘기는 이제 안 할게. 오빠가 계속 들으면 안 좋을 거 같긴 해. 미안해.

나 이제 남자 안 만날 테니까 오빠도 다른 여자 다 끊어. 싫어. 그냥 우리 둘이서만 놀자. 오빠 편지 기다리고 있을게. 오빠가 직접 하는 거 듣고 싶어. 빨리 와! 어제 오빠 사주를 좀 더 자세하게 물었는데, 오빠하고 내 사주가 똑같다고. 오빠는 속을 알 수 없는 사람이라고 겉은 밝은데 속은 아니라고. 아니지? 나한테는 다 말해주기! 나하고는 다 함께하기. 알았지? 사랑해. ♥

오빠가 그려 보내준 그림 정말 표정이 너무 리얼해. 잘 그리는 그림은 아니지만, 열심히 그림 그렸을 오빠 모습 생각하면 귀엽기도 하고. 귀엽둥이 나의 오빠는 도대체 어디에서 뭐 하다가 이제 나타나신 건가요? 힘들게 만났는데 떨어져 있어야 하고, 정말 싫다. 지금 이 상황이, 오빠 마음이나 단단히 붙잡고 있으라고. 나 성격 장난 아닌 여자니까 감당하려면 힘들 거야. 고집 세고 자존심 강하고, 한 번 성질부리면 물불 안 가려. 하지만 그전에는 그 누구보다 온순하고 착한 여자야. 오빠가 날 사랑만 해주면 별문제 없을 거니까 우리 열심히 사랑만 하자. 알았지?

목욕하고 왔어요. 아주 좋아. 전에는 목욕탕에 안 갔었는데 이곳에 와서 조금 달라졌어. 그곳도 우리끼리만 해서 한가했는데, 여기도 우리끼리 하니까 한가해서 목욕하기는 좋은 거 같아. 배고프다. 배고프다는 느낌이 드는 게 신기해. 예전에 나 정말 힘들었을 때. 구치소에서 45~47킬로밖에 안 나갔을 때는 배고프다는 느낌을 한 번도 느낀 적이 없었어. 배고픈 게 뭐지? 뭘 먹는다는 게 무슨 의미가 있는 거지? 이랬으니까. 지금은 많이 먹으면 배부르고, 안 먹으면 배고프고. 그래도 살찌면 안 되니까 관리해야지. 오빠한테 예쁜 모습 보여줄 거야.

오늘 편지는 여기서. 내가 아주 많이 사랑하는 거 잊으면 안 돼. 아프면 안 돼. 몸도 마음도, 우리 사랑 절대 놓치지 말자. 사랑해요. ♥♥

84 언제나

남____

가끔씩 갑자기 허무해질 때가 있었어!

눈물이 핑 돌며 온몸의 힘이 쭉 빠져버릴 때가 있어! 모든 것이 싫어지고 오빠 자신마저 싫어져서 하루쯤 단 한 시간이라도 이불 속에서 나오지 않고 잠이라도 푹 잤으면 하고픈 날엔 미칠 것만 같은 심정에 실의와 허탈에 빠져버리곤 하지. 하늘의 별처럼 많고도 많은 사람들이 있는데, 그중 우리가 서로 만나 사랑하고 있다는 것을 하늘의 축복이 아닐 수 없어. 하지만 현실은 우리를 시험대에 놓고 시험을 하고 있다는 생각이 들어.

순희야! 무슨 일이 있어도 실망도 후회도 있어서는 안 된다고 생각해! 우린 서로를 간절하게 사랑하고 서로를 행복하게 해주기 위해 사랑하고 있고, 지금껏 마음이 오고 가듯 다른 누구도 우리의 곁에 들어오지는 못할 거야. 사랑도 행복도 우리가 만들며 개척해 왔기 때문이야! 사랑이란 아름다운 꽃향기에 취하듯 감미롭고 달콤하기만 한 거라고 오빠는 생각해. 우리에게 시련의 어제가 있어. 하지만 어제보다 더 힘들었던 시련이란 존재하지 않는다고 생각해! 우리가 겪은 시련보다 더한 시련이 있다면 그것은 시련이 아닌 절망인 거야! 절망으로 닥쳐온 나날에서 헤어나기란 쉽지가 않겠지. 하지만 헤어나기 위해 노력하고 희망의 끄트머리를 잡아 겨우 헤어날 때 다시는 절망에 빠지지 않도록 노력이 필요한 거야! 아름다운 삶을 위해서는 사랑이란 단어가 필요하듯이, 우리 마음을 열고 서로의 노래에 귀 기울여야겠지! 오늘이 가면 내일이 온다는 기다림으로 오늘의 행복이 내일의 기쁨이듯 모두 사랑이란 넋두리가 되는 거야!

순희야! 나의 소중하고 늘 아름다운 사랑아! 우리 두 눈을 감고 사랑이 왜 필요하며 사랑하기 위해서 서로에게 어떠한 것이 필요하며, 서로가 원하는 것이 무엇인가를 많이 생각해서 서로를 위해 사랑의 힘이 되었으면 해! 난 언제나 사랑하는 순희를 믿어! 내가 믿는 순희의 사랑은 죽는 날까지 변하지 않으리라 믿어! 난 언제나 순희만 생각하고 있어. 가슴속 깊이 당신만 존재하고 있어. 오늘 시작되는 하루도 오직 순희만을 기다리는 것이 나만의 희망이고 애달픔이야!

이제 마음속에서 쌓여 있는 모든 것을 잊어버리고 우리 지금껏 살아오면서 좋았던 일만 생각하며 살아가자! 창문을 타고 찬바람이 들어오고 창가의 어둠은 자꾸 짙어만 가는데, 이렇게 그리워지는 순희는 꿈을 꾸고 있으려나? 밤이 깊어지면 깊어질수록 그립고 보고 싶은 오빠가.

여

난 아침 먹고 커피 한잔 마시며 자기한테 편지를 쓰고 있어.

새벽에 엄청 추웠어. 진짜 너무너무 추웠어. 그래도 잠을 정말 잘 잤어. 어찌나 잠을 잘 잤는지. 시간 정말 빠르지? 이렇게 이 시간도 우린 보내고 있네. 오늘만 지나면 후반기로 접어드니까 또 금방 갈 거야. 오빠는 뭐하고 있어? 밥은 맛있게 먹었어? 그냥 일상이었던 것들이 지금은 아주 그립고 그리운 일들이 됐네. 어제 꿈에 분명히 오빠가 나왔는데, 또 그냥 얼굴만 보인 정도였어. 왜 내 손도 안 잡아주고 날 안아주기도 않아? 왜 가만히 나만 보고 있지? 그래도 꿈속에서도 오빠 얼굴 봐서 좋다고 생각했어. 더 찐한 걸 못해서 아쉬울 뿐이야. 다음에 만날 때는 가만두지 않을 거야. 사랑해.

보고 싶다. 오빠 편지도 그립고, 상사병 걸린 거 같아. 난 그런 사랑이 하고 싶어. 이번 생이 끝날 때까지 사랑해서 다음 생에도 네가 아니면 안 되는 거. 우리가 다음 생애에도 만날 수 있을까? 오빠는 날 다음 생애에도 만나고 싶을 만큼 사랑해? 우리 사랑의 깊이는 얼마나 될까? 사랑은 서로가 함께 정성을 쏟는 거래. 우리 변치 말고 서로에게만 집중하고 정성을 쏟으며 함께하자. 완전 많이 사랑해. 그리고 지금은 우리 너무 좋지만 언젠간 익숙해질 거야. 서로에게 말이야. 그러다 '지겹다'고 느껴질 날도 올까? 우리는 그러지 않겠지?

오빠가 보내준 책에 보면 그 익숙함을 당연하게 생각하지 말고 그 소중한 선물을 더욱 아껴주고 간절히 여겨주래. 우리 둘의 사랑 지키고 또 지키자. 난 언제나 오빠를 사랑할 거야. 우리 가족들은 다들 뭐하고 있을까? 내 생각 하고 있을까? 자기들끼리 신나서 놀러 갔을까? 바닷가도 가고 회도 먹고, 나 없이도 다들 즐겁게 잘 지냈으면 좋겠어. 내 생각 하지 말고 내 걱정 하지 않고. 그치? 오빠도 같은 생각이지? 저녁 메뉴도 별로였고, 오늘은 진짜 기분이 별로네. 먹는 게 남는 건데. 그치? 오빠는 잘 보냈어? 우울하지 않게 슬프지 않게 잘 보냈길 바라. 편지가 엄청 성의 없어 보여도 이해 바라요. 방에서 종일 애들하고 있어. TV보다 쓰려니 집중도 잘 안되고. 밤에는 나 자느라.ㅋㅋ 그래도 내가 많이 사랑하는 거 알지? 오빠의 사랑이 있어서 나 지금 버티고 있는 거야.

드디어 연휴도 후반기에 접어들었어. 좋지? 난 기분 완전히 좋아. 춥기는 한데 더운 것보다는 나으니까. 아침에 쌀쌀해서 갑자기 된장찌개가 먹고 싶어지더라고. 여기 있으니 먹는 거만 생각나고 그래. 이것도 먹고 싶고, 저것도 먹고 싶고. 사람이 참 단순해지는 곳인 듯. 오빠 연휴에 내 사랑이 아주 조금 얕다고 생각하면 안 되는 거야. 알았지? 오빠 편지 없이 편지를 쓰려니 아주아주 조금 힘들 뿐이야. 내 사랑 오빠는 어떻게 연휴 보내고 있을지 궁금해. 나는 잘 지내고 있어. 아주 잘 먹고 잘 자고 공부 열심히 하며, 운동도 어느 때보다 열심히 하고 있지. 샤워하고 앉아서 편지 쓰는 중이야. 씻고 앉았더니 뭔가 새로워진 느낌이야.

목요일이 지나고 있으니 참 좋다. 빨리빨리 시간이 갔으면 좋겠어. 바깥세상 사람들은 불안하겠다. 점점 일상으로 돌아가야 하는 시간이 다 가오잖아. 우리랑 다르게 지금 시간이 가는 게 싫을 거야. 그치? 쌤통이네.ㅋㅋ 연휴고 시간이 많아서 이런저런 이야기 많이 할 수 있을 줄 알았는데 그렇지도 않네. 우리 둘의 추억이 많지 않아서인가?

우리가 만나서 많은 걸 함께 하면 떨어지지 못할 정도로 서로가 절실

해질 거라 믿어. 지금 편지만으로도 이렇게 좋잖아. 우리 만나면 최고의 조합이 될 거야. 사랑해. ♥

연휴에 편지 쓰며 느낀 건데 진짜 내가 오빠를 많이 사랑하고 있구나 하는 생각을 했어. 아침부터 밤까지 자기 생각만 하고 오빠한테 무슨 이야기를 해줄까만 고민했어. 오빠가 있어서 외롭지 않았고 오빠가 있어서 행복하단 걸 다시 한번 느꼈어. 진짜 이제는 오빠가 없으면 살 수 없을 거 같아. 오빠의 모든 걸 사랑해. 어떤 상황이 와도 혼자 두지 않을 거야. 언제나 내가 함께할 거고 오빠도 내가 항상 최우선이길 바라.^^ 오빠도 아마 구치소에서 여자들이랑 같이 공연 본다고 하면 기분 좋을 걸? 그치? 하지만 다른 여자를 쳐다보거나 관심을 주면 안 되는 거 알지. 나도 마찬가지고. 오빠 다른 여자 만나거나 쳐다보기만 해. 완전 삐질 거야. 나 질투심이 장난이 아니야. 나중에 우리가 밖에서 만났을 때, 그 순간부터 오빠는 어머니 빼고는 여자랑 대화조차도 하면 안 돼. 알았지? 오빠한테 여자는 나밖에 없어야 할 거야. 알았지? 히힛.

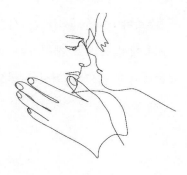

85 스스로

남____

　나의 사랑, 어여쁜 순희의 두 손에 오빠의 사랑을.

　순희야! 많이 힘들 때가 있어? 힘들 때는 마음을 모두 비우고 내려놔봐. 오빠가 옆에 있어주지 못해 미안하구나. 힘겨울 땐 늘 편하고 좋았던 기억을 떠올리면 마음의 위로가 될 거야. 순간의 위기는 순간의 선택이 기회를 만든다고 하잖아. 늘 좋았던 일은 가슴 뿌듯함이 있지만, 그렇게 못한 일에는 슬픔과 마음 아픈 일들이 있기도 한 거야! 항상 웃을 수 있는 기쁨을 담도록 서로 노력하며 힘쓰자. 오빠는 언제나 사랑하는 순희의 하나뿐인 사람이니깐 말이야!

　순희야! 이젠 흘러가는 시간에 아쉬움을 담기보다는, 흘러가는 시간들 속에서 스스로 헤쳐가야 할 노력과 희망을 담아서 조금의 시간도 헛되이 되지 않도록 최선이 필요하다는 생각으로 순희의 가슴에 희망을 담기 위해 노력을 하며 지내!

오빠는 언제나 하나가 아니듯, 오빠에겐 사랑하는 순희와 사랑하는 가족이 있고 하니까 늘 밝고 맑은 모습을 담을 수 있도록 최선을 다할 거야! 어쩌면 지금 오빠는 자신과의 싸움이 시작되었는지도 몰라! 오빠 스스로 싸운다는 것 어쩌면 웃길지도 모르지! 하지만 우습게 생각할 것이 아니라는 것을 절실히 느꼈어! 오빠 자신을 이긴다는 것처럼 어려운 것이 없다는 것을 느꼈을 때, 오빠는 인생의 지배자가 되어가고 있음을 느낄 수가 있었어! 하지만 이제는 깨달을 수 있었어! 스스로를 이기지 않고는 그 어떠한 것도 이기기는 힘들다는 것. 이젠 다시 시작하는 거야. 스스로를 향해 싸워나가는 것. 오빠 인생의 최종 목표는 되지 않을까 하는 생각이 들었어!

이곳에서 보내는 동안 오빠 마음과 행동이 일치하지 않고 따로따로 움직이는 것을 느낄 때 아직도 부족한 오빠가 과연 진정으로 순희를 많이 사랑해 줄 수 있을까? 또 다른 일로 인하여 사랑하는 순희의 가슴에 아픔을 담아주진 않을까? 모든 것이 오빠 자신과의 싸움일 거라 생각해. 오빠 하나도 이길 수 없다면 무엇인들 할 수 있을까? 이제는 다시 시작하는 거야. 순희를 위하고 오빠의 내일을 위해 조금의 소홀함이 없도록 순희를 위한 진정한 오빠가 되기 위해 최선을 다할게.

사랑아! 언제나 변치 않을 나의 아름다운 순희! 세상에서 가장 아름다운 사랑은 서로 사랑하며 행복이라는 늪에 빠져 헤어나지 못하고 허우적대는 건 아닐까? 영원히 헤어나지 못하고 말이야! 어쩌면 모든 사람이 바라는 것인지도 모르지만 말이야! 우리 함께한 날들이 무던하게도 많은 변화가 있었어! 야한 이야기 속에 사랑을 담고, 방 사람들의 생활을 보며 그 사람의 성격을 이야기하고, 한 사람 한 사람의 사연을 나누며 안타까워하기도 하고, 이러면서 우리의 사랑이 깊어질 만큼 깊어진 것을 보면.

여
....

아, 추워. 운동 나갔다가 얼어 죽는 줄 알았어. 거기도 춥지? 그래도 햇빛이 너무 좋았어. 주말의 시작이야. 일주일은 정말 빨리 가는 거 같아. 한 달도 이렇게 빨리 갔으면 좋겠어. 오빠 편지도 좋았고. 고마워. 많이 사랑받는다고 느껴지고 행복해.

못난이 배식은 정말 엉망진창이야. 머리도 풀고 하고 있고, 지푸라기가 머리에 매달려 있는 거 같아. 그래서 오늘 점심도 안 먹었어. 더러워서 못 먹겠어. 요즘 내가 다시 본소로 갈 생각에 마음이 복잡해서 그런지 쓸데없는 꿈만 꿔. 토요일 오후가 되니 너무 졸려. 어쩌면 밤에 그렇게 잘 자는데 낮에 또 이렇게 졸릴 수가 있지? 희한하지?

오빠한테 내가 할 얘기가 있어. 오빠도 힘들면 힘들다고 얘기해 줘. 힘든데 억지로 밝은 척하지 않아도 돼. 나한테 말고 누구한테 말하겠어. 그치? 오빠 힘든 거 같은데 나 좋으라고, 나를 위해 티 안 내는 거 같아서 마음이 안 좋아. 무슨 말인지 알지? 힘들 땐 나한테 기대라고. 지금이 그럴 때잖아. 난 항상 오빠한테 기대며 사는데 오빠는 그러지 않는 거 같아서, 내가 의지가 안 되는 건가 싶기도 하고. 내 품에 꼭 안고 괜찮다고, 잘 될 거라고 말해주고 싶은데 그럴 수가 없어서 나 역시도 속상해. 내가 오빠를 이 세상에서 가장 많이 사랑하는 내가 있으니 언제나 힘내고 뭐든지 말하고, 알았지? 사랑해.

오늘부터 3일간 단식하려고 했는데, 동생이랑 같이. 난 살 빠지면 안 되니까 안 하려고 했는데, 동생이 같이하자고 해서 하려고 했거든. 근데 동생이 화장실 다녀와 생리가 시작됐다고. 그래서 다음 주로 미뤘어. 웃기지? 무슨 시트콤 같아. 오빠 계획 좀 얘기해 줘. 앞으로 어떻게 할지. 오빠한테 편지 쓰고 오빠 편지 기다리며, 앞으로도 이렇게 지내면 될 거 같아. 그치? 이제 오빠 없이는 앞날을 생각할 수 없어. 하느님이 왜 오빠를 만나게 해주셨을까 생각을 해봐. 근데 도무지 이유를 알 수가 없어. 오빠는 우리가 왜 만난 거 같아? 이유가 뭘까? 요즘 오빠 편지 읽으면 나에 대한 오빠 마음이 얼마나 단단한지 알게 돼. 우리가 서로를 참 많이 사랑하고 위하고 있구나. 사실 지금도 본소로 가는 거 두렵고 무서워. 무서운 사람들 만날까 봐. 근데 오빠가 함께라서 조금씩 마음이 편해지고 있어. 오빠가 다 꽂아줄 거니까.^^

어제 꿈에 친구랑 본소에 가서 수업 듣는 거 꿨어. 벌써 네 번째야. 신청한 직, 훈 과목은 다르니까 수업을 따로 받겠지만, 방은 같이 쓰지 않을까? 언니가 오빠가 소개해 준 사람한테 편지했대. 엄청 마음에 드는 거 같아. 귀여운 언니니까 잘 지내보시라고 해. 요즘 잠을 너무 잘 자. 완전히 잘 잤잖아? 근데 더 완전 잘 자. 어제 오빠 편지 머리맡에 두고 잤거든. 편지 읽고 자고 새벽에 혹시 일어나면 읽으려고. 한 장도 못 읽었어. 한 번도 안 깨고 잤거든. 오빠도 잘 자고 있지? 나 요즘은 정말 누가 데려가도 모를 거 같아. 나중에 오빠가 새벽에 나 건드려도 모르고 잘 거 같아. 그럼 어쩌지? 히힛.

예전에 오래 만난 그 사람하고는 자는 척하고는 모른 척하고 그랬는데. 오빠하고는 그럴 일 없을 거야. 그치? 아침부터 오빠가 또 보고 싶다. 오빠 출근하자마자 내가 하고 싶다고, 다시 보고 싶다고 카톡 보내면 어떻게 할 거야? 다시 돌아올 거야? 지금도 난 오빠가 그리운데, 필요한데, 빨리 와요. 응?

요즘 혜미가 청소하는데 계속 저기압이라 부탁도 못 하고 눈치만 보고 있어. 동생이랑 나는 소심해서 눈치 보다 끝나거든. 못난이는 더럽고, 혜미는 무섭고. 아주 총체적 난국이야. 빨리 시간 보내고 만나자. 너무 보고 싶어서 안 되겠어. 같이 있고 싶어서 안 되겠다고.

오늘 마지막 수업이었어. 선생님한테 선물 드리는 것도 안 되고, 내가 사람들한테 편지 써달라고 해서 드렸더니 우시더라고. 그래서 나도 울었어. 첫 수업이 정말 엊그제 같은데 감회가 새로웠어. 정말 선생님이 첫 수업 때 받았던 인상이 아주 깊게 자리하고 있었고, 하나하나 설명해 주신 게 기억에 남는데 벌써 끝이라니 이상했어. 선생님이 이런 이별이 적응이 안 된다고 우시는데 슬펐어. 본소에 가서도 편지 한번 하려고. 헤어져야 시간이 간 거고 집에 갈 날이 오는 거니까 괜찮아. 나 접견 오는 상상을 많이 해? 예쁘게 하고 자주 와야 해. 오빠 좋은 글 많이 보내줘서 고마워. 오빠 마음이 보여서 참 좋아. 우리 건강하게 지낼 수 있는 것만으로도 행복하다 여기고 살자. 우린 서로를 볼 수 있는 두 눈이 있고, 서로의 목소리를 들을 수 있는 두 귀, 지금은 서로에게 사랑을 전할 수 있는 손이 있잖아. 내가 먼저 죽으면 어떡할지 생각도 하기 싫어? 나도 그래. 오빠도 나 두고 먼저 가면 안 돼. 알았지?

오빠는 내 생명수야. 오빠 사랑은 터질 듯이 많이 받고 있어. 다 느끼고 있어. 이렇게 사랑하는데 만나면 얼마나 좋겠어. 그치? 우리 그날만 생각하고 기다리며 살자. 사랑해. 오빠의 사랑은 터질 듯이 많이 받고 있어. 다 느끼고 있어. 이렇게 사랑하는데 만나면 얼마나 좋겠어. 그치? 우리 그날만 생각하고 기다리며 살자. 사랑해.

어젯밤에는 눈이 너무 아파서 눈물이 계속 나서 못 썼어. 지금은 좀 괜찮아졌어. 가만히 있어도 눈물이 주르륵 흘렀어. 눈 아프니까 오빠 생각 더 나더라고. 어제 오빠 편지가 안 왔어. 무슨 일 있는 건 아니겠지?

여기는 너무 추워. 오빠도 몸 관리 잘해. 정말 이제 겨울인가 봐. 얼음에 눈에, 여기는 눈이 아주 자주 오네. 벌써 몇 번째 온 건지 몰라. 오빠 편지 기다렸는데 안 와서 속상했어. 별일 없었으면 좋겠어. 아프지 말고 있어. 요즘 나도 이런저런 생각이 많아. 갈 때가 돼서 그런지 심란하기도 하고. 오빠도 힘내. 나도 힘낼게. 오늘 시간이 없을 거 같아서 일단 마무리하고 편지 더 쓸 수 있으면 더 쓸게.

86 나의 바다, 나의 나무

남

사랑하고픈 사람.

마음속 누군가를 그리워하니, 그 사람을 아끼고 배려하는 마음이 행복의 시작이라고 내게 말해준 나의 사랑 순희, 오늘 우리의 밤은 세상의 모든 사람의 밤보다 더욱 아름답겠지. 직접 만나지 않아도, 눈으로 확인하지 않아도 순희의 사랑 짜릿하게 느낄 수 있어.

순희는 바다야. 끝없는 너그러움과 한없는 평온함을 주는 바다. 순희는 나무야. 기댈 수도 있고 쉴 수 있도록 모두를 아껴주는 나무. 순희의 편지와 함께 이야기를 나누는 이 시간이 정말 행복하고 평온해. 늘 순희를 생각하면 다시 설레고 그립고 좋아. 이제는 내 가슴속에 들어와 내 옆에 자리한 사람이니까. 늘 같이 있고 싶은 내 사랑 순희,

순희도 나에게 그리운 맘 가득 담아서 글을 쓰고 있겠지. 아직 답장을 못 받아서 그 편지에 맘이 아플까 봐 걱정돼. 그래서 내 맘도 아픈가

봐, 내 맘이 아프면 순희 맘도 아플 테니 오빠는 안 아프려 하는데. 내 온몸을 적시는 그리움이 순희에게 그대로 날아가 전해주고 싶어. 순희 아파하지 말라고. 순희를 안아주고 싶은 마음도 전해주고 싶어, 순희 내게 힘이 되고 나의 활력이 되고 따뜻함이듯이, 나도 순희에게 힘이 되어주고 싶고 따뜻함을 전해주고 싶어.

나 또한 순희에게 소중한 사람이듯, 순희도 내게 너무 소중한 사람이 되었으니까. 순희와 함께할 미래를 생각하면 너무 행복해, 조금 늦었다고 조금 늦는다고 너무 슬퍼하지 말자. 우리 순희 기다려주고 품어준 것처럼 나도 순희 기다릴 거야. 순희에게 다가가 순희의 귓가에 속삭여 줄게 "순희야." 나의 소중한 사람. 나의 숨소리, 나의 말, 나의 속삭임이 들리니? 나도 순희의 숨소리가 느껴지는 듯해. 고마워. 순희는 오빠를 환하게 미소 짓게 하는 사람, 내가 사랑하는 사람. 지금 이불 속처럼 포근하고 따뜻한 사람. 순희의 가슴에 안겨 잠이 들어버렸으면. 이 밤 우리 마음만은 같이 있는 거 맞지? 오늘 밤 서로를 꿈꾸며 우리 함께 잘까? 서로의 행복을 위해.

순희야! 정말 사랑해! 너무 미치도록 사랑해! 순희가 내게 줄 수 있는 게 편지뿐이라고.? 아냐. 순희 몸도 내게 주고, 맘도 내게 주고, 모두 다 서로에게 주면 되지 않을까? 그래. 우리 지금 연애하는 중이야. 다른 사람에게 보여주기식이 아닌, 우리만의 아름다운 사랑을 하자는 거야. 난 오늘도 순희가 곁에 있어서 외롭지 않아. 그래 순희야! 우린 언젠가 꼭 함께할 날이 올 거야. 그때는 정말 쌓이고 쌓인 많은 이야기, 뜨겁고 뜨거운 사랑 실컷 할 수 있을 거야. 마주 잡은 손 놓지 말고 예쁘게 잘 가꾸어보자. 품에 안고 싶은 사람.

여
....

춥지 않다니 다행이네. 이불 나눠준 거야?

본소도 줬었는데, 엄청 따뜻하지? 직, 훈을 연달아 지원한 거라 뽑힐지 모르겠어. 여기서 잘 지냈으니 다들 될 거라고는 하는데 내가 워낙 운이 안 좋은 편이라, 그냥 마음 편히 지내고 있어. 안되면 어쩔 수 없고. 우리 오빠는 지금도 너무 좋지만 조금만 느긋해졌으면 좋겠어. 내가 잘 모르고 하는 말일 수도 있는데 가끔 욱하는 게 보여서. 이거 빼면 고칠 것도 없고 아주 성격 좋은 남자야. 나밖에 모르는 바보야!

유방암 걸렸다는 친구 있지? 아침에 생일 축하한다고 마음속으로 말했어. 나하고 모든 게 같은 친구고 이곳에 올 때 유방암 진단까지 받은 내 친구가 많이 보고 싶고 걱정이 돼. 아침부터 편두통이 와서 너무 힘들어. 담당한테 진통제 달라 해서 먹었어. 법무부 약 축내긴 처음이야. 항상 내 약만 먹었는데 처음 먹어봤어. 난 진료도 한 번 간 적 없거든. 너무 아파서, 왼쪽 목까지 아프고. 약 먹었더니 좀 나아진 거 같아.

아빠, 엄마가 오실 줄 알고 전화 신청도 안 했는데 안 오시네. 엄마가 괜찮으신지 궁금한데. 전화 신청할걸. 오늘 오실 줄 알았는데 예약했다는 말을 못 받았어. 걱정이야. 아무 연락이 안 되니 걱정이 되네. 전화 신청을 왜 안 했을까? 방금 혹시 될까 해서 물었는데 안된다네. 너무해. 예약 안 하고도 목요일 접견 오시니까 기다려 봐야겠어.

우리 자꾸만 가까워져. 앞으로도 많은 날이 남았지만 잘 이겨낼 수 있지? 지금 이 순간도 시간은 가고 있으니까 힘내자. 여기는 날씨가 금방 눈이 쏟아질 듯 어두워. 깜깜해. 지금 담당이 엄마한테 전화해서 대신 물어봐 준다고 하네. 웬일이래. 착하네. 결과 알려주면 오빠한테도 말해줄게. 언니랑 편지하시던 분은 곧 다른 곳으로 이송 가시겠네. 오빠 또 심심해지는 거 아니야?

　사랑하는 오빠. 이번 한 주도 잘 보내고. 내 생각은 더 많이 하고. 알았지? 다음 주는 오빠 생각 많이 하며 편지 많이 쓸게! 사랑해. 쪽! 전화하라고 해서 엄마한테 전화했는데 나한테 오고 계신가 봐. 웃기지? 아빠, 엄마 만났어. 엄마 좋으시대.^^

87 함박눈

남____

나의 사랑하는 순희에게

지금 창밖엔 먹구름이 밀려와 온 대지가 어둠의 미로에 감추어져 있는 듯 희미한 날씨. 금방이라도 쏟아질 것만 같은 함박눈은 아직 준비하는 과정에 있는 듯 아직 내리지는 않고. 어쩌면 쏟아지는 함박눈 되어 오빠의 마음을 온종일 아프게 할 것만 같은 마음에 착잡하고 외로워지는 느낌이 온다. 여기는 열다섯 개 동이 있는데 유일하게 오빠가 있는 사동만 보일러가 들어와서 새벽에는 이불을 발로 차고 자게 돼 오빠는 이곳에서 선택된 사동에 있으니 걱정은 안 해도 돼. 늘 오빠만 걱정해 주는 순희가 있어 보고픔이 더한 걸까? 미치도록 보고 싶은 표현을 어떻게 표현해야 할까?

어제는 같이 생활하던 동료 두 명이 석방되었어. 이렇게 법이 만든 울타리 안에서도 일말의 정이 있는 듯, 어제 이곳을 벗어난 동료가 옆에 없다는 까닭에 이 작은 마음 한구석에도 허전함이 깃들더라고. 가뜩이나 날씨마저 우중충하기 때문인지도 몰라. 책을 읽으려고 책장을 넘기면서도 흔들흔들 마음의 안정이 잘되지 않은 탓인지 어떠한 내용을 읽었는지조차도 생각이 안 나. 오늘을 지내며 모두 잊고 다시 새롭게 단장해야지. 내가 이곳을 벗어날 때 즈음엔 좀 더 새로워지기 위하여.

순희가 보고 싶을 때마다 오빠 마음을 더욱더 순희에게 보내는 마음으로. 이제 얼마 남지 않았어. 언제나 순희의 마음에 사랑만 담아주며 살게. 안녕! 오늘도 순희의 마음에 오빠를 전하며.

여

난 오늘부터 단식 시작이야.

살 뺀다는 것보다 그냥 속을 좀 비우려고. 배고프고 힘들면 먹을 테니 걱정하지 마. 정작 단식하자는 동생은 안 하고 나만 하고 있어. 동생은 단식은 못 하겠대. 암튼 나와의 약속이니 꼭 지킬 거야.

오늘 직, 훈 결과 나오는 날이라 좀 떨리네. 꼭 돼야 하는데, 떨린다. 이따 오후에 쓸 내용에 나 직, 훈 됐다고 썼으면 좋겠어. 오빠는 뭐해? 내 생각 하고 있어? 어제는 또 얼마나 춥게 잤어? 점점 배가 고파지고 있어. 자기 전에 동생이 내 엉덩이에 올라타서 마사지 해주는데 진짜 시원해. 뼈도 맞춰주고. 내가 배워서 나중에 오빠도 해줄게. 동생이 마사지해줘서 잠도 더 잘 자는 거 같아. 오늘따라 내 글씨 더 이상하네. 손에 힘도 많이 들어가고. 글씨가 점점 이렇게 겨울이. 그치? 그나저나 직, 훈 결과는 왜 말 안 해주는 거지? 다른 곳은 다 알려줬다는데 우리만 여태 말 안 해주고 있어. 편지에 써서 보내주고 싶은데 우리 주임은 왜 말을 안 해줄까? 궁금해 미치겠는데.

목욕하고 왔는데 졸려. 오빠하고 같이 목욕하고 싶다. 오늘 어떤 이모가 내 등 밀어줬어. 난 절대 누구에게도 내 등 밀어 달라고 하지 않거든. 울 엄마 빼고는. 정말 정이 많이 들었나 봐. 내 등을 내줬다는 건 내 입장에서는 아주 크게 마음먹은 거 거든. 이 이모가 지금 헤어질 생각하니 눈물 난다고 정말 우시네. 나도 눈물 날 뻔했어. 오늘 목욕 때 엄마처럼 등도 밀어주시고, 잘 때 내 이불도 깔아주시고, 암튼 정이 많이 들었어. 내 오빠 보고 싶네. 아주 많이 보고 싶어. 오빠 사진 한번 봐야겠어. 뽀뽀해야지. 뽀뽀 쪽 하고 왔어. 직, 훈 오늘 안 알려주려나 봐. 편지 마무리해야겠다.

오늘은 기쁜 소식을 먼저. 예상하고 있겠지만 직, 훈이 됐어요. 20명이 신청했는데 다 떨어지고 다섯 명만 됐어. 친구도 안됐어. 여기 자체에서 모두 운이 좋아서 된 거래. 이렇게 다섯 명만 됐대. 주임 말로는 이번에 경쟁률이 높았던 거 같다고, 주임도 놀랐다고 하더라고. 어제 주임 퇴근 직전에 말해줘서 다 놀랐어. 대부분 다 떨어지고 몇 명만 되어서 기뻐하지도 못하고 있어. 천천히 열심히 해야지 하는 마음은 드는데 잘 할 수 있을까? 암튼 좋은 소식인 건 맞지? 이제 앞으로의 계획이 정해졌으니 그대로 나가야지. 열심히 해야지.

잘 잤어? 난 또 엄청 잘 잤어. 오빠 쓴 거 글씨 너무 예뻐. 진짜 글씨 예쁘단 말이야. 그 글씨는 나한테만 보여줘야 하는 거 알지? 나중에 오빠가 몰래 우리 집 오면 무방비 상태로 있는 날 보고 도망갈지도 몰라. 나 밖에 안 나가면 절대 안 씻거든.ㅋㅋ 머리도 안 감고 세수도 안 하고, 양치도 안 하고 있지. 그래도 샤워는 하니까 냄새는 안 날 거야. 언니하고 펜팔 하는 분한테는 어제도 편지 온 거 같던데. 언니가 많이 좋아하는 거 같아. 내가 취득한 자격증에 오빠도 당연히 지분이 있지. 오빠의 뒷바라지 인정해요. 오빠는 내가 그렇게 좋아? 정말 좋아 죽겠지? 나도 그래. 나도 오빠 많이 사랑해.^^ 오늘 밤부터 달을 자세히 봐야겠다. 오빠 마음이 보이나. 오빠도 봐. 내 마음이 보일 거야. "몸은 떨어져 있어도 마음은 닿아 있다는 사실을 항상 가슴에 지니고 다녀야 한다. 그러면 결국 기약 없던 봄은 찾아오고 온 마음에 꽃은 필테니까." 이거 딱 우리 상황이랑 맞네. 그치? 우리에게도 곧 봄이 올 거야. 조금만 기다리자. 요즈음 편지 못 받은 건 얘기했으니 알지?

직, 훈 마치면 필수 인성교육 시간이 있대. 꼭 해야 하는. 그렇게 종일 하게 될 줄 몰랐어. 오늘 아침에 드디어 꼴통이랑 못난이랑 싸웠어. 이유는 모르겠어. 운동 때 물어봐야지. 하여간 꼴통이 문제야. 남자들은 싸우면 주먹으로 하잖아. 여자들은 대부분 머리 잡고 옷 당기고, 이러다 보면 옷이 벗겨지고, 심하면 브래지어 끈도 풀어져서 젖가슴이 출렁할 때도 많은 거 같아. 이런 걸 남자들이 보면 환장할 거야. 아마도 아랫도리가 팽팽해질 거야.

오빠는 아니지. 나 말고는 감정 가지면 안 돼! 나도 오빠 많이 보고 싶어. 오빠만큼 빨리 나가고 싶어. 그동안 나 없이 어떻게 지내왔어? 내가 더 많이 사랑해 줄게요.

내년 초에 특사 있다고는 하는데 나한테도 정말 기쁜 소식이 올까? 이런 운이 없어서. 제발 나를 끼워준다면 소원이 없겠어. 빨리 나가는 사람이 대장인 건 확실해. 진짜 여기 왔다 가는 사람들 보면 진짜 한심하지? 어떻게 여길 몇 번을 다녀가냐고. 여기는 정말 추워. 사방이 뚫려 있어서 더 추워. 빨리 떠나고 싶어.

오빠는 날 정말 진심으로 사랑하는구나. 나도 이런 사랑을 받을 수 있는 여자구나. 아주 행복해. 오빠가 있어서 아주 행복해. 편지는 이해했어. 안 그래도 어제 편지가 안 올 줄 알았는데 와서 놀랐어. 너무 기뻤지. 내 오빠가 날 위해서. 이렇게까지 해주는구나. 동생한테 자랑했지롱.^^ 무슨 일이 있어도 오빠 곁에서 함께 해준다고 한 말 사실이야. 믿어도 돼. 나만 믿고 살아요. 나도 오빠만 믿고 사니까. 사랑해. ♥ 나한테 다 해줄 수 있다고? 그럼 빨리 와. 날 보러 빨리. 일단 만나야 결혼도 할지 안 할지 정하지. 오빠 마음은 100% 이해하는데 상황이 그래. 여기 직원들 이상하다니까. 이곳에서의 6개월 정말 금방 갔지? 앞으로의 6개월도 금방 갈 거야. 우린 계속 사랑할 거니 앞으로의 시간도 잘 이겨낼 수 있을 거야. 나 적응 잘하며 좋은 사람 만나서 잘 지낼 수 있게 기도해줘. 어딜 가든 오빠가 있으니 힘내서 잘 지낼게. 시간 가는 자체를 즐기며 살아야지. 우리 같이 힘내자.

다행이 오빠 지내는 사동에 보일러가 들어온다니 안심이지만 그래도 오빠가 춥지 않게 지냈으면 좋겠고, 오빠한테는 좋은 일만 있었으면 좋겠어. 우리 늦게 만난만큼 열심히 사랑하며 살자.

88 백합처럼

남____

순희!

순희의 사진 속 밝은 얼굴에 피어난 아름다움은 백합처럼 깨끗한 착한 순수함이 있어. 순희의 수줍은 얼굴에 피어난 아름다움은 분홍빛 물든 천성의 착함을 말하고 있어. 맑은 날의 이야기 속에서 우리들의 아름다움이 많았고, 백합처럼 부드럽고 봉숭아 꽃잎에 물든 홍조처럼 순희의 얼굴 가득히, 순희를 선택하도록 하여준 이 세상에 무한한 감사를 드리지!

귀하고 귀한, 아름다운 순희를 보내준…. 이제는 생활에 리듬을 맞추어 가며 지내고 있어. 들떠 있던 마음 설렘의 병도 다 나은 듯해. 그러니 순희도 늘 웃으며 살아. 오빠랑 편지 주고받으며 다른 남자 얘기는 안 했으면 좋겠어. 남자든 여자든 좋은 말은 아닐테니까.

찡그린 모습을 자주 하게 되면 얼굴에 주름이 생겨 보기가 싫어. 언제나 웃음을 잃지 않고 보낸다면 곱고 언제나 아름다움이 배어 있기 마련이야. 맑고 티 없는 모습에선 언제 보아도 천사의 모습을 닮아가기 때문이라 생각해. 순희는 언제나 밝고 명랑한 거 같아. 순희의 글을 읽다 보면 순희의 성격도 읽을 수 있는 거 같거든. 천성은 변하지 않는다고 하잖아. 착하고 순하디순한 순희는.

여

....

도대체 왜 항상 나한테 화를 내는 걸까?

꿈 얘기는 그냥 꿈일 뿐이고, 친구, 동생도 웃으며 넘긴 일이었는데, 난 오빠가 화낼 거라고는 꿈에도 생각 못 하고 써 보냈던 건데. 입장을 바꿔서 생각을 해보라고 했는데 난 전혀 기분 안 나쁜데, 꿈이고. 다른 사람도 아니고 연예인인데 그냥 웃고 넘길 거 같아.

아무리 생각해도 왜 화를 내는지 모르겠어. 오빠 편지 읽으면서 마음 아팠는데 갑자기 나한테 뭐라 하니까, 이건 뭐지 싶고. 그냥 미안하다고 하면서 넘기려다 나도 기분이 좋지 않아서 이야기는 해야 할 거 같아서. 왜 오빠가 기분이 나쁜 건지 도저히 이해가 가지 않아.

왜 나쁜 거야? 꿈 이야기가 왜? 왜 나쁜지 설명 좀 해줘 봐. 내가 친구라고 했잖아. 난 어색해서, 사귀는 남자 차 아니면 잘 안 타. 옆에 앉으면 말도 해야 하고 어색해! 오빠는 그럴 일 없다니 다행이야.

오빠도 어릴 때 많이 싸웠어? 오늘은 나도 아주 쪼금 서운하고 섭섭하고 그랬어. 오빠가 지금 나 때문에 신경 쓸 때가 아닌 거 알면서도 나도 하고 싶은 이야기는 해야 할 거 같아서 편지 처음에 한마디 한 거니 이해해줘. 사랑해.

이틀 전부터 시작된 생일 선물 공세가 계속되고 있어. 다들 넘 고맙네. 방금 엄마랑 통화하고 왔는데 엄마가 "앞으로의 생일은 잘해줄게." 라고 하시는데 눈물 났어. 나의 생일이 부모님께는 슬프고 속상한 날이 됐어. 이게 참 속상해. 오빠는 어쩔 수 없는 거니까 빨리 시간만 가기 바랄 뿐이야. 오빠는 기분 좀 나아졌어? 어때? 오늘 날씨는 겨울이라는 것만 빼면 하늘도 맑고 햇빛도 좋고. 본소에 가서도 여기에서 보낸 시간만큼만 빨리 간다면 우리 시간도 금방 올 거야.

내가 먼저 나가면 멋지게 뒷바라지할 테니까 걱정 말고. 우리가 그동안 약속한 것들 하나하나 해나가자. 내가 여기 와서 달라졌다면 달라진 건데, 한번 결정이 난 거에 대한 건 무조건 받아들여야지 하고 받아들이려 하고 있어. 그냥 뭐든 주어진 대로 그 상황에 맞춰 생각하게 되더라고. 주어진 상황 이외의 것은 바라지 않게 돼. 지금 우리의 상황에서 큰 걸 바라지 말고 가장 잘 이겨내고 지낼 수 있는지에 대한 방법만 찾자. 약한 모습 보여주기 싫어하는 오빠라 힘들다고 말하지 않을 거란 걸 알아. 그래서 말하는 거니까 내가 얼마나 걱정하고 함께 속상해하는 거만 알아줘. 난 여전히 오빠를 사랑할 거고 힘을 줄게. 오빠! 이 세상엔 우리보다 불행한 사람들이 참 많아. 지금 이 순간, 우릴 부러워하는 사람들도 많다는 걸 잊지 말자. 방에 와서 미역국도 먹었고, 커피 한잔 하며 편지 쓰고 있어. 오빠도 점심 먹었지? 맛있게 잘 먹었지? 내 곁에 있어 줘서 고마워. 오늘은 본소랑 다른 곳에 편지 써야 해서 여기서 마무리할게.

89 쓸쓸한 계절

남____

보고 싶은 까닭에 그리움이 찾아오고, 사랑하기 때문에 보고 싶음이 밀려오는 쓸쓸한 계절의 문 앞에서 사랑하는 순희를 위하여 오빠는 편지를 쓴다.

사랑하고 있으면서 곁에 있어주지 못하는 안타까움에 그리움만 가슴에 묻어 두지만, 어쩔 수 없는 현실을 알기에 서로 기다림이란 것에 향수에 젖어가나 봐. 사랑이란 흔하지만, 하나하나 뒤돌려 보면 얼마나 고귀함인지 알 수 있지만, 힘겨워 돌아보면 걷잡을 수 없는 그리움에 순희 곁으로 달려가고 싶어 미칠 것만 같았어.

오늘도 어여쁜 순희의 사진을 꺼내 놓고 그려볼 때면 둘만의 추억을 생각하게 해. 낯설은 한 통의 편지. 거리낌 없이 오고 간 많은 글 속의 사랑담. 한 장 한 장 보내온 순희의 사진. 사랑을 쌓아가며 사랑하기까지의 긴 시간. 처음에는 어설픔으로 시작이 되었고, 시간이라는 넋두리는 빠져나오기 힘든 사랑의 동굴 속에 가둬버렸어. 우리가 이곳을 벗어나는 순간 앞도, 뒤도 보지 않고 뒤돌아서 갈지언정 우리 사랑의 글을 주고받는 동안에는 위선이 없는 사랑을 했으면 하는 오빠의 마음이야. 순희만큼은 상처받지 않고 행복하게 살아주길 바라.

오늘 생각지도 않은 동생이 면회를 왔어. 이송 오기 전에 같은 방에 있던 동생을 만났는데, 이쪽으로 이송을 와서 취사장에 출력했다가 부산 직, 훈을 갔다고 했는데 갑자기 면회를 온 거야. 그런데 몸무게 100킬로가 넘는 동생이었는데 60킬로도 안 돼 보이는 거야. 사실 이름을 보지 않았다면 몰라봤을 거야. 아직 몇 년이 더 남은 것으로 알고 있었거든. 어떻게 된 거냐고 물었더니, 갑자기 배가 아파 의무과에 갔는데도 계속 아파서 미칠 것 같다고 했더니 외부 병원으로 가봐야 할 것 같다며 외부 병원으로 가게 되었고, 이것저것 검사를 하고 돌아와 며칠이 지나고 의무과에서 불러 갔더니, 정밀검사를 받아야 할 것 같다며 다시 외부 병원으로 가서 검사를 받게 되었는데, 간암 말기 판명이 났다는 거야. 그래서 병보석으로 출소하게 되었다고 해. 어떻게든 병이 악화하지 않고 호전되길 우리 함께 기도해주자. 참 착한 동생인데, 아프지 않았으면 좋겠어.

순희! 우리는 아프지 말고 건강 잘 챙기자. 그래야 우리 오래오래 사랑하지. 우리가 아는 사람들 모두 행복했으면 좋겠어.

여
....

좋은 아침! 너무 춥더라. 정말로 감기 조심.

어제 생리가 시작되어 버려서 운동은 패스. 정말 싫은 날의 시작이야. 이번 주 편지에 나의 짜증이 좀 있어도 이해해줘. 내 머릿속은 온통 오빠에 관한 거뿐이야. 아잉! 난 오빠가 야한 이야기 해주면 좋아. 나 원래 야한 여자였나 봐. 근데 남자를 좋아하긴 했어. 여자보다는 남자를 좋아해. 말도 잘 통하고 여자들처럼 징징거리지도 않고, 사랑하는 남자가 있을 때는 절대 한눈팔지는 않지. 그래서 한 남자를 오래 만났고. 지금의 나의 모든 경험담은 그 남자하고라고 보면 돼. 이렇게나 야한 내가 어떻게 보면 눌러놓고 살았던 거 같아. 나도 이렇게 교감을 좋아하는 여자인데, 왜 그랬을까? 오빠하고는 다 얘기하고 뭐든 나누며 살 거야. 다시는 후회하지 않는 사랑을 할거고 평생 웃으며 즐겁게 살 수 있을 거 같은 생각이 들어.

아프다는 동생하고는 많이 친하게 지냈었나봐. 오빠 마음도 많이 아팠겠다. 우리 그 동생 빨리 낫을 수 있도록 기도해주자. 오빠가 나의 우울함과 외로움을 치료해 주었듯이 우리가 간절하게 기도해주면 그 동생에게 전달이 되어 아픈 병이 낫았으면 좋겠어. 오빠가 날 변화, 아니 진짜 날 찾게 해준 거야. 근데 오빠야. 나 정말 야한 여자 같아? 내 이미지는 단아한 모범생인데. 내가 모범생이었으면 만날 수 없는 거였어. 진짜 우리가 어떤 특별한 인연이기에 이렇게 사랑하게 된 걸까? 이런 의문을 수없이 해보는데 결론은 하나야. 지금 우리의 사랑 정말 좋잖아. 어떤 어려운 일도, 힘든 상황도 우리를 막을 수 없다는 거. 우리 둘이 만나기 위해 그동안의 모든 상황이 이해가 되는 거. 무슨 뜻인지 알아?

우리의 현재가 있기에 지나온 과거가 나쁘지만은 않았다는. 돌이켜 볼 만한 시간이었다는 생각마저 들어. 오빠를 만나기 위해 달려온 그 시간들이 소중해. 그리고 이렇게 오빠를 놓치지 않고 붙잡고 함께하게 돼서 행복해. 이 마음 이대로 걱정 없이 쭉 함께하고 싶어. 사랑해. 나도 오빠하고 찐하게 키스하고 싶어. 오빠가 순정적인 사람이 될 거라는 말 믿어. 나 같은 여자를 두고 순정적이지 않을 수 없을걸?ㅋㅋ 난 오빠가 말한 대로 잘해줄게. 암튼 어제는 오빠의 글. 잠자기 전에 큰 웃음 주셔서 웃다 잘 잤어. 나도 화요일 날 받는 편지가 제일 좋아. 근데 오빠 편지는 항상 좋아. 오빠하고는 편지만 해도 찌릿한데 진짜 사랑을 하면 너무 좋을 거 같아. 응! 이곳에서 나가면 나의 첫 남자는 오빠지. 첫 남자이자 마지막 남자! 내가 더 과감하게 오빠 짜릿하게 해줄게. 나도 오빠가 짜릿하게 해주었으면 좋겠어. 주말에 해준다고.? 그럼 다음 주 화요일을 기대하고 있을게.

오늘은 날씨가 정말 춥네. 시원함을 넘어 추워. 날씨 왜 이래? 이 편지가 이번 주 마지막 편지네. 오빠 이번 주는 어땠어? 내가 함께하니 행복하고 즐거웠지? 이제 오빠는 혼자가 아니니 뭐든 할 때 나까지 염두하고 해야 해. 알았지? 우리는 한몸이라고 생각하고. 난 언제나 함께할 오빠가 있어서 좋아. 안정된 느낌이야.

90 반복되는 시간

남

많은 나날들 속에서 이렇게 오빠 마음속에 불을 붙인 듯

기다리게 하고는 오빠한테 어찌하란 말이야! 날마다 반복되는 시간 속에 사랑하는 순희와 함께라면 얼마나 행복하겠어! 순희만 생각하고 있으면 이슬에 젖은 듯 감미롭고 온몸이 구름에 파묻히는 포근한 생각이 들어! 오늘은 더욱더 간절히도 순희가 보고 싶은데 오빠 보고 어쩌란 말인가!

순희, 오늘은 너무 섹시한 거 같아. 오빠도 순희랑 당연히 하고 싶지. 하루 종일 몇 날 며칠을 말이야. 순희하고만 할 거야. 순희밖에 없어. 오빠는 섹스 중에 대화를 해 본 적이 없어서. 근데 순희가 해주면 좋을 거 같아.^^ 그리고 여기 오기 전에 만났다던 여자가 섹스 중에 말을 했었어. 그게 자극이 돼서 더 좋았던 거 같기도 하고, 순희가 말한 대로 해주면 자극이 배가 될 거 같긴 해. 우리 전부 다 해보자.

섹스하다 보면 아무렇지 않게 하는 거야? 오빠는 들어본 적이 없어서, 순희가 해줘. 야릇할 거 같아. 순희 언니한테 뭐라고 했는데 그래? 순희 언니는 여기 선배에 비하면 완전 순희한테 잘하시는 거잖아. 오빠 같으면 업고 다니겠어. 우리 순희 완전 센스 최고야. 말을 잘해. 내년에 오빠가 일찍 나가면 얌전히 기다리고 있을게. 순희 기다리면서. 바로 다음 날 순희한테 갈 거고. 순희한테 가서 당연히 사랑한다고 말해야지.

사랑한다는 말 하려고 찾아가는 거고. 빨리 나가고 싶은 건데. 순희도 오빠한테 사랑한다고 말해줘야 해. 야릇함이 오빠의 몸을 사랑으로 몰고 가고 있는 거 같아.

순희! 절대로 오빠를 잊으면 안 돼? 오빠는 순희 절대로 잊지 않아. 하늘이 선택해 준 우리를 우리 맘대로 져버린다면 아마도 크고도 큰 벌을 받을 거라 오빠는 확신하니까. 서로만 생각해 주고 서로를 위해 무엇이 필요할까를 생각하며 서로 사랑하는 마음만 갖고 있다면 그것으로 충분하지 않을까 해. 늘 오빠에게 전해주는 순희의 마음, 그리고 사랑 오빠의 가슴에 꽉 채워서 순희 만나는 그 날에 다 풀어 놓을게.

오빠만 믿고 기다려. 응?

여

....

오빠 내 생각 많이 했지? 함께 했으면 얼마나 좋을까 하는 생각 하며 시간 보냈지? 나도 그랬어. 앞으로 함께 보낼 시간이 많으니까 지금 아쉬운 마음은 뒤로 미뤄두자.

지금은 목요일이고 방 옮겼어. 청주 팀, 전라도팀. 본소별로 옮겼어. 한꺼번에 빠질 수 있게. 내 생각에 내일 갈 거 같아. 전에 내가 있던 곳에서 이곳으로 내일 온다는 정보를 긴급 입수했지. 지금 짐 정리도 덜 돼서 어수선해. 오늘 편지 많이 못써도 이해해 줘. 지금 본소 미지정이 난리래. 사람이 너무 많아서, 또라이들도 많고. 난 직, 훈 돼서 다행이야. 남은 사람들 다 미지정으로 갈 텐데 미안하기도 하고 그래. 이왕 가기로 한 거 빨리 갔으면 좋겠어. 여기는 밤새 눈이 많이 왔어. 눈이 많이 쌓였어. 거기는 눈은 안 오나 봐? 오빠가 눈 얘기는 안 하는 거 같아서. 나도 "비가 오는 날에는 우산이 되어주고, 눈이 오는 날에는 햇빛이 되어줄게!" 이렇게 해줄게. 연말 동안 외로워하지 말고 우리 둘이 사랑 나누면서 보내자. 나도 빨리 오빠하고 운동하러 다니고 싶어. 우리 빨리 함께하자.

얼마나 괴로울까? 나도 가려운 거 같아. 오빠가 약해서 동상 걸렸다는 생각 안 해.ㅋㅋ 오빠 강한 남자인 거 내가 알지. 남자다워서 내가 사랑하는 건데. 방금 혜미가 나더러 이 분위기에서도 편지 잘 쓰네 해서. 내가 오빠는 내 편지 기다리고 있을 거고, 연휴 지나고 내 편지 없으면 서운해할 거란 말야. 그래서 사랑 가득 보내는 거야 했더니. 헐. 오빠가 언니 말고 다른 사람하고도 편지하는 거 아냐? 이러네. 짜증이 확 나서, 뭐라고 하려다가 순간 잘 참았어. 진짜 밉상이야. 그치? 내가 여기에 있으니 상대해 주는 밑바닥이야. 꼴통은 상대도 안 할 거야.

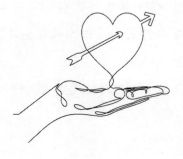

91 사랑하기 좋은 날에

남

오늘은 순희를 갖고 싶어서 미쳐버릴 거 같은 날.

순희의 편지를 읽으며, 오빠랑 하고 싶어 미칠 것 같다는 말에 밑에서 반응을 하여 미치는 줄 알았어. 그렇다고 방 사람들 두 눈 멀뚱멀뚱 뜨고 있는데 대낮에 화장실에서 팔운동을 할 수는 없잖아. 그래서 밑에 손은 넣고 살짝 만지며 주물러 봤어. 순희 생각만 간절하게 했지. 만약에 그때 순희가 있었으면 장난 아니었을 거야. 우리 함께 하면 최고의 조합이 될 거야. 정말 사랑해. 순희 아니었으면 이런 생각조차도 못 했을 거야. 순희 손으로 오빠 것을 잡고 순희의 동굴에 넣어주면 좋은 거 같아. 진짜 우리 너무 힘들다. 우리 보물들이 아주 힘들겠어. 고개를 들었다 숙였다, 응.ㅋㅋ 오빠도 순희를 더 사랑할 거고 앞으로도 순희만 사랑할 거야.

콘돔 이야기는 전번 편지에 썼고, 오빠도 콘돔은 그냥 싫어. 느낌을 제대로 못 받거든. 아! 그리고 아무 남자나 생각해도 밑에 젖는 거 아니냐고 한 건 순희 화나라고 할 말이 아니고, 지금 상황이 이러니까. 여자들은 좀 그렇지 않나 해서. 잘생긴 놈만 봐도 밑이 젖는다잖아.

순희는 오빠 생각할 때만 그런 거면 괜찮아. 오빠도 순희 생각할 때만 찌릿한 거니까. 오빠가 또 바보 같은 소리 해서 순희 속상하게 했네. 미안해. 순희 마음 다 알아. 오빠가 왜 몰라. 바보. 많이 사랑해. 오빠가 정말 순희를 사랑해. ♥ 근데 이 와중에 순희가 "당장 달려가서 확 따먹고 싶네."라는 말에 또 좋았어. 오빠가 세워놓고 기다리고 있을게. 이렇게 강도 높은 얘기를 해도 괜찮을까? 우리 편지 검열하는 날에는 어쩌면 독방에 보낼 수도 있어. 그러니 조금씩 주의하자. 우리 참고 참았다가 하루에 다 해버리면 되지 않을까?

참! 미친 언니는 잠잠한가 보네. 요즘에 미친 언니 소식을 보내주지 않은 거 보면. 그래도 순희는 마음이 넓어서 다 이해하면서 용서하는 마음으로 포옹하리라 오빠는 믿고 있어. 사람들한테 웃음을 선사하는 순희가 되도록 해봐. 나쁜 거는 좋은 쪽으로, 좋은 거는 더 좋은 것으로. 오늘은 깊은 사랑을 담아 오빠의 냄새를 보낸다. 사랑하기 좋은 날에.

여

....

오늘 진짜 정신없었어. 그나저나 어젯밤부터 너무 추워졌어.

오빠네는 보일러를 안 틀어줄 때도 있다며?. 춥지? 여기는 그래도 보일러 계속 틀어줘서 따뜻해. 그렇게 추운 줄은 모르겠어. 우리 오빠 감기 걸리면 안 되는데, 내가 좀 후끈하게 해줘야 하는데. 내가 주말에 보낸 건 무사히 받았는지? 어제도 뉴스 할 때 잠이 들었거든. 너무 졸려서. 일찍 자니까 자꾸 새벽에 깨고, 이런저런 생각 하게 되니까 잠을 못 자는 거 같아. 오늘부터는 오빠한테 밤 10시까지 편지 쓰고 잘까? 지금 굉장히 졸려서 기절할 거 같아. 커피 한잔 마실 시간도 없네. 근데 바쁘니까 좋은 거 같아. 힘든 일도 아니고, 이런 단순한 일 그래서 재밌어. 여기에 남아서 청소하라 그래도 할 수 있겠어. 사람도 별로 없고 할 만할 거 같아. 커피 한잔하는 중이에요. 너무 좋아. 오늘 정말 추운 거 같아.

오빠는 이런 날씨에 먹고 싶은 거 있어? 나 말고.ㅋㅋ 이런 날에는 홍합탕에 소주 한잔하면 좋을 텐데. 갑자기 오빠 감기 걸리지 않았을까 걱정이 되네. 기후 변화가 조금만 있어도 감기 걸리는 거 같던데, 콜록거리고 있는 거 아니야? 내 느낌이 지금 오빠가 콜록거리는 걸 감지했는데, 내 느낌이 맞는다면 우리 정말 천생연분이야.^^ 암튼 오지 않을 거 같던 이달의 마지막 날이 왔네. 올해가 빨리 갔으면 좋겠다고 생각하며 달력을 봤거든. 다음 달만 돼도 좋겠다 하며. 근데 그다음 달이고 다 지났고, 난 이렇게 잘 지내고 있네. 그치?

내 오빠와 함께. 당신의 매 순간을 함께 하고픈 나. 나의 멋진 오빠.
♥ 어젯밤 늦게까지 편지 쓰고 자려고 했는데 TV 보다가 나도 모르게

잠이 들었었어. 눈 뜨니 새벽이 되었더라고. 다시 잠들었고 기상 시간에 일어났어. 어제 꿈에 언니랑 싸우는 꿈을 꿔서 이상하네. 마음이 이상해. 역시 오빠는 나 잠자리 바뀌어서 잠 못 잤을까 걱정했구나. 첫날은 못 잤지. 지금도 아주 잘 자는 편은 아닌 거 같아. 하루 못 자면 하루 잘 자고 하는 듯, 적응하면 잘 자겠지. 점점 잘 자고 있어. 오늘 내 주말 편지가 갈 텐데 잘 들어갔을지 떨려.

오빠네 담당자가 내 편지를 주목해서 보는 거 같아서 걱정이 되네. 최대한 신경 써서 보냈는데, 잘 받았는지 빨리 연락 주세요. 추운데, 오후에는 날씨가 따뜻해진다고 하니까 힘내요. 나도 다치지 않게 조심해서 일 할게. 걱정하지 말아요.

그렇게 힘든 일도 없어. 오빠가 왜 도움이 안 돼? 오빠가 있어서 이만큼 울 거 요만큼 울었는데, 힘내고 있어. 난 잘 견디고 버틸 거야. 이또한 걱정 마시길. 오빠가 날 많이 사랑한다는 거 알아. 고스란히 느껴지고, 많이 사랑받고 있다는 게 느껴져. 사랑해. 정말 많이 보고 싶어. 볼 수가 없어서 정말 슬플 뿐이야. 우린 꼭 만날 거고 꼭 함께할 거야. 이렇게만 지내다 보면 될 거라 생각해. 우리 편지 한지 시간이 정말로 많이 지나고 있어! 정말 놀랍지 않아? 난 정말 놀라워. 여기에서 주고받은 편지는 그 깊이를 알 수 있지 않나 싶어. 오빠가 날 지켜준다는 말에 눈물 날 뻔했어. 정말 감동이야. 나도 오빠 지켜줄게. 내 사랑하는 마음으로 오빠를 지키고 우리 사랑도 지킬게. 정말 많이 사랑해. 이달의 마지막 날이야.

이달의 마지막 날은 왠지 느낌 있지 않아? 작년에는 지금이 올 거라 생각하지 못했어. 근데 왔네. 오빠와 함께라면 그 시간까지 잘 있을 수 있어. 오빠하고 나하고 열심히 사랑만 하며 그 시간을 맞이하자. 나 이게 완전히 버릇이 돼서 이제 오빠라고 못 하겠어. 오빠는 오빠라고 불리는 게 더 좋지? 난 그냥 오빠라 할래. 나중에 만나서도 오빠라 부를래. "보고 싶었어~.", "오빠! 안아 줘~." 이렇게. 큰일이야. 오빠가 나 귀여워해 주지 않을까 봐. 나 오빠 귀엽다고 해주면 너무 좋아. "왜 이렇게 귀엽지!"라고 할 때 최고로 행복해. 오빠는 내가 뭐라고 할 때 좋아? 내가 오빠한테 뭐라고 말할 때 행복해? 난 오빠하고 빨리 뜨거운 시간을 보냈으면 좋겠어. 오빠랑 나랑 하나가 됐음. 참으로 행복했던 한 달이었어. 항상 내 사랑 가득 담아서 오빠에게 보낼게.

92 하늘만큼 땅만큼

남____

순희, 요즈음엔 밤이 많이 짧지? 오빠는 하루 종일 순희의 생각에 젖어 있어. 어떻게 하면 순희의 마음을 편안하게 해줄 수 있을까? 어떻게 하면 오빠의 솔직한 심정을 순희에게 전할 수 있을까?

순희만 생각하면 흥분되고 순희의 숲이 젖어버렸다고 하면 아무 남자나 생각해도 그렇게 되는 거 아닌가? 하는 생각을 했었거든. 오빠가 겪고 나니까 순희도 나니까. 그랬겠다~싶더라고. ^^ 맞제? 우리 빨리 만나. 오빠를 채울 수 있는 여자. 오빠의 숲에 만들어진 사랑을 먹을 여자는 순희뿐이라는걸 깨달았어. 사랑해♥ 순희의 지랄 같은 성격? 여자라면 어느 정도 있어야지. 오빠가 좀 불의를 보면 참지 못하는 성격이라. 예전에 식당이나 마트에서 일하는 사람하고 언쟁을 하면 여자 친구는 옆에 안 있어주고 도망 갔었어. 오빠가 창피하다구. 오빠가 괜히 그러는 것도 아닌데 돌아보면 없어져 있더라구. 너무 심하지 않으면 할 말은 하고 살아야 하는 거 같아. 오빠는 하고 싶은 말 참고는 못 살거든. 이런 점 순희랑 오빠랑 적절히 조절하며 살면 될 거 같아. 그치? 지금 순희의 모습은 여자답고 딱 좋아요. ^^

어젯밤에는 꿈을 꾸었어. 순희의 꿈을 말이야. 무슨 꿈이냐고? 글쎄, 솔직히 아주 상쾌하고 기분도 좋고 황홀한 꿈이라면 될까?

순희! 요즘에는 하루하루 지나는 것이 너무너무 행복해. 순희의 마음이 오빠에게 전해지기 때문이라고 알고 있어. 새롭게 변한 오빠의 모습을 하루빨리 보여주고 싶지만.

사랑하는 순희! 빨리 그날이 왔으면 좋겠어. 그래야 우리의 그리움이 사랑으로 채워지지. 그러니까 조금도 아프지 말고 더욱더 건강하길 바래. 그리고 사랑해! 보고 싶어. 하늘만큼 땅만큼. 또 편지 할게!

여
....

하루 동안 이렇게 많은 양의 편지 써보긴 처음이야. 오빠는 참 매력이 최고야. 날 이렇게 만들다니.^^ 긴 긴 연휴는 잘 보냈어요? 보고 싶어 죽는 줄 알았어. 보고 싶어서 눈물 날 뻔했어. 오빠는 지겹거나 짜증나지는 않았어? 내 생각도 많이 했지?

난 오빠 생각만 죽으라 하고 공부만 열심히 했어. 오빠, 빨리 이 편지를 받는 날이 되었으면 좋겠어. 그치? 지금은 목요일, 새벽 생리 중이라 가볍게 스트레칭만 했어. 나도 오빠랑 집에서 따뜻하고 맛있는 밥 해서 먹고 싶어. 오빠가 차려 준 음식 빨리 먹고 싶어. 저녁에는 삼겹살이랑

항정살? 꺅! 너무 좋잖아.ㅋㅋ

응! 난 소주 생각하면 그냥 좋지. 오빠, 처음 편지 왔을 때 너무 좋았지. 오빠 이름 보고 내가 확 꼬셔야지, 했지. 나의 목표물이 됐지. 조준했고 발사했잖아. 내 매력을 말이야. 오빠한테 정확히 날아갔잖아? 그치? 우린 내가 쏜 큐피드 화살 맞았으니 열심히 사랑만 하면 되는 거야.

오빠 연락이 안 왔으면 우린 모른 채로 살았을 거야. 편지 잘 보냈어. 안 보냈으면 큰일 날 뻔했어. 잘했어. 아주 잘했어. 고마워. 아주 고마워. 우리 오빠가 이곳에 와서 제일 잘한 일은 나한테 편지한 거야.

난 빨리 여행이나 갔으면 좋겠어. 지금 이곳도 현실과 동떨어진 곳이지만 여행도 그렇잖아. 내가 사는 현실과 먼 세상, 하지만 세상 속의 세상, 그 세상으로 가고 싶어. 예쁘게 화장하고 예쁜 옷 입고, 무엇보다 오빠 손 꼭 잡고. 가자. 빨리 떠나자. 오빠와 함께라면 어디든 좋아.

방에서 쓰다가 마무리도 못 하고 그냥 계속 이어서 썼네. 점심 먹었어. 맛이 없어서 조금 먹었어. 여기 점점 식단이 이상하네. 운동 나갔는데 춥더라고. 거기도 추워졌지? 여기보다는 덜 추우려나? 이렇게 추울 때는 서로 꼭 안아 줘야 하는데. 그치? 오늘도 사랑하고 또 사랑했어요. 내일은 오늘보다 더 사랑할 거고. 긴 연휴 보내느라 고생했어. 우리의 다음 달도 많이 사랑하며 지내자. 사랑해.

93 일편단심

남_____

오빠는 시간도 안 가고 정말 지루해 미치겠다.

이 안에서 보내는 하루하루가 서럽다. 정말~ 이곳에서 지내다 보니 친구도, 연인도 다 필요 없더라고. 징역 들어와 보니까 내게 소중한 사람이 누구인지 깨닫게 되더라고. 이런 날엔 여러 생각이 많아지네! 오늘따라 유난히…. 순희도 오빠랑 같은 기분이려나?

오빠는 이런 날 우리 순희에게 계속 편지를 하는데, 순희도 오빠한테 계속 쓰고 있으려나? 요즘 느끼는 거지만, 예전만큼 순희의 편지가 많이 안 오는 거 같아. 오빠만 느끼는 건가? 오빠한테 관심 좀 많이 가져 줬으면 좋겠어! 기대할게! 오빠도 변함없이 순희에게 일편단심 할게.

참! 예전에 순희하고 펜 벗하기 전에 펜팔 하던 여자애가 있었거든. 근데 그 여자애가 좀 유별나고 자기 개성도 강하고, 암튼 특이해서 실컷 편지 잘 주고받다가 어느 날 편지가 와서 하는 말이, 일방적으로 나한테 그만 연락하재. 이유는 재판에서 추가도 떴고, 앞으로 살날도 막막하고 편지할 기분도 아니라면서. 그래서 아팠다면서 그후로 편지 끝났지. 그런데 엊그제 느닷없이 편지 와서는 하는 말이, 나한테 지조가 없다는 등 막말을 하더라고. 순희랑 지내다가 다른 곳에 옮겨져서 자기네 방으로 왔는데, 나랑 주고받는 편지 보고 그 사람이 아는 척했나 봐.

그때 편지 그만하자고 끝마무리만 안 했어도 오빠는 순희 소개도 안 받았을 테고, 이게 지조가 없는 건가? 무지 짜증도 났어! 오빠는 찜찜한 게 싫어서 순희한테 솔직히 말하는 거야. 인제 와서 아쉬워서 편지하는가 싶기도 하고, 암튼 이 얘기는 여기까지. 앞으로 우리 둘이 틀어지지만 않는다면 순희가 마지막 여자이길….

오빠도 연휴 내내 답답하고 지루해서 혼났는데 순희도 지루하게 보냈다니 사람들의 생각은 거의 그 테두리 안에 있는 거 같아, 그치. 우리 순희 연휴 동안 영화 얼마나 재밌게 봤어? 오빠는 그다지 재미는 없더라고. 그냥 그냥 시간 보내려고 봐서 영화를 보면서도 머릿속에는 우리 순희 생각뿐. 그래서 순희가 보내준 사진을 보며 그리워했어.

빨리 만나고 싶은 생각이 들어 빨리 만나서 엉덩이도 만져보고, 허벅지도 만져보고, 진한 키스도 하고 싶다. 우리 순희는 오빠의 이상형이라 더 기대돼. 우리 순희 골반은 넓은 편이야? 여자는 골반이 넓어야 옷을 입어도 예쁘더라고. 모두가 다 궁금투성이야. 그 정도로 관심이 많아서 그런 거야. 어제도 지금도 앞으로도 보고 싶어. 이쁜 순희야, 참 시간 빠르다. 다들 낮잠자네! 점심 먹고 졸릴 시간이야. 오빠도 잠깐 자고 일어나서 편지 이어서 써야겠다. 눈꺼풀이 무겁네! 조금만 자고 올게! 우리 순희를 팔베개 하고 자야겠다.

아, 잘 잤다. 너무 잤나?

잠깐 자려고 했는데. 이렇게 사진만 보니까 직접 얼굴이 보고 싶어져. 얼굴도 궁금하고 순희에 대해서 알고 싶은 게 참 많다. TV 화면에 계속 먹을 것만 나오고 그래서 배가 고파지고, 이런 게 징역이구나 싶고. 우리 순희는 지금 뭘 하고 있을까? 방 사람들이랑 아주 친해졌어? 싸우지 말고 사이좋게 지내고. 항상 아프지 말고 아프면 서러우니까.

오빠는 순희가 오빠 인생에 같은 시간을 보내고 있어서 너무 좋고 행복해. 항상 오빠랑 밝게 웃으며 좋은 이야기 나누자 오늘도 기쁜 하루이길 바라며. 서로 좋은 생각, 순희는 오빠 생각, 오빠는 순희 생각. 안녕!

여
....

지금 시간은 새벽. 자다가 깼는데 혼자인 게 갑자기 무서워져서 깨버렸어. 살짝 눈물도 날 뻔. 오빠가 오늘 오기로 했잖아. 어제 방에 왔는데. 방과 화장실 상태가 엉망인 거야. 다른 사람이 쓰던 방인데 청소를 한 번도 안 한 거 같더라고. 방이랑 화장실 청소를 한 시간 넘게 하고 기운 없어서 밥도 안 먹고, 씻고 공부 조금 하다 기절했는데 이 시간에 깨어버렸어. 어떻게 이렇게 더럽게 쓸 수가 있지? 다음 사람을 위해서도 방 떠나기 전에 청소해 놓는 게 예의 아니야? 아휴, 정말. 근데 지금 벌써 서너 시간째 말 한마디 안 하고 있는데 말하는 방법을 잊거나 하진 않겠지? 혹시나 해서 방금 소리를 내봤어.

오빠는 꿈나라를 헤매고 있겠네. 무슨 꿈을 꾸고 있을까? 어제 온 편지 보니 오빠 신변에도 많은 변화가 있던데, 주위 사람들과 헤어짐이 많을수록 우리도 집에 갈 날이 가까워오는 거야. 힘내요. 오빠 편지에 대한 답장은 오후에 할게. 새벽에 깨서 피곤하네.

　오빠. 내가 너무 피곤해. 피곤해도 오늘 밤을 혼자 오빠한테 진하게 좀 써볼까? 새벽에 끝내는 4시쯤 이불을 정리해 버리고 상 펴서 공부했어. 앞에 새벽에 쓴 글씨는 정말 큰데 이거는 또 작고, 난 글씨가 왜 이 모양인 거지? 오빠처럼 일관되지가 않아. 나 글씨 어릴 때는 참 잘 썼는데. 아이고. 오빠네 방 사람들이 떠났구나. 떠나는 사람들 보는 거 힘들지? 떠나도 편지해서 챙기고, 역시 내 오빠 최고야. 멋있어. 근데 정말 정작 오빠는 누가 챙겨? 근데 나이 많으신 분 챙긴다는 말에 너무 좋아. 아주 예쁜 마음이야. 사랑해!

　거기 교도소는 정말 힘든가 보네. 근데 어떤 이모는 처음에 있던 곳으로 돌아가고 싶다고 하더라고. 힘들어도 적응되면 괜찮고 사람들이 좋다고. 오빠 편지는 하루도 빠짐없이 잘 들어왔어요. 걱정 마시고 미안해하지 않아도 돼. 오빠하고 마주 보고 앉아서 술잔을 기울인다는 생각만으로도 미소가 지어지네. 오빠는 나한테 이런 사람이야. 생각과 존재만으로도 날 웃게 해주는, 날 이렇게까지 사랑에 빠지게 한 남자는 없었어. 오빠가 유일해.

　유치한 거까지 해보고 싶게 해주는 오빠, 내 거 맞지? 사랑해. 키스하고 싶어. 아주 사랑스럽게. 우리 사랑하는 마음을 갖고 키스하고 싶어. 보고 싶다. 만지고 싶다. 내 방에 오면 안 돼? 혼자 있어서 와도 되는데. 이따 다시 만나요.

엄청 힘들었어. 근데 재미있어. 친구랑 같이 일해서 그런가 봐. 신나고 재밌었어. 힘쓰는 일은 친구가 다해. 힘센 친구가. 근데 왜 다들 나보고 살 빠졌다 그러는지. 이제 진짜 듣기 싫은데. 너무 말랐다고 뼈다귀 같다고 하니까 기분 나빠. 운동도 열심히 하는데, 자기들이 뚱뚱한 거지 왜 나더러 말랐대. 오늘 오랜만에 만난 다른 층 언니들이 다 그러네.

스트레스 받아. 그 정도 아닌 거 같은데. 에잇. 우리 오빠 뭐하고 계실까? 우울해 있나? 아니지? 아, 그리고 저번에 언니 편지 왔는데 그분 편지가 없으시다고. 편지한다고는 하셨어? 신경은 안 써도 돼. 괜찮아. 편지하고 그러지 마. 오빠 귀찮아. 그냥 물어보는 거야. 나도 신경 쓰기 싫어. 너무 바쁘고 힘들어. 우리 서로에게만 집중하자. 알았지?

오빠는 질투심이 많은 편인가? 소유욕도 강하고? 질투심과 소유욕 때문에 이거까지 해봤다 뭐 이런 거 있어? 갑자기 궁금해서. 내가 사랑하는 남자가 우연히 만난 초등학교 때 여자 친구랑 말하는 것도 싫어.

오빠 회식하는데 옆에서 여자 목소리 나오는 것도 싫고, 오빠 주위에는 여자가 없어야 한다는 말이야. 알았지? 여자들 사진은 다 버렸어?

내가 다 버리라고 했었는데. 나중에 핸드폰에도 여자들 번호는 없어야 해. 바탕화면 사진도 내 사진으로, 카톡 상태 사진도 내 사진으로. 알지? 나도 그럴 거니까. 빨리 오빠 사진 내 카톡에 올리고 싶다. 내가 엄청 사랑하는 거 알지?

94 밤하늘

남

보고 싶은 오빠의 순희에게!

방 사람들이 모두 잠들고 나면 오빠는 살며시 일어나 창밖으로 보이는 또 다른 세상을 바라다보곤 했어! 까만 밤 하늘 위에 군데군데 떠 있는 여러 개의 별빛들! 우리를 향해 빛을 주는 별이라 생각해.

만약 오빠가 바라보는 별빛을 똑같은 시간에 순희도 그 별을 바라다본다면 오빠와 순희는 짜릿한 사랑 느낌을 받을 텐데. 오빠는 밤하늘의 별들을 바라다보며 지금 순희는 무슨 생각을 하고 있을까? 지금은 무엇을 하고 있을까? 여러 가지 생각들이 오빠를 혼란스럽게 하기도 해. 이러한 나날이 벌써 많이 지나가고 있지만.

사랑하는 순희! 오늘은 같은 방에 계시던 한 분이 면회를 갔다 왔어. 그분은 한 번도 면회를 안 오다가 처음으로 면회를 왔었는데, 연로하시던 어머님이 돌아가셨다는 거야. 나이도 많이 드셨는데 중풍을 앓고 계시다가 돌아가셨대. 그런데 이곳에 있는 아들을 보지도 못하시고 돌아가신 것이 큰 한이 되셨나 봐. 이분의 어머니가 눈도 감지 못하시고 돌아가셨다면서 후회도 많이 하시고, 두 볼을 타고 흘러내리는 눈물을 닦으려 하지도 않고 우시는 거야. 조금 후엔 그분을 다른 곳으로 데리고 갔지. 3일 동안 독방에서 돌아가신 분에 대해 깊이 생각하고 마음의 안정을 찾으라는 이유 때문이지. 이분이 강력범이 아니었다면 밖에 나갔다가 올 수도 있었을 텐데, 많은 것을 다시 한번 느끼게 해줘.

사랑하는 순희! 이것을 보면서 오빠는 얼마나 불효를 저지르며 지내왔는지 미치도록 후회되고, 하루빨리 이곳을 벗어나고 싶다는 생각이 들어. 죄짓고 후회한들 무슨 소용이 있겠어? 이제 얼마 남지 않은 이곳 생활의 남은 기간, 지난날들을 되새겨 보며 오빠의 잘못되었던 모든 것들을 이곳에 모두 묻어두고 이곳을 벗어나야겠어.

사랑하는 순희! 지금도 눈앞엔 사랑하는 순희의 사랑이 담겨 있는 내용이 가득한 곳을 바라다보고 있어. 순희가 보내 전해진 사연들. 처음부터 보내온 사연들을 읽으면서 하루를 보내곤 하지만, 읽으면 읽을수록 더욱이 보고 싶어지는 사랑하는 순희. 이제 우리의 재회하는 그날이 다가오고 있어. 조금만 참고 기다려 줘! 늘 사랑하는 오빠가.

여
....

오빠의 달달한 편지가 왔어요. 너무 좋은데, 우리 오빠 내 편지 보고 또 속상한 거 같아서 미안하네. 근데 미안하면서도 기분이 좋은 건 왜

지? 오빠가 날 진심으로 사랑한다는 걸 느꼈어. 결혼 대상으로 오빠가 아니라니, 이건 오해예요. 오해! 당연히 가능성은 있는 거고. 내가 좀 그렇지? 부정적인 게 아니라 걱정이 돼서 그래. 나의 걱정은 끊임없으니까. 난 죽을 때까지 오빠만 사랑할 거야. 이렇게 사랑하다가 밖에서 정말로 헤어지기는 싫고, 예쁜 서로를 닮은 아이를 갖고 싶을 때 결혼하자. 그냥 결혼이란 게 나한테는 욕심이 아닐까 하는 생각도 들고, 암튼 생각이 많아서 그래요. 오빠~, 당신뿐이고 당신뿐일 거예요. 난 이미 오빠 거니 마음대로 하세요. 무슨 말인지 알지? 오빠가 하는 대로 할 거야. 오빠만 따르기로 했잖아. 사랑해. 쪽. ♥ 오빠가 나로 인해 행복하다고 해주니 참 좋아. 나도 그래. 알지?

거기는 정말 안 되겠네. 방에서 입김이 나온다고? 헐. 말도 안 돼. 왜 보일러가 고장 났으면 고쳐줘야 하는 거 아냐? 따뜻한 다른 방으로 옮겨주든가 왜 하필 오빠 방에 있는 보일러만 고장이 나. 오빠, 내복 안 입는 건 내가 이해하는데, 나도 그러니까. 그렇다고 다른 사람들까지 못 입게 하면 어째. 추우면 입게 해줘야지.

어머나! 내가 꿈에 나와서 몽정? 왜 쪽팔려? 난 좋은데? 오빠 꿈속에 자주 찾아가야겠다. 오빠 옆에 살짝 누워서 오빠 품에 파고 들어가야겠다. 오빠 팬티 안에 손 넣고 엉덩이를 조물조물. 여기까지!ㅋㅋ 나중에 오빠 칭찬해 주고 싶은 마음, 몸으로 해줄게. 기대하고 있어요. 내 사랑. ♥ 나 욕구불만 맞는 거 같아. 촉촉이 젖게 해주세요.^^ 여자도 몽정을 하나? 안 할걸? 오빠가 내 이쁜이 찐하게 먹어준다는 말에 또 찌릿! 좋은데? 히힛. 예전에, 생각도 안 나. 난 사정은 안 했던 거 같아. 몸이 떨리고 그러긴 했는데, 난 자극하는 것보다 마주 보고 키스하면서 하는 게 좋아. 오빠랑만 할 거야. 오빠 마음대로 다하기!

　당연히 오빠가 보고 싶어서 꿈에서라도 만나고 싶은 거지. 만난 김에 야한 것도.^^ 우리 오빠, 욕구불만 해소를 어떻게 해주지? 어떻게 해줄까? 글로 쓰는 건 더 힘든 거 아니야? 오빠가 원하는 대로 다 해줄게. 말씀만 하세요. 우리 오빠 머리도 내 스타일이구나.^ 더 사랑하게 됐어. 나도 사랑해. 나도 뜨겁고 격하게 사랑해 줄게.

　욕조에서 오빠 몸에 비누칠 해서 막 만져야겠다. 해보고 싶었어. 오빠, 나 정말 이런 대화 조치도 단 한 번도 해본 적이 없어. 처음에 자기하고 이런 이야기할 때도 부끄럽고 이상했거든. 근데 지금은 좋기만 해. 아직 아무렇지 않은 정도는 아닌데, 마냥 좋기만 해. 오늘 내가 아이 몇 명 갖고 싶냐고 묻는 편지 보냈는데, 오늘 온 주말 편지에 1~2명이라고 되어 있네.^^ 나도 오빠랑 오래오래 함께 성생활 하고 싶어. 내 나이 80살까지. 가능하겠어?ㅋㅋ

　나도 취했을 때는 연애하는 거 싫어. 술 마실 때는 술만! 연애는 맨정신에! 오빠가 나를 결혼하고 싶은 정도로 좋아하고 사랑한다는 말에 너무 감동받았어. 오빠 마음이 너무 좋다. 오빠 마음에 항상 불안하고 걱정만 있던 내 마음에 조금씩 밝은 빛이 들어오고 있어. 오빠야말로 지금 힘들고 지친 나에게 꼭 필요한 사람이라니까. 요즘 많이 힘들어서. 힘들면 얘기해. 알았지?

95 행복이 넝쿨째

남____

안녕!

요즘 오빠는 눈을 감고 순희와 사랑을 담으며 짜릿함으로 순희의 온몸을 다듬어 간다. 오빠 냄새는 두 번째 편지 사이에 넣었어. ^^ 팬티를 넣긴 했는데 괜찮을까 몰라. 이상하게 이번에는 더 엉망진창이야. ㅋㅋ 너무 두꺼워서 겉면도 때고 넣기는 했어. 오빠 거 묻히기는 했는데 오늘따라 자극도 안 되고 이상 하더라고. 보기에는 티가 안나도 만지면 굳은 느낌이 드는 그곳이 거기야. ㅋㅋ 아. 좀 창피하네. 오빠 여기 동생이 뭐 좀 가르쳐달라 해서 편지 길게는 못 쓰고~^^ 이해 바라. 순희 생각만 엄청 하며 지냈어. 알지? 빨리 내일이 와서 순희 편지 받고 싶어. 사랑해, 사랑해. 오빠보다 더 순희를 사랑해. 평생, 죽을 때까지 놔주지 않을 거야. 우린 보이지 않는 끈으로 연결된 연인이라고 생각하자.

늘 좋은 날이었음 하는 기대감으로 시작된 하루였는데, 무의미하고 실없는 느낌이 되어버린 하루였어.

오늘은 서울에서 위문 공연이 왔었어. '한빛 공연단'이라 하는데 모두 '시각장애인'으로 구성된 음악 공연단이야. '오케스트라' 노래, 악기로 연주하며 두 시간 가까이 공연을 하고 갔어. 이들이 연주를 하기까지 얼마나 힘이 들었을까? 많은 연주곡과 악기 코드 하나하나를 외워야 하고 기억에 담아 두어야 하는데, 모두 완벽하게 완성된 음악을 들으며 그 감동을 읽게 되었어! 이들을 통해 "앞도 못 보는 우리도 이렇게 노력하여 연주하는데 사지가 말짱한 너희는 무엇인들 못하겠냐!" 하는 거 같아 부끄럽다는 생각을 하게 되었어!

나의 사랑 순희! 시간의 흐름 속에서 참으로 많은 것을 깨닫게 되고 잘못된 모든 것들을 뒤돌아보게 하는 거 같아. 어쩌면 우리가 함께하는 길에 디딤돌이 되기 위한 기초 공사를 하는 것만 같아서 힘이 나기도 해. 우리도 이곳에 있는 동안 열심히 주어진 일에 최선을 다하며 미래를 위해 사랑 공사를 시작해야 하지 않을까 생각해. 오늘도 순희의 마음에 행복이 넝쿨째 들어가길.

여
....

귀엽고 멋진 오빠 안녕? 운동하고 나면 몸이 풀리는 거 같아서 아주 좋아요. 오빠는 요즘 운동해? 날씨가 오늘 너무 춥더라. 날씨가 추워질수록 난 오빠가 걱정돼. 방 추울 텐데. 얼마나 추울까. 내가 좀 안아줘야 하는데, 나중에 내 품에 꼭 안아줄게. 조금만 참고 기다려. 사랑해. ♥

오빠 편지 보니 어머니 봤구나. 걱정되셔서 오셨나 보다. 잘했네. 오랜만에 어머니 손잡으니 좋았지? 뽀뽀도 해드리지.^^ 건강하시지? 더 잘하며 살자. 오빠가 말하는 거 난 전혀 모르겠는데, 좋은 뜻인 거 같긴 한데 말이지. 궁금해요. 말해줘!

그나저나 수요일까지 공사한다고 아주 짜증 나 죽겠어. 오늘 우리 층 공사했는데 내일은 2층, 모레는 1층. 2층 공사할 때 우리 층 방에 와있는데. 어떻게 남의 방에 모르는 사람들을 와있게 하는 건지? 상식이 없는 사람들이야. 독방에는 안 들어오겠지만, 웃기지 않아? 예산이 많이 남았나? 게다가 우린 직, 훈생들인데, 해도 위탁 사람들이 해야지. 여기가 본 소인 사람들이 말이야. 응. 주말에 이것저것 많이 먹었는데 오늘 몸무게 재니 그대로야. 잘 먹고 있으니 더 이상은 빠지지 않을 거야. 늙어서 고생해야 될 일 우리 서로 없을 거야. 그리고 내가 아프면 오빠가 끝까지 지켜주겠지. 그치? 지켜준다고 약속했으니까.^^

독방에 오면 야해질 줄 알았는데 넘 힘드니까 잠자기 바쁘네. 알았어요. 다신 속상하게 하는 말 안 할게. 진짜 안 그럴게. 여기에는 남지 않기로 한 거 편지에 썼으니까 알고 있지? 여기 직원들 싫어. 그날 나 운날. 이미 오만 정 다 떨어졌고, 아빠가 잘 안됐다고 하셨을 때 오히려 잘됐다 싶었어. 그래서 처음부터 있던 곳으로 가는 거 괜찮아. 오빠 말대로 우리 다투지 말고 사랑만 하며 지내자. 내 마음 안다니 다행이야. 나도 오빠 마음 다 알아. 오빠가 있기에 지금 나도 있는 거야. 우리 힘내서 앞으로의 시간도 함께 잘 견디며 지내자. 사랑해요. 공사한다고 무슨 교육실 같은 곳에 왔는데 텅 비었어. 오전에는 편지만.

날씨가 다시 더워진 거 같고 그러네. 내일부터는 정말 춥다니까 오빠도 감기 조심해요. 독방 간다고 좋아한 게 엊그제 같은데, 시간 정말 빠른 거 같아. 오빠 만나고 시간이 더 빨리 가는 거 같아. 오빠와의 시간이 너무 행복해서 그런가 봐.

진짜 난 왜 이렇게 감정 기복이 심할까? 기분 좋은 때는 한없이 좋고, 나쁠 때는 누가 옆에서 어떤 달콤한 말을 해도 안 좋아. 구치소에 있을 때는 하루 종일 말 한마디 안 하고도 있었어. 그때는 친구가 옆에서 "오늘 말하기 싫어?" "말하고 싶을 때 말해." 이랬었어. 지금은 정말 많이 좋아진 거야. 이 정도의 기복은 없거든. 밖에 있을 때나 구치소에 있을 때 사람들이 나 때문에 많이 불편했겠다 싶어. 효숙이가 기분 안 좋으면 며칠을 말 안 하고 있잖아. 이게 참 불편한 일이더라고. 예전에는 성질도 많이 부렸는데. 나중에 오빠 만나면 성질부리고 할 수도 있어.

빨리 시간이 갔으면 좋겠어. 뭐가 됐든 자기 빨리 만났으면 좋겠다는 결론이야. 울 아빠 생각났어. 아빠가 대부분 다 좋아하셔. 울 아빠는 옷도 좋아하셔. 신발도. 엄마는 꽃! 울 엄마는 꽃 종류에 상관없이 모든 꽃을 좋아해. 지금도 내 기억에는 퇴근할 때 꽃을 잔뜩 사 오셔서 집에서 꽃꽂이하시던 게 생각나. 화분 키우는 것도 좋아하셔. 지금은 안 하고. 오빠 참고하세요.

오빠 부모님은 뭐 좋아하셔? 나도 알고 있어야지. 근데 요즘 오빠, 정말 어른 같아. 원래 어른인데. 내가 철이 없는 거니 오빠가 많이 도와줘야 해.^^ 나 삐뚤어지지 않게 말이야. 알았지? 내 사랑. 오빠가 나보다 두 살밖에 많지 않은데 훨씬 어른스러워. 희한하네. 왜 그렇지? 자꾸 나혼내서 그런가? 근데 오빠가 그랬잖아. "좋은, 괜찮은 사람 만난 거 같다."라고. 내가 정말 괜찮은 사람이야? 기분 좋았어. 왜? 어떤 점이? 어떤 부분이? 오빠가 예전에 말 한대로 엘리트? 뭐 이런 거 빼고 말이야. 내가 똑똑한 건 인정! 이거 빼고 다른 것들. 이유가 뭔데?

난 사실 처음에는 신기하기도 하고 호기심 같은 것도 있고 했는데, 오빠하고 대화하고 내가 지금까지 만나온 그 어떤 남자들보다 남자답고 나 밖에 모르는, 게다가 입술도 귀엽고, 웃는 모습도 귀여운 내 남자가 점점 사랑스러워졌고, 그래서 깊게 사랑하게 됐어.

내가 쓸데 없는 말을 가끔 하는 것도 왠지 이런 말들도 웃으며 잘 받아줄 거 같고, "아무 일도 아니다. 내가 지켜줄게!" 이렇게 말할 거 같아서 하는 거 같아. 역시 오빠는 날 위한 말을 해줬고, 의지가 되고 믿음이 가. 사랑한다고요. ♥ 오빠도 나 많이 사랑해 줘요.

운동하러 간대. 오늘은 오전에 운동하고 점심때도 구매 있고. 여기서 편지 마무리할게. 오늘 오빠의 주말 편지 오는 날이라 행복해.

96 커진 사랑

남____

울 순희 편지 잘 받았다. 아주 좋았어.

언제 보아도 우리 순희 편지는 반갑기만 해. 그래 언니들이 편지 자주 보내는 게 좋대? 의무적으로 쓰는 것보다는 순희 마음 가는 대로 쓰는 게 좋아. 오빠한테 쓰고 싶으면 쓰는 거고. 오빠야 자주 써주면 좋지! 요즘 우리 순희 편지 기다리는 낙에 사는데, 벌써 아홉 시 반이 지나가고 있어. 다는 못쓰더라도 어느 정도까지는 쓰다 잘 거야.

참, 같은 방 언니 좀 변태 같다. 가슴은 왜 만진대? 하긴 남자들끼리도 막 만지고 하는데, 그렇게 생각하면 이상한 건 아닌데. 그래도 우리 순희, 아무나 가슴 만지게 하면 안 돼. 이곳 징역에 있다 보니 별의별 사람들이 너무 많은 거 같아. 자신을 돌보지 않으면 안 된다는 걸 알아야해. 열심히 바쁘게 살다 보면 시간 금방 지나갈 거라 생각해.

오빠도 여기 처음 왔을 때 다른 곳으로 옮겨 달라 하려다가, 이곳에서 계속 지내다 보니 정도 들고 익숙한 탓인지 그냥 이곳에 있는 게 낫겠다 싶더라고. 순희가 오빠 옆에 있으면 고생했다고 안아줄 텐데. 순희, 오빠 옆으로 빨리 오고 싶다고? 듣기는 참 좋은데. 우리가 안 지 얼마 안 되어서 진심으로는 안 느껴지지만.

만약 끝까지 순희가 오빠랑 함께 간다면 얼마나 좋을까? 우리 둘 밖에 나가서 실제 연인이 된다면 정말 신기하겠다. 실제 징역에서 펜팔 하다 만나 잘 된 사람도 많다 하더라고. 순희 말대로 우리 나가서도 만나보고, 서로 맘이 같으면 좋은 인연이 되어 행복을 꿈꾸며 살아갔으면 정말 좋겠다. 고민이라는 게 하라고 있는 거고, 미리미리 계획도 짜두고, 자기 자신만의 뚜렷한 목표가 있어야 한다고 생각해.

오빠 말이 맞지? 더 나이 먹기 전에 하고 싶은 거 꼭 이루며 살길 바라자. 앞으로는 오빠도 최대한 편지 자주 하도록 노력할게! 오빠가 먼저 나가니까, 나가서 순희 면회도 다니고 편지도 쓰면서 기다릴게! 이렇게 기다려주면 순희도 좋아하겠지? 요즘은 온종일 오빠의 사진만 바라보며 지낸다고 하니 오빠의 마음은 얼마나 좋은지 모른단다. 이제는 순희한테서 사랑한다는 말도 듣고 행복이라는 것이 이런 거구나, 절실히 깨달으며 보낼 수 있을 거야. 이런 느낌 깨지지 않도록 매일매일 순희의 진심이 자꾸 다가왔으면 좋겠다.

이젠 가면 갈수록 춥다. 오늘은 눈이 많이 내려서 눈 내리는 모습을 보니 얼마나 그리운 사람들이 떠오르던지. 이런 함박눈을 사랑하는 순희와 함께 맞을 수 있다면 너무 좋기만 할 텐데. 시간의 틈 바퀴는 흘러 흘러 한 해 한 해 넘어서 가고, 순희의 편지를 읽고 쓰다 보니 어느 순간 이렇게 눈이 내리고, 이 눈이 내리고 내려 녹다 보면 지긋한 이곳의 끝이 보일 텐데, 그때쯤이면 순희의 모습을 볼 수 있겠지? 이렇게 서로 의지하며 편지를 한 통 두 통 주고받다 보면 그날은 좀 더 빠르게 다가오리라 믿어. 그동안 서로의 마음에는 커다란 이변이 일어나 있을 거고. 진짜 한 번뿐인 우리들의 인생 멋지게 살며 멋지게 사랑하며 살고 싶은 생각 간절해. 이렇게 펜팔 하며 만날 땐 정말 황홀하겠지? 그땐 진하게 뽀뽀해야겠지! 진짜 이곳에 갇혀서 남자구실도 못 하고 빨리 제자리로 돌아가고 싶은 생각이 든다. 이렇게 서로를 그리며 힘내도록 하자.

어디든 아프지 말고, 늘 오빠 생각, 오빤 순희 생각.

여
....

나 오늘 컨디션이 별로야. 나이 드니까 예쁘단 말이 더 좋은 거 같아. 그러니까 나 예쁘다고 많이 해줘요. 잘생긴 내 사랑. ♥ 이제 이것저것 안정도 찾고 했으니 오빠한테 더 집중할게. 당연한 말씀을! 나도 오빠하고 같이 목욕하고 싶어. 난 오빠 생각만 잔뜩 하고 있지. 오빠하고 함께할 날만 기다리며. 진짜 내 남편 되는 방법? 결혼하면 남편이 되는 거지.^^ 지금 오빠는 내 남편이잖아. 오빠 지금은 컨디션이 좀 어떨까? 주말 동안 회복이 좀 됐을까? 괜찮지? 나 걱정 안 해도 되는 거지? 아프지 마. 알았지? 난 정말 살 빠지는 병에 걸렸나 봐. 나 정말 잘 먹고 있거든. 살이 왜 이렇게 빠지는 거지? 도대체 왜? 나 이러다 죽는 거 아닐까? 정말 많이 먹고 있는데 이상해. 아무래도 병에 걸린 게 틀림없어. 예전에는 살이 안 빠져서 걱정이더니 이제 자꾸 빠져서 걱정이네. 에휴.

살 좀 찌워야지.

본소로 갈 때까지 찌울 거야. 내 사랑 오빠. 오늘은 일찍 자려고. 매일 일찍 잤지만, 오늘은 좀 더 마음 편하게. 빨리 나 수고했다고 사랑 가득 담은 편지 보내주기 바라며. 오늘도 엄청나게 사랑했어. 내일은 더 많이 사랑해 줄게.

잠을 잘 못 잤어. 잠은 빨리 들었는데 새벽에 통증 땜에 계속 깼어. 배가 너무 아파. 지금도 아파. 오빠가 빨리 "배야! 배야! 아프지 마라." 해줘야 할 거 같아. 빨리 와요. 오늘 아침에 나가니 너무 춥더라. 근데 낮부터는 기온이 좀 오른대. 점심에 할 일 많은데 생리통 땜에 아무것도 하기가 싫어지네. 오빠가 와서 좀 도와줘요. 오빠 컨디션은 좀 어떤지? 우리 오빠 아주 아기 같아. 내가 보살펴줘야겠어. 내 품에 쏙 안고 다녀야지. 좋지? 나는 곧 본소로 돌아가니까. 또 새로운 상황이 펼쳐지는 거니 이래저래 불안하고 그래. 오빠가 있어서 버티는 거고, 오빠가 함께라서 덜 걱정되고 용기가 나는 거야. 오빠는 나한테 이런 존재야. 사랑해. 나 점심 일하러 가요. 이따 다시 만나자.

나 오늘 뭐 했게요? 사동 복도 청소 다 하고, 하는 김에 담당실까지 대청소했어. 진짜 힘들어. 물론 힘든 일은 친구가 많이 했지. 난 정말 힘이 약해서 못하는 게 많은데 친구가 해줘서 수월한 부분이 많아. 우리의 기다림은 이곳에서의 기다림만으로 충분하니까. 오늘도 우리 오빠 많이 사랑했어요. 내일도 모레도 변치 않고 점점 더 커진 사랑만 보낼게. 추운데 몸 관리 잘하고 내가 직접 오빠 손잡아 주지 못해 미안해. 속상하고 그래. 내가 언제나 함께할 거니까. 알았지?

97 그리움의 무게

남____

　가슴속 깊이 아련하게 피어나는 그리움 때문에,

　그 무게가 너무 버겁게 다가오는 밤. 가슴 뜨거운 그대의 사랑이 절절한 그리움으로 짙어져 가는데 오빠는 혼자서 쓸쓸히 이 밤을 보내고 있어. 그리운 이름 하나, '순희' 가슴에 울고 사는 남자. 그리움에 그대의 이름만 되뇌고 있어. 간절한 그리움 끝에 순희가 오겠지! 우리의 사랑은 지금의 우울함과 수많은 날의 그리움을 삼키며 더 가슴 아프게 지내는 날들을 보내고,

　흘리는 눈물에 하나의 강이 되어 사랑의 흔적으로 남기며 얼마의 세월이 흘러야 우리의 사랑에 꽃이 될지? 가슴을 에워내는 때로는 몸살과 같은 오한이 오는 사람. 상처 없는 사랑은 없겠지만 순희가 그리운 날, 아! 미치게 그리운 날은 계속되는데. 숨 가쁘게 달려온 바람. 내가 그대의 짐이 될지도 모르는데. 그대의 사랑에 감동해서 눈물을 흘리고 순희가 그리워서 울고, 순희에게 안 가려 했던 내 마음 무너져 버려. 순희에

게 다 가버렸는데. 설렘 가득 담고, 그리움 가득 담아 가슴에 타오르는 불 가득 담아서 순희에게 달려가고 싶어. 그리운 사람, 순희가 나를 사랑하는 마음이 느껴져서 오빠는 좋아. 사랑하는 나의 사람이니까.

가끔 순희의 편지를 보면서 느낀 거지만 여자들만의 고통이라 해야 하나 한 달에 한 번 찾아오는 예민함이 이곳에서는 더 신경도 날카롭고 그럴 거야. 하지만 언제나 순희의 옆에는 오빠가 있으니 오빠의 어깨에 기대면 돼. 내가 지금 순희를 얼마나 사랑하고 있는지 알아? 순희와 만남, 우리의 인연, 얼마나 소중하게 생각하는지 알아? 순희와의 첫 만남을 기대하고 상상하고, 순희와의 밖에서 첫 만남을 그리며….

너무도 그립기에, 너무도 보고 싶기에, 사랑이 시작됐기에 우리의 첫 만남을 가슴 뛰며 상상을 해. 아름다운 우리의 만남을, 순희 보고 싶어 숯덩이가 되어버린 내 가슴을 순희가 빨갛게 타오르게 해줘. 순희야! 사랑하고픈 사람아! 감정이 흐르는 대로 내버려 두는 게 사랑의 시작이야. 난 그러고 있는데 지금.ㅎㅎ

인내와 참음도 겸비하고 있지만 변함없는 믿음, 순희를 향한 믿음, 이 마음 계속된다는 믿음으로 순희를 기다릴 거야! 하하! 왜 이렇게 가슴이 뛰는지? 순희가 사랑해 주니까 그런가 봐. 그대가 어떻게 해주는 것에 따라 내 마음은 두근두근. 이런 나 정말 빨리 보여주고 싶은데.

희아! 순희야! 순희가 오빠에게 주는 많은 사랑처럼 나도 순희에게 많은 사랑, 오빠의 모든 거 다 줄 거야. 아픔도 있겠지. 내 몫이라면 감수해야겠지. 두렵지만. 순희 보고 싶음에 너무 그립다. 지금 순희를 만나지 못하는 게 너무 가슴 아파, 정말 이 간절함. 이 기다림 끝에 당신이 오겠지. 새삼 느껴지는 애틋한 사랑. 순희와의 은밀한 말들 나눠 가질 나날이 어떤 흔적으로 내 안에 남을지. 이제 순희도 나를 떠날 수 없다고. 사랑하기 때문에. 순희야. 난 순희의 처음 편지에 솔직하게 느껴지고, 담백한 순희의 마음에 끌렸어! 그 마음 퇴색하게 하지 않기를.

"이보시오. 뿐이요. 못했소. 좋소…." 내가 보기에 순희에겐 어울리지 않는 화법이야. 그냥 편하게 예전, 처음처럼 이야길 했으면 좋겠어, 내가 처음 순희에게 반했던 말투. 순희의 얼굴. 이 나이에 우리 외모가 중요할까? 20대도 아니고. 순희, 외모는 중요치 않고, 스며들 수 있는 마음이 중요한 거지. 내 마지막 사랑이 궁금해.

순희가 내 첫사랑이고, 내 마지막 사랑이라 했잖아. 난 늘 순희에게 내 마음을 꾸밈없이 전하고픈 마음뿐이야! 순희, 사랑한다. 보고 싶다. 너를 만나 행복하다. 순희 만나 사랑을 알고, 네 덕분에 설레는 맘이 생겨서 정말 좋다. 이런 글 아주 좋아, 오빠는…. 윗글처럼 그대의 맘 꾸미지 말고 그냥 표현해 줘. 순희, 아! 그대 향한 목마름, 그리움, 애절한 마음. 환한 미소 속에 순희를 내 마음에 담을게.

오늘도 수고 많았어. 날이 상당히 추워졌어! 옷 따뜻하게 입고 내복도 꼭 입고, 운동이나 외출 시엔 마스크에 장갑 꼭 착용하고. 이제 너를 향한 꿈속으로 들어가 볼게! 그대에게 가서 내 품에 그대 안을 테니….

여

．．．．．．．．．．．．．

밤새 비가 내렸어. 쉬지도 않고 내렸던 거 같아. 비가 오니 잠은 더 잘 잤고. 겨울인데 비가 장마철처럼 오고 있어. 여기는 한이 많은 사람들이 많아서 비가 많이 온다더니 맞는 말인가 봐. 하늘에 구멍이 뚫려버렸어. 하루 편지 안 받았을 뿐인데 왜 이리 허전한지, 오늘은 굉장히 바쁜 날이야. 빨리 집에 가고 싶어. 아빠, 엄마가 너무 보고 싶어.

비가 오니 더 생각나고 그래. 슬프고. 나 좀 내보내 줘! 하지만 오늘도 그냥 열심히 살아야 한다는 거, 내 상황에서 최선을 다하며 힘냅시다. 어제 편지 썼어야 했는데 저녁에 편지 못 썼네. 왜 못 썼지? 왜 이렇게 요즘 정신이 없는지 몰라. 내 정신이 아닌 상태로 사는 거 같아. 다들 나랑 비슷한 생각으로 살고 있겠지? 나만 이런 거 아니겠지?

오늘은 엄청 추운 거 같아. 비가 오고 엄청 더 추워진 듯, 감기 조심해야 할 거 같아.

여기에 유림 언니라는 사람 있는데? 반장하고 싶어서 난리 쳤거든. 반장이 안 됐는데도 계속 나대는데 보기 싫어 죽겠어. 신경을 안 쓰는데 보기가 싫어. 큰 소리로 말하고 사람들한테 이거 해라, 이거 하지 마라 이러고. 어제는 자기가 뭔데 앉아서 방 사람들 화장실 들어가는 것까지 정해주더라고, 저 이모 나오면 누구 들어가요. 이렇게. 이건 나쁜 거 아니야? 나만 이렇게 짜증 나는 건가. 거기 여자들은 왜 이렇게 목소리 커? 점점 비호감이 돼가고 있어. 그리고 여기 공장 언니가 나 잘 챙겨주는데, 이 언니한테 이유 없이 짜증을 내고 이렇게 짜증 부리면 안 되는데. 나 못됐나 봐.

요즘은 사람들 짜증 나는 게 조금씩 보일 때인 거 같아. 한 달 지나고 두 달 지나면 조금씩 나아지겠지. 맞추며 살아야지. 이곳에 있는 시간이 너무 길다. 처음에는 길다고 생각 안 했는데 정신이 없다 보니 금방 가던데. 지금은 이곳 생활에 종점에

다가오고 있다고 여겨서인지 하루하루가 지겨워지는 같아. 재미도 없는 거 같고, 막막하기만 해. 오늘 아침부터 다시 목이 칼칼해지고 기운도 없네. 내가 빨리 마음을 잡아야지. 행복하다고 생각해야지. 지금 나만큼 행복한 사람도 없다고 생각해야지. 오빠가 지금 내 옆에 있다면 더 바랄 게 없겠지만, 우리 조금만 떨어져 있는 거니까 조금만 참자. 나도 아침부터 밤까지 오빠 생각 많이 해.

98 항상 웃음이 가득하길

남

역시 순희의 편지에는 정성이 한가득이야. 기분 너무 아주 좋았어. 요즘 세상에 혼자만 남겨진 거 같고 외롭고 그래. 울 순희가 오빠에게 힘 좀 많이 줬으면 좋겠어! 순희의 사랑이면 잘 이겨낼 수 있을 거야.

이 편지를 쓰는 지금 내 옆에 있는 같이 지내던 분이 가석방으로 내일 나가셔. 정말 부럽다. 편하게 이 사람이 나가야 내가 나갈 날도 다가오겠다고 생각해야지. 우리 남 부러워하지 말고. 하루하루 보람차게 보내며 우리 나갈 날만 손꼽아 기다리며 기약하자!

그 언니가 건달이야? 죄책감 없이 사는 사람들 많다고 하던데 그중 한 사람이 그곳에 있었구나. 그런 사람은 빨리 다른 곳으로 보내야 해. 오늘 친구랑 3분간 전화했는데, 3분 너무 짧아. 목소리 듣는 거로 만족해야지. 언제쯤이면 우리 순희 목소리 들을 수 있을까? 둘 중 하나가 나가야지 가능하겠지? 오빠 나갈 날은 아직 멀었지만, 나가면 오빠 번호로 전화도 하고, 오빠가 접견도 가고, 편지도 자주 쓰고, 순희 나올 때까지 기다리고 있을게. 나와서 돌변하는 거 아냐? 오늘 받은 우리 순희 편지 보면서 답장 쓰기 시작! 오빠한테는 늘 진심이야? 믿어도 되나요? 우리 서로 가식 말고 진심과 또 마음을 다하자. 주위에서 누가 뭐라고 하든 거기에 휩쓸리지 말고. 우리 마음 가는 그대로 이쁜 사랑 하자고. 오빠는 생각만 해도 행복하다. 징역 때 다 벗기고 멋지게 하고 진짜 갈게. 오빠는 내뱉은 말 무조건 지켜. 약속할게. 그러니까 다른 남자랑 문어발 펜팔 한 생각 집어치우고, 지조 있게 오빠랑만 편지하자!

오빠도 물론 그러고 있고. 순희뿐. 울 순희는 기분 급다운이구나! 왜 무슨 일이 있었던 거야? 시원하게 오빠한테 털어놔. 오빤 네 편이니까! 두 사람으로 인해 사생활이 순희 모르는 새에 까발려진다고? 자세한 내용은 모르지만, 화난다고 바로 표출시키는 건 잘못된 거지. 그 '화'에 대해서 그 당사자와 진지하게 이야기해서 자기 견해를 밝혔으면 좋겠어. 마냥 참기만 하고 웃고 넘기면 상대방이 잘못한 것도 모르고 또 그러거든. 우리 순희 화난다니까 오빠도 화가 나.

오빠가 옆에 있었으면 무조건 순희 편들어주고 혼내줬을 텐데. 오빠 마음 알지? 이 더러운 징역 잘 헤쳐나가야 해. 늘 오빠가 옆에 있다고 생각하고 그 동생의 무시하는 발언, 잘못됐어. 못 배운 사람이 그러는 거야. 여기 징역이 갖가지 별의별 사람들 집합소라, 특이한 사람 많아. 그런 거에 욱하지 말고, 잘못된 건 지적하고, 아니면 속으로 '네 수준이 그렇구나.' 하고 비웃어도 돼.

힘내고, 우리 순희. 오빠는 늘 순희가 좋은 일만 있고 항상 웃었으면 좋겠어.

오빠는 순희가 말한 거 한 번도 해본 적도 없고, 말만 들은 거라서 진짜 해보고 싶어. 섹스할 때도 좋대. 연인끼리 같이하는 걸 추천한다네. 둘 중 하나만 하는 거 말고. 꼭 같이하자! 오빠랑 하는 그거 상상해? 오호! 야하다. 오빠도 부끄러워. 실은 오빠도 순희랑 하는 거 많이 상상해. 나중에 좋은 날 있겠지! 오빠가 그동안 하고 싶었던 거 다 풀어줄게. 꼭! 약속. 그 말이 더 귀엽다.

친구분은 펜팔. 타소(다른 교도소)에 있는 사람 소개해 줬어. 동부소에 같이 지내던 동생인데 사람 참 괜찮고 인간적이고, 얼굴도 잘생겼고, 잘해보라고 전해줘. 그리고 순희 언니분은 잘 아는 형으로 소개해드렸는데 편지 조만간 갈 거야. 우리 방에도 같이 지내는 형이 착한 언니로 한 분 소개해 달래. 부탁해. 오빠한테 미안할 거 없어.

주위에서 소개해 달라는데, 우리는 수번 이름만 알려주면 되는 거고, 잘 되는 건 자기네들이 알아서 할 일이고, 우리만 잘하면 돼. 오케이 오빠한테 몰빵하세요. 기다릴게! 오빠도 순희한테 한 약속들 다 기억하고 지킬게. 방에 몸부림 심한 사람이 있어? 욱! 다른 사람 피해는 안 줘야지. 매사에 긴장하고 자면 되는데, 아니면 묶어놓고 자든가. 잠버릇 고쳐야지. 순희 푹 자야 하는데 어째? 오빠 옆에서 편하게 자는 날 오길…. 꼬옥 안고 편하게 자자.

남사(남자가 있는 사동)에서 여사(여자가 있는 사동)로 뭘 고치러 온다는 거 보니까 '영선(문 고장, 창문 고장 수리)'인가 보네. 여기는 영선, 할아버지들밖에 없는데. 뭐 젊은 사람 있으면 여사에서 인기는 좋겠네. 서로 보려고 하는 거 보니 다들 많이 굶주린 거 같네. 우리 순희는 오빠두고 그러지 마요.

결국, 머리는 다시는 안 자르는 거로? 잘 생각했어. 오빠가 긴 머리 취향이라 단발머리나 보이시 스타일 질색이야. 마른 거 질색. 오빠는 누가 펜팔 편지 보여 달라고 하면 안 보여주는데. 우리 둘만의 공간이니까. 남에게 보여주는 거 싫어. 야한 이야기도 있고, 우리 둘만 알았으면 해! 틈틈이 오빠랑 하고 싶은 거, 가고 싶은 곳 다 써놔. 나가서 하나씩 지우면서 추억 쌓게. 상상만 해도 행복해진다. 오빠 옆에 꼬옥 붙어 있기!

함께 지내는 언니가 추가를 떠서 1년이나 더 받았다고? 여기도 추가 뜨는 사람 자주 있는 일이야. 이런 사람들 보면 아주 딱하더라. 그 언니 많이 위로해드려. 그리고 2심 재판 전이면 최악을 생각해두고, 마음 내려놓고 있으라 하고. 많이 힘들겠다. 그렇다고 순희까지 울었어? 어이구. 오빠 옆에서만 울어. 알았지? 그리고 요즘은 추가 떠도 가석방, 감형 있어. 걱정하지 말라고 해. 예전에는 없었다던데 요즘은 추가 뜬 사람들 가석방 잘만 받더라고. 우리 순희도 가석방 많이 받아서 빨리 출소했으면 좋겠다. 순희 출소할 때 가족 말고 오빠가 두부 사서 가도 된단 말이지? 진짜로?

오빠가 무조건 갈게. 이것도 약속! 빨리 마냥 행복해서 웃고만 싶다. 오빠도 우리 순희 많이 생각하고, 많이 좋아하고. 사랑해! 늘 변하지 않는 한결같은 오빠가 될게. 약속!

99 마음

남

우리 순희 마음이 넓다. 오빠와 생각의 차이가 있지만, 오빠는 솔직히 말하라는 말 때문에 그런 거야. 아무튼, 순희 말 무슨 뜻인지 알았어. 순희한테 그런 깊은 사연이 있었네. 과거를 지웠다니 오빠도 더 이상 과거를 묻지 않을게.

이쁜이 말대로 미래를 잘 설계하자. 네 편지를 받고 정말 놀랐어. 웬만한 남자도 갖지 못하는 넓은 마음과 포부가 느껴져서. 오빠는 앞서 말했듯 그냥 몸뚱이만 사교적으로 지내고 마음은 독고다이야.

여기에서 관계, 깊게 생각하고 싶지 않아. 순희가 어려서부터 안정적이고 평온한 가정의 울타리에서 자라서 정말 다행이구나. 옆에 있었으면 아~, 이뻐서 뽀뽀라도 해줄 텐데. 오빠보단 낫다.

오빠는 다른 거보다 사람을 보는 지혜는 많이 나아진 거 같아. 처음에는 정말 인간시장인 줄 알았어. 종류별로 다 있더라고. 오빠는 남자다

보니 감정에 이끌려 행동하지 않으려고 엄청 애쓴다. 상대방을 되도록 이해하려고.

순희야! 우리 순희 글로는 무지 씩씩한 거 같아서 다행인데, 나름 고충이 있을 테지? 오빠랑 남은 시간 같이 힘내보자. 오빠가 오빠 노릇을 잘할지 모르겠다. 우리 순희가 워낙 에너지가 넘쳐서. 이거 어째 오빠가 위로받는 느낌이야.ㅎㅎ 순희의 에너지가 여기까지 느껴져. 고마워, 순희! 우리 순희도 부족한 식단이지만, 밥 잘 챙겨 먹고 옷 따뜻하게 입고. 글로만 느껴지는 건 솔직하고, 이해심 많고, 속 깊고, 딱 오빠 이상형이야! 너무 이뻐. 글 내용이 너무 이뻐. 오빠가 머리 쓰담해줄게! 안녕!

여
....

시간이 엄청 빠르다. 그치? 싸우는 사람들은 가만히 있다가도 싸우게 되나 봐. 내가 그러다 둘 다 독방 가면 어쩌라고 그러냐고 했지. 스트레스받아. 벌써 몇 번째 이런 일이 있는지. 한 번만 더 하면 주임한테 말하려고. 머리가 나쁜지 말귀를 못 알아들어. 정말 걱정이야. 그래서 더 신경이 쓰여. 오빠 자신도 모를 정도로 날 사랑하다니, 도대체 얼마나 날 사랑하는 거야?

말도 예쁘게 하고, 뽀뽀 한번 해줘야겠다. 쪽! 오빠는 정말 사랑스러워. 나같이 목석같은 여자한테 오빠가 딱인 거 같아. 그치? 나 정말 애교라고는 눈 씻고 찾아보려야 볼 수 없는 여자인데. 오빠가 나 만나고 실망할까 봐 걱정이야. 애교 연습 좀 하고 나가야겠어. 근데 오빠 집에 둘이 있을 때 속옷 차림이라고 했잖아. 나도 상황 설정을 좀 하고 시작을 할까? 근데 난 오빠처럼 잘 쓸 자신이 없어. 항상 그 자리 그대로인 거 같고. 오빠가 좋아해야 하는데, 내 얘기 듣고 실망만 할까 걱정이고 그래. 편지 시작하자마자 접견 왔다고 해서 갔더니 후배가 왔네.

오랜만에 얼굴 봐서 너무 좋았어. 빨리 나오라고 난리네. 아침부터 친구 표정이 좋지 않더라고. 아무래도 이상한 거 같아서 물었더니 별일 없다고 하더라고. 일단 난 불만을 바로 표현하는 친구 모습에 놀랐어. 나 같음 마음에 담아두기만 하고 말 못 했을 텐데. 딱 부러지게 말하는데 당황. 나쁜 의도로 한 거 아닌 거 알기 때문에 괜찮다고 하더라고. 내 마음 같은 사람이 없는 거 같아. 그치? 오늘 날씨가 상당히 추워. 진짜 정말 추운 거 같아.

내가 좋아하는 이모가 오늘 쓰려지셨어. 혈압도 낮은데 신경 쓰고, 추운데 운동 나가고 해서 힘들었나 봐. 이 이모가 나한테는 정말 잘 해주시던 분이거든. 정말 엄마처럼 잘해주는 분이야. 이 이모도 나중에 밖에서 만나고 싶은 분. 몸조심해야 할 거 같아.

후배가 나 보더니 너무 말랐다고. 힘들어 보인대. 그리고 오빠랑 연락하냐고 해서 한다고 했어. 내가 인터넷 서신에 내 이야기를 많이 쓰는 편이거든. 잊지 않고 찾아와주니 고맙지 뭐. 이곳에 와서 오빠한테 다시 전소로 가고 싶다고 징징댔던 게 엊그제 같은데. 곧 그곳으로 돌아갈 날도 오겠지? 빨리 모든 게 지나가고 겪어야 집에 갈 날도 오는 거니까. 오늘 눈이 올 수도 있다고 하던데, 눈이 오면 좋겠다. 오빠, 많이 춥지?

그 방은 보일러 고쳐줄 생각이 없나 봐

방이 추워서 걱정이야. 여긴 정말 따뜻해. 사실, 이제는 종일 불 넣어주는 거 같아서 따뜻하니 좋았어. 여기의 겨울은 좋네. 나만 따뜻하게 잘 지내고 있는 거 같아서 오빠한테 미안하고 그래.

아침에 정말 바빴어. 나 왜 이렇게 사람들하고 대화하는 게 싫을까? 짜증 나고 그러네. 애들하고 농담하는 것도 싫고, 이제 헤어진다는 생각이 들어서 그런가? 동생들, 친구, 다 싫어. 사람이 싫다기보다 하는 말에 대꾸하기가 싫다는게 맞는 거 같아. 확 싸우고 싶기도 하고. 나 싸이코, 또라이 같지? 괜찮아. 그렇다고 생각해도 돼.^^ 생리 중이라 감정 기복이 더 심한 거 같아. 내가 짜증 나고 싫은 만큼 다른 사람들도 그럴 수 있는 건데. 그치? 오빠 빼고는 다 귀찮네. 다 신경 쓰기 싫고.

그나저나 오빠, 내 주말 편지 잘 받았을까? 이번에 좀 티가 많이 나는 거 같기도 해서 걱정이 돼. 잘 받았다고 얼른 편지 왔으면 좋겠다. 유치하지만, 난 이제 사랑하면서 유치한 거 다 해볼 거야. 오빠하고 다할 거고, 오빠한테 있는 그대로 다 표현하며 살 거야. 사랑하는 마음 그대로 표현할 거야. 지금보다 더 많이 표현하려면 오빠를 만나야 하는데.

정말 빨리 보고 싶다. 사랑해. 나 오늘 불평불만이 좀 많은 거 같지? 목욕하고 몸무게 쟀는데 살이 또 빠졌어. 살 빠지는 병에 걸렸나 봐. 이상해. 암튼 자세한 얘기는 이따 쓸게요. 사랑해! ♥

100 그대의 남자

남___

순희! 오늘따라 왠지 마음이 가볍고 상쾌함이 맴도는 기분 좋은 날. 많은 사람들을 생각나게 하고, 괜스레 좋아지는 이유는 무엇인지? 모든 사람을 사랑하고 싶은 이내 마음은 싱그러운 풀 냄새의 여유로움인가! 순희는 오늘 무슨 반찬에 밥을 먹었어?

오빠는 떡갈비를 뭉개서 고추장하고 간장이랑 섞어서 양념장을 만들어, 돼지 불고기를 만들어 먹었어. 일주일에 한 번 매주 수요일 점심에 불고기가 나와. 그러면 떡갈비로 불고기를 만들어 이렇게 해 먹으면 고기 맛이 느껴져. 순희도 불고기 나오는 날에 이렇게 해 먹어봐. 먹을 만해.

오늘 같이 화창한 날씨엔 누군가와 함께 말없이 걷고 싶다. 아름다운 날들의 사랑이 가슴에 담겨 노래할 때 난 사랑하는 당신 품에 안긴 채 소리 없이 잠들고 싶다. 사랑하는 그대의 부드럽고 따스한 살결을 부딪치며, 사랑의 감미로움을 느끼는 난 언제나 그대의 남자로 남고 싶다.

한순간도 당신 생각하지 않으면 미칠 것 같은 그리움과 기다림이, 나만이 느끼는 행복한 바보. 그대 품에 갇혀버린 나는 그대만의 영원한 사랑의 포로! 사랑한다고 늘 말은 하지만, 이것이 진정한 사랑으로 가는 길인가? 어쩌면 위선적인 건 아닐까 하며 오빠의 자신에게 물어봐. 빨리 만나야 하는데. 전화라도 할 수만 있다면 참 좋을 텐데. 그래. 안 그래? 얼마나 그립고, 보고 싶으면 이럴까? 순희가 보고 싶다.

여
....

점심때 편지를 많이 적었어야 했는데, 수다 떨다가 편지도 못 적었고, 바로 오후 수업에 들어갔어.

어젯밤에 편지를 썼어야 했는데, 너무 피곤해서 엄두가 안 나더라고. 미안해요. 내 사랑.^^ 어제 오빠 편지가 안 왔어. 반송인가? 대 봉투에 봉투 붙이는 건 하지 말아요.

오빠 내 편지 반송된 거 내가 안 챙겨서 많이 화났었구나? 미안해. 오빠가 서운해하는 마음 나도 알아. 오빠가 뒷전이 아니고, 내가 좀. 미안, 고칠게. 오빠 서운하게 안 할게.

지금은 오후 4시가 다 돼가. 선생님은 가셨고 난 바로 오빠한테 편지 중. 방에 가서 쓰고 다음 날 보내는 식으로 해야겠어.

어제 편지가 없어서 슬펐는데, 이 편지 답장은 주말 동안 쓸게. 오빠가 날 정말 많이 사랑한다는 것과 내가 오빠한테 정말 부족한 여자라는 걸. 오빠는 나한테 올인하는 거 같은데 난 그러지 못하고 있는 거 같은 느낌. 정말 미안하고, 속상하고, 마음이 아파. 청주에 오고 정말 정신없었어. 근데 이것도 다 핑계인 거 같아. 그치? 오빠가 자기 전에 편지 쓰면 안 되냐고 묻는 말에는 내 심장이 매우 아팠어. 오늘 편지도 정신없이 내보냈는데 어쩌지?

점심때 편지 쓸 수 있을 줄 알았는데 구매 다녀오니 시간이 없었고, 진짜 실기가 대부분이라 수업 시간에는 편지 쓰기 힘들 듯. 어제 자기 전에 편지 썼어야 했는데 너무 피곤해서 아무것도 못 했어. 내 마음이 작아서가 아닌 거 알지? 상황이. 하지만 앞으로는 오빠를 위해 노력할게. 오빠 주말 편지는 그림과 풀칠한 거 때문에 오늘 도착한 건가? 풀칠한 거 윗부분이 다 뜯어져서 왔어. 기분 나빠. 여기가 더 싫어지려고 해. 암튼 오빠의 사랑은 빠짐없이 다 잘 받았어요.

사랑하는 내 오빠, 나도 많이 사랑해. 나도 오빠가 마지막 사랑이야. 내가 사랑할 남자는 오빠뿐이고, 이렇게까지 누군가를 사랑하는 거 나도 처음이야. 그동안 했던 사람들은 사랑이 아니었던 거 같아. 이렇게나 많이 사랑하는데 우리가 어떻게 함께하지 않겠어? 우린 함께 할 거고 죽을 때까지 서로만 바라볼 거야. 오빠가 날 이제 알겠지만 표현 잘 못하고, 언뜻 보면 무뚝뚝해 보일 수 있지만 나는 오빠를 진심으로 사랑하고 있어.

나도 오빠하고 결혼하고 싶어. 우리 결혼하자! 우리가 안 하면 누가 하겠어. 안 그래? 내가 내 남편 많이 사랑해 줄 거고 존경하며 평생 살 거야. 오빠가 너무 보고 싶고 그리워. 오빠 마음하고 똑같아. 잠자려고 누우면 오빠 생각만 하다 잠이 들어. 그 어떤 생각도 하지 않아. 오빠 생각 말고는 할 생각도 없고. 오빠도 날 어떻게 한 건지는 모르겠지만 내 마음이 너무 강력해. 그러니 오빠 놓치고 싶은 생각 0.1도 없어. 나 오빠하고 같이 살고 싶어. 같이 살아야겠어. 오빠, 외로워하지 말아요. 내 생각 많이 해요. 우리 올해 만날 수 있을 거야. 내 느낌이 그래.

그러니 우리 잘 지내자. 빨리 만나자. 사랑해. 내 꺼야. 쪽. 이따 꿈속에서 보자. 그리고.ㅋㅋ 여긴 고급 속옷이 있어. 난 고급 팬티, 브래지어만 입고. ^^ 그러니 마음 아파하지 말아요. 사랑해, 나의 오빠. 우리 오늘 좀 만나자.

감옥에서 피어난 사랑의 세레나데

101 그날이 오고 있어

남

사랑하는 순희.

이슬 얹힌 깨끗한 풀꽃이 되어 순희의 맑은 눈망울처럼 싱그러운 아침을 맞이하게 해주고 싶어. 풀잎에 맺혀진 이슬이 되어 입술에 풀잎 하나 물어 들고 순희의 온몸을 적셔주고 싶어. 늘 영롱한 날이 되어 희망과 꿈길을 순희에게 열어주고 싶어. 사랑의 향기가 뜨겁게 전해져 오는 순희에게 달려가고만 싶다. 많은 사랑과 똑같은 향취의 향기를 담아 순희의 온몸에 사라지지 않도록. 아픔들을 모두 작은 땅덩이 위에 토해버리고, 아직 꽃들이 넝쿨에 매달려 열매를 맺지 못하는 지금도, 사랑스러운 순희의 양 볼에서 풍겨오는 빨갛게 익은 달콤함을 맛보고 싶음에, 순희의 귓불에 사랑을 속삭여 왔던 많은 시간들. 순희의 입술을 마시고 싶어 순희를 담아본다.

빨리 이곳을 나가 우리 함께 푸른 산에 올라 "야호!" 소리를 외쳐보고, 울리는 메아리 속으로 우리의 모든 과거를 떨쳐버리고 싶은 심정에 한순간 울려오는 감동을 느껴.

창가로 스며오는 따스한 태양이 오빠의 얼굴에 비칠 때마다 오빠는 창가로 보이는 먼 산을 바라다보며 오빠 마음에 젊음을 담으려 해. 이럴 때일수록 미치도록 보고 싶은 순희의 모습에 두 눈을 감고 지난날에 묻힌 추억들을 더듬기도 하지만. 주어진 형기를 마쳐야만 자유를 묶어놓은 이곳을 벗어나 순희를 꼭 안아볼 수 있을 텐데. 물론 오빠보다 순희가 더 이곳을 미치도록 벗어나고 싶겠지만. 우리 조금만 참자. 그날이 오고 있어.

여
....

오빠 생각을 그렇게나 많이 하고 잤는데 오빠는 내 꿈에 나타나지도 않고. 어디 가서 뭐 한 거야? 혹시 직, 훈으로 갔던 거야? 직, 훈 아니야. 여기야.

좋은 아침! 시간 참 빨라. 그치? 시간이 더 빨리 갔으면 좋겠어. 지금보다 열 배는 빨리. 자! 지금부터는 오빠 편지에 답장을 써볼까? 어머나! 나도 심장이 한 개뿐이라, 오직 오빠만 사랑할 수 있는 건데. 오빠도 나랑 똑같구나! 히힛. 나도 오빠만 열심히 사랑할 거야. 오빠 그림 보고, 여자 가슴이 크구나, 느꼈어. 아마 난 그 자세에서 가슴이 그 정도로 늘어지지 않을 거야. 오빠 그림 정말 잘 그리네. 전혀 못 그린다 해놓고선. 그림이 예쁘니까 봐줄게!

그리고 전신 다 나온 건 정말 남자는 오빠고, 여자는 나 같다는 생각이 들었어. 내 오빠 매력이 점점 커지는 거 같아. 갈수록 이렇게 더 좋아질 수가 있는 건가? 오빠, 사랑해. ♥

응. 난 오빠 편지 없으면 너무 슬퍼. 근데 내 오빠는 이걸 알고 내가 직, 훈에 있든, 여기로 왔든 편지 빠지지 않게 보내주고. 오빠는 정말 나만 생각하는, 나밖에 모르는 바보 같아. 바보. 오빠가 이렇게 사랑을 갈구하고 원했던 적이 없었다고 하니 너무 행복해. 오빠 나한테 완전 푹 빠졌구나? 헤헤. 우린 서로에게 풍당 한 예쁜 변태 커플! 이런 대화를 해본 적이 없어서.

마주 보고 선 상태는 뭐지? 어떻게 이렇게 할 수 있지?ㅋㅋ 오빠가 날 들어 올린다고 하니 살찌우면 안 되겠네. 이건 해본 적이 없어서. 오빠가 꼭 해줘. 내가 오빠 잘 붙잡고 잘 맞출게.^^ 오빠 요즘 편지 적다 잠들고 아주 귀여워. 잠드는 순간까지 나랑 함께하는구나. 우리가 이렇게 사랑했다는 걸 꼭 나중에 우리 아이한테 이야기해 주자. 근데 아이는….

난 잘할 수 있으니 걱정하지 마. 언니가 오빠 굵은 허벅지를 많이 탐내 해. 아! 속보. 오빠가 나랑 결혼하고 싶은 이유, 아주 감동적으로 잘 봤어. 난 그냥 오빠만 있으면 될 거 같아. 다 필요 없고 오빠만. 우리 둘이 행복하게 욕심부리지 말고 살자. 근데 정말 오빠, 우리 결혼식이 걱정이네. 오빠 손님들, 어쩌지? 오빠는 꼭 결혼식을 해야 하는 거지? 그동안 푼 게 있으니까. 그치? 이건 고민을 좀. 우리 아빠, 엄마 기절하실 거 같은데. 가족끼리 작게 하고 오빠 회사 사람들은 따로 불러서 파티할까? 피로연같이. 그냥 두 집에서 이렇게 하기로 했다고 양해를 구하고.

어때? 오빠가 그려 보내준 그림 변태 같지 않아. 귀엽고 예뻐! 사랑스러워. 오빠가 표현한 땀 한 방울, 너무 디테일하다. 나도 이 그림처럼 사랑 나누고 싶어. 더 야한 그림이 있다고?

난 보고 싶은데 여기 검열이. 이번에는 들여보내줬지만, 다음은 안 될 수도 있어. 여기는 처음은 되는데 그다음부터는 안 되는 경우가 많더라고. 반송되면 속상하잖아. 여기도 업체 다 바뀌어서 지난주 구매 때 하나씩 다 시켜봤는데 속옷, 옷은 안 들어왔어.

여기는 직, 훈보다 살기는 괜찮아. 학과장 시설도 훨씬 낫고, 담당도 좋아. 좋은 만큼 내가 잘해야지. 모범수! 알지? 방도 따뜻하고 다 좋으니까 내 걱정 하지 말아요. 난 오빠가 걱정이야. 이렇게 추운데 방도 추울 텐데 어떻게 사는 거야? 정말 너무했어. 여기 독거는 또라이들만. 그리고 여자 좋아하는 여자들 있지! 이런 애들만.

어제 구매 갔다가 성전환 수술한 사람을 만났어. 소문으로만 들었었는데 직접 보고 정말 남자라 놀랐어. 목소리도 남자. 다 수술했는데 생식기만 수술 안 해서 독방에 있대. 이 사람 애인도 여기 있다는데, 실제로 보고 신기해서 계속 쳐다봤어. 여기에서는 독방 꿈에도 생각하면 안 돼. 이런 건 직, 훈이 좋아.

헐! 오빠는 잘 자고는 있는 거야? 근데 코 고는 건 자면서 그러는 거니 봐 줘야지. 우리 방도 한 아이가 미친 듯이 코를 골아. 진짜 오빠 말대로 때려버리고 싶어. 살이라도 좀 빼지. 지금도 누워 자고 있어.

나 변덕 심한 거 눈치챈 거야? 있는 동안 내내 오빠하고 놀자. 나 공부는 집어치울까 봐. 하고 싶지도 않아졌고, 해서 뭐하나 싶고. 몰라. 1년간은 오빠 옆에 딱 붙어서 오빠하고 놀러 다닐 거야. 약속! 그리고 아무 생각 없이 웃을 수 있어서 좋은 거 같아. 올해는 사랑한다고 더 많이 이야기해줄게. 사랑해. ♥ 난 오빠 말 잘 들으며 살 거야. 오빠 하자는 대로 다 할 거고, 그냥 그렇게 마음 편하게 살 거야. 오빠한테 의지하며 사랑하며. 난 그냥 열심히 오빠를 사랑만 했을 뿐인데 오빠가 나한테 퐁당 한 거지. 솔직히 우리처럼 이렇게 오래 편지하면서 이렇게나 깊게 사랑하기 어려워. 그치? 우린 천생연분이야. 너무 좋아, 자기. ♥♥ 그럼 멋진 남자, 오빠 곁에 있으려면 난 더 예뻐져야겠네.

어떻게 해야 더 예뻐질까? 왜 나보고 바보래? 나도 안다고! 오빠가 날 보고 싶어 하고 사랑한다는걸. 오빠야말로 바보! 우린 올해 만날 거야.^^ 오빠가 더 야해질 거라니 아주 기분 좋아. 많이 야해져도 돼. 이런 오빠 모습 나한테만 보여야 해. 오빠가 다른 여자한테도 이런다고 생각만 해도 싫어. 그럴 일도 없겠지만, 우린 우리 서로여야만 하잖아. 맞지? 나도 오빠하고 하고 싶지. 완전! 야하게 어떻게 표현해 주지? 오빠 몽정했어? 왜 이렇게 귀여운 거야. 오빠는 미치도록 귀여워. 귀여운 내 남편이야. 사랑해요.

운동 다녀왔는데 운동장에서 모르는 여자가 나보고 예쁘다고 해서 깜짝 놀랐어. 여기는 또라이 들이 많아서 얼른 도망쳤어. 마스크하고 다닐까? 나 별로 예쁘지는 않은데. 오늘 아침에 이모들이 나보고 참하게 생겼다, 조선 시대 때 태어났으며 큰 인물을 했을 거라고 해! 아침부터 비행기 태워줘서 감사하다고 했지. 예쁘단 말을 하도 많이 들어서 난 여기 체질인가 싶기도.

사랑하는 오빠, 나 퇴근하고 왔어요. 와서 씻고 밥 먹고 오빠한테 편지 쓰지요. 이제부터는 오빠한테 내 남는 시간은 올인할 예정이야. 다들

희한하게 생각하는 거 같긴 해. 이거 갖고 또 뒤에서 욕하고 하려나? 가까이서 보니 살이 어찌나 많이 쪘는지, 진짜 최고로 쪘더라고. 날 보면서 웃으며 인사하니 이제 나쁜 마음은 없는 듯해. 오늘도 오빠 편지 아주 잘 받았어. 편지 답은 내일하고 모레 할게. 그때까지 내 생각만 하고 있어야 해. 하루도 날 잊으면 안 돼! 신나는 하루는 되지 못했겠다. 추우니까. 여기는 올겨울 들어 가장 추운 날인 듯해. 거기도 마찬가지가 아닐까? 맞지? 난 너무 추워서 운동을 했어. 창문을 다 열어놨더니 춥네. 운동했더니 땀나고 아주 좋아. 오늘도 난 엄청 피곤해요.

오늘 우리 주인님의 하루는 어땠을까? 너무 궁금하고 보고 싶어. 내 사랑. 오빠가 함께 있어줘서 행복했어. 내일도 우리 함께 행복하자. 내일은 종일 오빠하고 있을 거야. 오빠 생각만 하면서 편지 쓸 거야. 기대해요. 잔뜩 기대하고 있을게. 항상 내 사랑 믿고 있어.^^

감옥에서 피어난 사랑의 세레나데

102 애틋한 목마름

남

순희!

온몸을 움츠리고 손과 발을 비벼대며 겨울에만 찾아드는 동상에 걸리지 않기 위하여. 여기는 독방에 갔다 온 사람은 전부 동상에 걸릴 정도로 추워. 독방에는 낮에는 바닥에 아무것도 깔지 못하게 하고, 아침 기상을 하면 소지가 독방에 있는 이불을 모두 회수하고, 취침 시간에만 이불을 넣어줘. 독방에도 겨울에 가면 추위 자체를 피부로 느끼게 되는 거지.

순희! 늘 애틋한 목마름에 편지를 쓰다 보면 순희가 오래전부터 오빠와의 사랑을 해오던 사람처럼 걱정이 되고 그리워. 순희를 향한 오빠의 마음을 열어 목마름을 적셔보려 하지만, 떠 있는 마음만이 오고 간다는 게 서글프기도 해.

사랑하는 순희! 가끔씩 순간적인 애정의 목마름에 허덕일 땐 오빠는 또 한 번 순희를 생각하게 하고, 오빠는 몽유병 환자처럼 오빠의 마음을 전하고 있어.

지금 방 사람들 이야기하는 거 들었는데 여기 수용자 이야기했거든. 공장에 키도 크고 잘생긴 사람 있다고. 오빠도 매일 배달 가니까 누군지 알거든. 근데 사건 내용 듣고 지금 소름 돋았어. 이야기해 줄게.

이 남자가 직장을 다닐 때인데 직장 때문에 여자친구와 많이 떨어져 지냈나 봐. 그런데 휴가철에 함께 여행하려고 여자 친구를 만나려고 했대. 근데 여자 친구가 연락도 피하고 뭔가 이상해서 수소문 끝에 다른 남자가 생겼다는 건 알게 된 거야. 어떻게든 잡고 싶어서 수단 방법 안 가리고 찾아가서 만났나 봐. 근데 여자는 이미 마음 다 떠났는지 냉정하더래. 그래서 남자가 계속 못 가게 막고 매달리고 그러다가, 여자가 남자를 때리면서 심지어 욕도 하더래. 그러고선 그 자리에서 헤어졌고 집으로 왔대.

여자를 만나면서 간, 쓸개 다 빼주듯 정말 잘했고, 이것저것 많이 사주고 그랬는데 눈이 뒤집힐 듯 배신을 당했다는 거야. 너무 분하고 억울해서 집에서 곰곰이 생각하다가, 열이 끌어 올라서 공구함에 칼, 망치를 들고 집을 나서서 다시 여자를 만나러 갔대. 마지막으로 할 얘기 있으니 만나자면서. 그러고선 다시 자기한테 와달라고, 그러자 여자는 싫다고 거절했대. 남자는 체념을 하듯 준비해 간 칼을 꺼내서 여자 목을 찔렀대. 한번 쑤시니까 기분이 이상해서 계속 쑤시게 되더래.

온몸은 다 쑤시고 계속 흥분을 해서 망치로 머리를 박살 내고, 죽었는데도 계속 쥐포 될 때까지 내려쳤대. 그러고선 남자 집으로 가서 문 열어달라고 하고, 문 열자마자 칼로 쑤셨는데 칼 맞은 남자가 살려고 문은 끝까지 힘으로 닫았나 봐. 그래서 그 남자는 살았대. 하나는 살인,

하나는 살인미수. 무기 선고받았대. 지금 35살. 5년 살았고 앞으로 기약 없이 살아야 한대. 나간다 해도 아까운 시절 다 가는 거지. 이런 사람들 보면서 위안 삼고 힘내면서 지내야지. 진짜 소름 돋더라. 아무리 열받아도 사람을 잔인하게 죽이냐? 사람의 형태를 알아볼 수 없을 정도로 납작해졌더래. 하도 내려쳐서 욱. 여기까지! 차라리 솔직했더라면 이런 일이 일어날 수 있었을까? 남자도 싫어져 버린 여자에게 굳이 매달릴 필요가 있었을까? 죽은 자와 산 자, 뭐가 다르지? 우리는 늘 양보하는 삶을 영위하며 사랑하도록 하자. 오늘도 웃음을 만들어 웃고.

여
....

내가 왔어. 예쁘고 사랑스러운 순희가! 많이 기다렸지? 오빠 운동 져서 기분 나빴던 거야? 족구 면 오빠가 못해서가 아니잖아. 다른 사람들이 못해서 진 거 아니야? 주말에 운동한 거 어찌 됐어? 이겼어? 오빠 있어서 행복하고 지금 내 삶이 윤택해졌어. 오빠가 있어서 가능한 일이야. 사랑해. 언제까지나 오빠만 사랑할게.

토요일인데 어찌 보내고 있어? 내 생각 중이지? 다 알아.^^ 나도 오빠 생각 중이거든. 우린 서로만 생각하는 변태 커플이잖아. 맞지? 사랑하는 오빠, 오늘 동생들이랑 친구한테 편지 썼어. 친구가 미모 유지하라더군. 다들 잘 지내고 있는 거 같아. 주말이 너무 지루하다. 그치? 이런 날은 오빠하고 야한 거 하면서 놀아야 하는데. 오늘은 오빠 좀 만나야겠어. 근데 너무 졸리니까 나 잠들어 있으면 깨워. 오빠가 깨우면 바로

벌떡 일어날게. 빨리 오라고. 보고 싶어

　오늘은 유독 더 보고 싶어. 눈물 날 거 같아. 오빠 손잡고 싶어. 오빠 손은 따뜻하지? 편지지에 오빠 모습 그려서 좀 보내줘봐. 외로울 때마다 오빠 모습 위에 나의 마음도, 체온도 올려놓을 거야. 그럼 마음이 좀 따뜻해질 거 같아. 날 이렇게 오빠한테 퐁당 하게 했으니 책임져야 해. 오빠가 내 마음속에 들어온 순간부터 하고 싶은 거 많아졌어. 오빠하고 이것도 하고 싶고, 저것도 하고 싶고. 내 욕구를 채워줄 사람은 오빠뿐인 거 알지? 평생 함께하자. 우린 헤어지지 않을 거야. 우린 언제나 항상 좋을 거야. 사랑해. 오빠는 나의 모든 것이야. 내 분신. 오빠, 아프면 안 돼. 우린 잘 될 거야. 행복할 거야. 잠들기 전에 오빠가 나 출소할 때 여기 와있는 생각을 했어. 내가 막 달려가서 오빠한테 안기는 거. 내가 딱 안기면 오빠가 안아 줄 거지? 오늘이 최고로 추운 날이래. 영하 12도라는데, 오빠 있는 곳은 어때? 생각해 보니까 밖에 있을 때도 춥긴 했었어. 추워도 엄청 돌아다녔었지. 오히려 지금이 더 따뜻하게 지내는 거 같아. 저번에 말한 코골이 애 있지? 내 옆에서 잔다는 애 말이야. 내 자리로 자꾸 오고, 새벽에 자다 보면 자꾸 내 배 위로 발이 올라와 있고, 얼굴도 바로 눈앞에 와있어. 어쩜 저렇게 뻔뻔하고 저럴 수가 있지? 정말 왕짜증이야. 코도 엄청 골고, 나한테 발, 팔을 자꾸 올려서 치우려고 해도 무거워서 치우질 못해. 나 잘 안 깨는데 얘가 발과 팔을 한 번씩 올릴 때마다 깜짝 놀라서 깨. 무엇보다 깜짝깜짝 놀라게 된다니까. 얼굴을 본다면 이해할 수 있을 거야. 삭막하고 거리감부터 생긴다니까. 잘 씻지도 않고 게으르고, 냄새도 나고 지저분해. 어때? 정말 내가 잠자기 괴롭겠지? 어떻게 저런 사람을 우리 방에…. 그리고 하필이면 내 옆자리에. 이해할 수가 없어. 짜증 나.

이것도 이곳을 거쳐 가는 하나의 관문이라고 생각하며 보낼 수밖에 없겠지? 오늘따라 사람들 말하는 게 듣기가 싫네. 왜 이렇게 시끄러운 지, 왜 쓸데없는 말을 아침부터 하는지, 진짜 끼어서 말하기 싫어. 오늘 은 내가 땅속으로 들어가는 날인가 봐. 우울하고 짜증이 확 올라오네. 제발 생각 좀 하고 하지 않아도 되는 말들은 안 했으면 좋겠어. 그치요?

다시 기운을 차려야지. 지금 내가 배란기라서 기분이 왔다 갔다 하는 거 같아. 가슴도 엄청 아프고 그래. 나 예민한 여자.^^ 어제 사주 봐 주신 이모가 남자들이 내 예쁜 얼굴에 반해서 처음 몇 년은 좋아하다가 내가 잠자리 같은 거 거부해서 헤어지게 될 거래. 이게 경험을 해본 거 라 그럴 거 같은 예감. 다시는 그러지 않을 거라고 다짐했는데, 내가 또 그렇게 되나 봐. 오빠는 내가 잠자리 거부하면 어떻게 할 거야? 화낼 거 야? 화내고 나 떠날 거야? 걱정이네. 나도 많이 노력할게. 사랑은 항상 노력해야 하는 거 같아. 많이 노력하고 오빠 많이 사랑해 줄게요. 오빠 는 내 마지막 사랑이니까.

펜팔이란 거, 편지, 이렇게까지 사랑이 깊어지게 될 줄 몰랐어. 이게 가능한 일인 건가? 이상하다 생각도 해봤는데 가능한 일이니 우리가 이 렇게 사랑하게 된 거겠지? 이상한 일이 아니야. 그치? 사랑해, 울 오빠. 오빠는 내 거야. 어디도 못 가는 거 알지?

우리 방에 같이 있는 언니 남자친구가 70%도 안 살고 작년 크리스마 스 때 특사로 나가서 언니 면회를 왔어. 착하게 살아야지. 내 사랑. 주 말 잘 보낸 거지? 이 편지는 화요일에 받으니 좋은 한 주 시작한 거지? 내 생각도 많이 하고 있지? 난 오빠 생각만 하고 있어. 이 세상 그 어떤 남자보다 오빠를 사랑하고, 오빠한테 의지하며 그렇게 살 거야. 든든한 울 오빠, 사랑해. 언제나 함께하자. 그리고 꿈속에서 만나서 커피한잔 하면서 대화 좀 하자!

　오빠하고 수다 떨고 싶어. 마주 보고 앉아서. 많이 사랑해요. 내가 보내는 내 사랑은 언제나 꽉 차서 넘칠 지경이니 흘리지 말고 잘 받아요. 오늘도 내일도 오빠만 사랑할게. 맹세! 즐거운 한 주 되길. 오빠가 그리운 사람. ♥♥

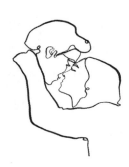

　감옥에서 피어난 사랑의 세레나데

103 그리움은 더해만 가는데

남

내 맘을 따듯하게 하는 사람. 순희의 속삭임이 내 귓가에 들리는 듯. 순희가 써 내려간 모든 글이 내게 노래로 다가오고 순희가 해준 모든 말의 달콤함에 내가 취하고 있어. 그대 향한 그리움은 더해만 가는데. 그러는 중 그대도 나를 찾을 것 같은 맘들이 내가 있는 곳까지 날아와서 내 가슴속에 들어와 버렸네. 내가 힘들어서 투정을 부려도 내게 힘이 되어주고 기다려줄 것만 같은 그대가 있다는 것. 날 사랑한다고, 그립다고 말해줄 것만 같은 그대가 다가와서 내 맘을 살며시 열어놓았기에, 나도 그대가 그립고 보고 싶어 글로나마 전하는 이 밤이 왜 이리 고마운지.

순희! 웃고 있지? 오빠도 웃고 있어. 보고 싶다. 그리고 너무너무 궁금하다. 이제는 아주 많이 추워졌어. 오늘 목욕 끝나고 운동 나갔는데 차가운 바람이었지만 날씨는 무척 좋았어. 저 멀리 산도 보고, 밖에 나오니 공기조차 다르게 느껴지고, 이렇게 바깥공기를 맡는다는 것은 하나님이 주신 또 하나의 선물이 아닐까 해. 주말 지나고 엄청 추워진다고 했는데, 오늘은 포근한 날씨네. 근데 순희 편지가 없어서 조금 외롭고. 아니, 아주 많이. 그래도 나 잘 웃고 지내니까 걱정하지는 마! 나 시간이 지날수록 당신에 관한 생각 모든 느낌이 좋아. 그러니까 그대 손잡았겠지만. 하지만 순희 편지가 없으면 나 외로워서 순희 손 놓칠 수도.^^ 밝은 모습으로 웃음을 지으면서 하루를 보내고, 더없이 이 시간이 기다려져서 설렘으로, 그리움으로 그려보는 이 시간에 이야기하려고 왔지!

오늘 오후 4시쯤 왜 편지가 안 오지? 기다렸지만, 순희의 편지는 없고. 매일 오는 일상으로 착각하고 살아서, 순희의 글에서 오는 작은 느낌 하나라도 받고 싶어서, 그 기다림도 소중히 간직하고 싶어서. 오빠 이상하지? 갑자기 순희가 너무 좋아져서 그런가 봐. 밤이 되니 더 그리움이 커져서 나 이상한 듯. 사랑은 안 보면 멀어진다는데, 우리는 보기조차 안 했으니 멀어질 것은 없는 건가? 마음이 더 무거운 법일 거야.

그대가 내가 던져준 빛 하나에 의지하는 나를 보면서 그 빛 꺼지지 않게 기도하면서 내 마음에 꺼지지 않는 빛으로 남아버렸네. 그게 사랑일까? 내 마음속에 있는 그 사랑의 길 따라 그대 손 놓지 않고 가볼까? 그대 보고 싶음에, 그대 그리움에, 휴! 이 밤도 길게 느껴지는데, 빨리 눈 감고 자야겠다. 그래야 하루가 또 가겠지. 그대도 잠든 이 밤, 그대의 따뜻한 편지 한 번 더 보고, 순희 없는 수많은 밤들을, 수많은 날들을 보내야 하는 슬픈 현실은 잊고, 그저 그리워하면서 애틋해하면서 기다릴 거라고.

여
....

또 많이 웃었어? 오빠 웃음소리는 어떨까 궁금해. 나 또 편지 마무리 못 하고 잤어. 이제 이해하지? 잘 잤어? 좋은 꿈 꿨어? 여긴 눈이 왔어. 거기는 아직도 눈이 많이 안 오고 있어? 여기 와서 처음 온 눈이야.

꿈을 이상하게 꿨는데 기억이 잘 안 나. 코골이가 자꾸 내 자리로 와서 짜증이 폭발 직전이야. 때려주고 싶어. 오늘은 월요일인데 이 편지는 수요일에 받는구나. 이렇게 편지 쓸 때마다 느끼는 건데, 미래로 편지를 보내는 거 같아. 이번 주 수요일에는 무슨 일이 있을까?

오빠가 그냥 마음 편하게 나랑 사랑만 나누며 지냈으면 좋겠어. 나도 하루하루 시간이 잘 갔으면 좋겠고, 편안한 하루하루가 오빠와 나에게 오길. 오늘 날씨가 꽤 춥네. 이렇게 추운 날에는 우리 뭘 해야 할까? 꼭 안고 있을까? 쉬는 시간 말고는 편지 쓸 시간이 없어서, 앞으로는 정말 방에 가서 자기 전까지 편지 열심히 적어야지. 아침에 운동 갔었는데 눈 엄청 많이 오고 쌓였더라고. 추워서 다들 운동 가기 싫어했는데, 나이 드신 한 분이 혼자서 나가겠다고 우겨대서 다 나갔어. 주임이 우리 쪽에 오더니 저렇게 독단적인 행동하는 사람은 본인이 떨어져 나가야 한다고, 뭐 질문해도 말해주지 말래. 본인이 싫어서 떠나게 해야 하는 거래. 주임이 이런 말을 하고, 웃기지? 주임도 이런 사람 한 명 있으면 꽤 힘이 드나 봐.

난 오빠가 우울한 느낌이 들어 자꾸 마음에 걸려. 내가 모르는 곳에서 우리 오빠 혼자 울고 있는 건 아닌지? 우울한 마음 숨기고 내 앞에서는 유쾌한 모습을 보여주는 게 아닌가 싶어서 마음도 아프고 속상하고 그래. 오빠야. 내가 전에 할 말 기억하지? 힘든 거 있으면 나한테 다 말해주기, 그리고 나한테 의논하고 다 풀기. 알았지? 나는 그러고 있는데 오빠는 그러지 않는 거 같아서, 내가 도움이 안 되는 존재가 아닐까 하는 생각도 들고 그래. 당연히 오빠는 그렇지 않다고 하겠지만. 사랑하니까 앞선 걱정도 들고 그래. 내 맘 알지? 귀염둥이 자기, 사랑해.^^ 오빠도 좋은 하루 되고 있지? 쌓인 눈 보니까 기분이 이상하더라고. 밟고 싶다는 생각을 하기도 했는데, 괜히 심란하다는 생각도 들고. 눈도 오빠하고 함께 맞아야 좋을 거 같아. 그치?

운동장에서 나 예쁘다고 했던 동생 있지? 얘가 눈 맞으면서 정신없이 뛰기만 했어. 그러다가 눈 쌓인 바닥에 뒹굴고 하더니 소리를 내면서 엉엉 우는 거야. 그때 옆에서 누가 달래주려 하니까 "네가 뭔데 지랄이야!" 하면서 갑자기 그 사람의 머리채를 잡아당기며 "내가 뭐 잘못했어?"를 반복하고 있는데 CRPT(기동타격대)가 언제 왔는지 그 애를 끌고 가는 일이 있었어. 정말 별의별 일을 다 구경해. 여기니까 가능한 일이겠지. 이런 것도 추억이 될까? 사랑하는 나의 오빠와의 사랑만 추억으로 간직해서 나가야지~. 오빠도 나하고의 추억만 갖고 나가. 우리 이 사랑으로 지금 버티고 버틴 사랑을 밑거름으로 평생 함께하자. 사랑해. ♥♥

오빠가 날 얼마나 사랑하는지, 또 얼마나 나한테 진심인지 알게 돼서 참 행복한 날이야. 오늘 하루 이상하게 짜증 나고 우울했는데, 오빠의 사랑 고백 편지를 받고 힘든 게 눈 녹듯 사라졌어. 오빠는 나한테 이런 존재야. 나는 제대로 된 사랑 한번 못해보고 나이만 먹은 여자야.ㅋㅋ

표현도 잘할 줄 모르고, 기대는 것도 잘할 줄 몰라. 그리고 금방 상대한테 지치는 스타일. 근데 오빠한테는 내가 그동안 사랑했던 방식대로 사랑하게 되지 않아.

104 겨울비

남

순희

어제는 비가 내렸어, 겨울비가. 그리고 오늘은 함박눈이 펑펑 쏟아져 내리고 있어. 이렇게 눈이 내리면 순희의 보고픔이 오빠의 가슴으로 밀려오는 까닭에 주체하지 못하는 그리움이 밀려와. 벌써 겨울을 맞이하고 있는 나날이 많이 지나가고 있어. 이렇듯 눈만 내리면 내 사랑 순희에게 달려가고픈 심정이 이내 심장을 폭발시킬 것만 같이 강하게 밀려오는데,

사랑하는 순희! 오빠는 오늘도 이 편지를 써놓고 두 눈을 감고 생각에 젖어들어. 사랑하는 순희와 함께 하얀 눈을 밟으며 걸어야 할 그날을 떠올리며 순희와 하나가 되기까지를. 이럴 때는 오빠의 마음에 평화를 담아보기도 해. 이렇게 하얀 눈만 내리면 오빠도 모르게 자꾸만 하늘을 올려다보는 습관이 있어. 그냥 좋아. 눈 내리는 하늘을 보면.

사랑하는 순희! 이렇게 쏟아지는 하얀 눈을 맞으며 함께 걷고 싶어. 하얀 눈이 그치고 쌓여있는 눈이 모두 녹을 때까지라도 순희와 걷고만

싶은 심정이야. 이 눈이 그쳐 녹고 나면 다시 눈은 쏟아질 것이고, 또다시 몇 차례 반복이 되면, 새들이 노래하고 진달래가 예쁜 분홍 빛깔을 발하며 봄이 오겠지? 안녕!

여

내가 있어도 겨울잠 자러 간다면 내가 끝없이 사랑을 보내줘야지. 그럼 언젠가는 돌아오겠지.^^ 키스할 때 자기 손이 어디에 있는 게 좋을까? 첫 키스할 때는 내 얼굴을 만져주고, 그다음부터는 마음대로 해. 난 오빠 옷 속에 손 넣고 가슴 만질 거야. 불 켜고는 못 하겠다, 불 끄고 하자. 스탠드만 켜놓고, 알았지? 처음에는 좀 부끄러우니까. 오빠 주말에 몽정했어? 내 오빠 정말 건강하네. 오! 좋아, 좋아! 오빠 몽정했다니 기분 좋아. 꼭 내가 그렇게 만들어준 거 같아. 내가 좀 섹시하지?

그리고 내가 오빠 감기 걸렸을 줄 알았어. 으이그. 왜 팬티만 입고 자? 그러니 당연히 감기에 걸리지. 따뜻하게 입고 자. 거기는 눈 안 왔어? 여기는 장난이 아니야. 하늘에서 눈이 막 쏟아져 내렸어. 나도 오빠 모습이 어떻다고 해도 변하지 않고 오빠 사랑해 줄 거야. 약속! 도장 꾹! 이렇게, 이렇게 어찌어찌하다 보면 시간 가겠지, 뭐. 오빠가 용기를 줘요. 이제부터는 정말 잘해서 빨리 집에 갈 생각만 해야겠어. 우리 빨리 만나자. 얼마 남지 않았어. 조금만 고생하자. 알았지?

추우니까 옷 따뜻하게 입고 아프지 마. 나 슬퍼. 오빠도 나 아프다고 하면 속상하잖아. 나도 그래. 그니까 아프지 마. 절대. 잠도 잘 자고 내 생각도 많이 해. 주말 잘 보내고, 주말에도 내 생각 많이 해. 내가 많이 사랑하고 항상 그리워한다는 거 잊지 말고. 사랑해. 끝도 없이.^^

105 첫 눈

남

눈이 오고 있어! 하얀 눈이. 넓은 운동장이 흰 눈으로 뒤덮여 버렸어!

순희! 거기도 눈이 와? 운동장을 걷고 있는 오빠의 발자국은 뽀드득 소리를 내며 동심의 세계를 여행하는 것만 같아.

하얀 눈이 아직도 내리고 있어. 밤새 많은 눈이 내리는 것도 모르고 있었어. 우리는 얼마나 좋았는지 몰라. 첫눈을 맞으며 사랑하는 사람과 함께 걷는다면 쉽게 사랑을 얻을 수 있고, 사랑하는 사람과 함께 첫눈을 맞는다면 그 사랑은 영원히 깨어지지 않는데. 우리도 빨리 나가서 올 겨울에는 꼭 첫눈을 맞을 수 있겠지? 좋아하는 순희와 함께, 사랑하는 순희와 함께. 그래서 우리 영원한 사랑을 하자.

우린 서로 사랑을 하면서 하얀 첫눈을 맞는다면 우리의 사랑은 영원히 깨어지지 않겠지? 우린 서로 사랑하니까….

여

．．．．．．．．．．．．．．

우리 서로를 생각하며 기분 좋게 보내자. 여기는 상당히 추워. 거기는 어때? 오빠 꼭 따뜻하게 하고 자야 해. 알았지? 많이 사랑해. 오늘 오빠 편지 보니 무슨 일이 있던 거 같은데, 괜찮아? 오빠, 무슨 일이야? 오빠가 괜히 그럴 사람이 아니란 걸 난 알지만, 조금만 더 참을 수는 없을까? 자꾸 피곤한 일이 생기잖아. 이상한 사람들하고 엮이지 말고 그냥 그러려니 해. 이상한 사람이려니 하고 넘어가. 잔소리 같아서 안 하려다가 속상해서 하는 말이야.

말처럼 나도 하지 못하긴 하는데, 나는 보기 싫은 사람이 있으면 최대한 부딪치지 않으려고 피하거나 모른 척하거든. 속은 좀 썩는 거 같지만 나중이 편하니까. 한 번만 눈 질끈 감고 넘어가 봐. 아무 일 없길 바라고 내일은 좋은 소식이 있길 바랄게. 내가 많이 사랑하는 거 알지? 내 생각만 하면서 버텨. 난 오늘 일이 많아 종일 긴장하며 있었더니 피곤해. 유난히 더 피곤하네. 어쩌다 힘든 일만 또 하게 됐는지? 여기같이 무시무시한 곳에서는 일하면 안 되는데 걱정이야. 그래도 점수 잘 줄 테니 참고 잘해볼게. 오빠가 잘 도와줘.

야한 그림 오랜만에 보니 귀엽네. 내 오빠 욕구불만이 최고조에 달했구나? 히힛! 나도 이 그림처럼 당연히 하고 싶지. 행복하지? 오빠하고 하고 싶어요! 그리고 오빠한테 혼나고 싶어. 빨리 혼내줘요. 오빠는 연애도 즐겁게 할 거 같아. 긍정적으로! 최선을 다해! 오빠 느낌대로. 그리고 날 아주 많이 사랑스러워할 거 같아. 그치? 사랑스럽게 만지고 쓰다듬고. 오빠한테 무슨 일이 생기면 난 괴롭고 속상할 듯하거든.

요즘 많이 힘들지? 누구보다 내가 잘 알아. 오빠 마음 다 알아. 사랑해. ♥♥ 우리 별일 없이 내일 만나자. 알았지? 내가 걱정이 많은지 잠을 잘 못 잤어. 이런저런 생각이 많이 들더라고. 꿈도 많이 꿨고, 오빠는 잘 잤어? 벌써 목요일이네. 시간은 잘도 가는 거 같은데, 날짜는 왜 이리 안 가는 거 같지?

　어제 오빠 전에 내가 사람들한테 "안녕히 주무세요! 앞으로 많이 도와주세요!"라고 했더니 다들 알았다고는 했는데, 속으로는 어떤 음흉한 생각 들을 하는지 모르지. 앞으로는 아주 많이 바쁠 예정이야. 오빠는 어때? 방에서 제발 별일 없었으면 좋겠어. 오늘 편지가 많이 기다려져. 이 편지는 월요일 날 받을 테니, 이번 주도 좋은 한 주 되길.

　오빠가 항상 행복했으면 좋겠고 하루하루 별일 없니 지냈으면 좋겠어. 내 바람이 큰 게 아니지? 오빠의 바람도 나랑 똑같지 않아? 우리 둘 다 서로에 대한 바람이 똑같잖아. 나 걱정하게 하지 말기. 우리 오빠, 내가 옆에 꼭 붙어서 품고 다녀야겠어.

　오빠, 어머니 마음을 아주 조금은 이해할 거 같아. 내가 그만큼 오빠 걱정한다는 거 잊지 마. 사랑해. ♥♥ 여기는 눈이 너무 많이 와. 오빠, 이번 한 주도 우리 서로 잘하고 많이 사랑하며 보내자. 감기 조심하고, 몸도 마음도 아프지 않길.

106 유난히 긴 겨울

남____

순희, 안녕!

순희, 감기로 인해 고생이 많았구나. 조금은 괜찮아졌다니 다행이야. 아프지 마. 이곳에서 아프면 너무 서럽잖아.

순희! 난 솔직한 사람이 좋다. 진실한 사람이 좋아. 앞뒤 다른 사람은 싫어. 사람 인연이나 상대방에 대한 기본적 예의가 없어도 싫고. 이곳에서 맺어진 인연도 결코 거짓이나 장난으로 가볍게 생각하거나 심심해서 편지 친구를 만들지도 않아. 상대를 믿어보자, 인연 이어가 보자는 판단이 서면 그때는 오빠의 모든 것을 열어 보여줘. 하지만 상대에 대해서 실망하거나 위선인 것을 알게 되면 뒤도 돌아보지 않고 인연을 끊어.

오빠는, 끝을 결정하면 뒤도 돌아보지 않아, 2~3번의 기회, 난 그런 거 없어. 냉정해. 오빠가 가장 싫은 건 거짓말이며, 상대방 마음을 가지고 장난하는 걸 싫어해. 친구든, 누구든 싫으면 그냥 아닌 거지. 오빠가 이곳에서 좋은 사람과 인연이 되면 사회에 나가서도 좋은 사람으로 남을 수 있겠지. 물론 쉽지 않다는 거 알아. 시간이 필요하지. 상대방에 대해서 몇 통의 서신으로 다 알 수는 없잖아.

순희! 순희는 그런 사람 아니었으면 좋겠다. 사람에 실망하게 되면 이곳에선 더 힘들게 느껴지게 되거든. 앞과 뒤가 같은 순희였으면 좋겠다.

순희! 이번 순희의 편지에 오빠가 힘이 되어줄 수는 없을 거 같아서. 이 안에서 뭐든지 할 수 있어도 여기선 이곳에선 안 해야 할 거 같아서. 이 부분은 순희와의 생각 차이이지만. 특히 이곳은 징역 사는 교도소인데, 여유 자금 있는 사람들 만나도 믿을 수 있을까? 그런 사람들이 있어도 이곳에서는 가깝게 지내고 싶지도, 만나고 싶지도 않거든.

순희도 다시 한번 생각해봐라. 이곳에서는 뭐든 행하면 안 되는 곳이니 조용히 있다가 사회에서 열심히 살자. 순희! 오빠 생각은 순희와 다르다는 걸 얘기하는 거야. 순희의 꿈과 순희의 계획은 정말 멋진데, 오빠와는 길이 많이 다른 거 같아. 항상 잘 지내고 아프지 말고, 건강하게 있다 나가자. 안녕!

여
....

오빠가 보내줬던 마음은 잘 받았었고, 이해도 했어.

오빠도 내 마음 잘 받았지? 어떤 장애물이 생겨도 절대 마음 변하지 않아. 약속! 그래. 우리가 함께 가는 그 길이 꽃길이 될 거야. 오빠만 믿고 난 간다! 어제 편지를 너무 급히 마무리해서 미안해. 어쩔 수 없었어. 오늘도 소녀는 무지 바빴어요. 편지 한 줄 쓸 시간이 없었네요. 미안해요. 내가 사랑하는 거 알지? 내 사랑!

오늘 오빠 편지가 한꺼번에 왔어. 오빠, 바쁘면 편지 안 써도 돼. 오빠 일이 우선이야. 편지가 오지 않아도 나쁜 생각 안 할 테니 걱정 말고, 미안해하지 말아요. 나도 요즘 정신없이 편지 보냈는걸. 오빠도 내 편지 때문에 속상해하거나 서운해하지 않았잖아. 맞지?

눈이 오니까 요즘 따뜻했는데 오늘은 더 추운 거 같더라고. 내일부터는 많이 추워진대 오빠도 건강관리 잘하고 운동 많이 하면서 지내고 있어. 오빠는 참 좋은 사람이야. 내게는 살아오면서 또 다른 소중함을 안겨주었어. 나도 참 좋은 오빠가 있어 고맙고. 사랑해. 매일 나가다 방에 있으니 너무 좋아. 쉬니까 좋아. 진짜 피곤했거든. 요즘은 정말 하루하루가 어떻게 가는지 모르겠어. 정신없고 힘들어 나에게 힘을 좀 주세요. 요즘은 주말이 가는 게 너무 아쉬워. 주말이 계속되었으면 좋겠고.

이번 3·1절에도 특사가 많다는데, 난 상관없겠지? 3·1절에 나가면 얼마나 좋을까? 생각하지 말고 있어야지. 기대도 말아야지. 근데 포기가 안 돼. 자꾸 기대하게 되고 그래. 나 좀 제발 보내주지. 도대체 왜 안 보내주는 걸까? 올해에는 뭔가 있겠지. 기다리다 보면 내 시간도 오겠지? 나 정말 열심히, 착하게 살고 있는데 나 좀 봐주지. 그치? 오빠, 나 착하지 않아? 아닌 거 같아?. 착하지?ㅋㅋ

배도 고프고 졸리고, 오빠도 보고 싶고. 우리 이런 주말 조금만 더 보내면 만날 수 있어. 우리보다 늦게 나가는 사람들 보며 위안으로 삼자. 그들은 우리가 부러울 거야. 그리고 우리 시간도 곧 올 거고. 요즘 내 편지가 좀 부실하지? 나도 알아. 하지만 내 상황에서는 최선을 다하고 있다는 것만 알아줘. 오빠야 항상 내 편이니까 날 위한 생각만 하는 거 맞

지? 우리 둘 다 똑같은 마음이잖아. 조금만 더 힘내자. 언제까지나 사랑
해줄게. 이번 주도 잘 보내고, 그 어떤 일로도 스트레스받지 않기를 바
라며. 오빠의 웃음소리가 여기까지 들리는 거 같아.

우리 곧 함께 누워서 꼭 껴안고 재밌는 거 볼 수 있는 날 올 거야. 항
상 힘내야 해. 내가 오빠한테 얼마나 도움이 되는 존재인지는 모르겠지
만, 오빠가 나한테 그러한 존재이듯, 나 또한 오빠한테 그런 존재이지
않을까 해. 그래서 내 생각 하며 힘내라는 말해주고 싶었어. 항상 즐겁
지는 않겠지만, 잠시 울울한 순간에도 서로를 생각하며 힘내자. 좋은 일
있을 거라 믿고 살아요.

이제 곧 3월도 금방 올 테고, 3·1절 특사도 있고. 누구든 나가면 방
에 사람이 줄어들겠지? 그러면 좀 덜 스트레스 받으려나? 내일부터 다
시 추워진다고 해. 오빠 방 춥지 않아? 어떻게 버티는 거야, 차가운 바
닥에서? 아니, 어떻게 그 추운 곳에 사람들 있게 할 수가 있지? 말도 안
되는 거 같아. 어쨌든 오빠 몸이 가볍다 하니 기분 좋다. 그런데 오빠한
테 의무적으로 편지를 하다니!

무슨 얘기야? 절대! 아니야. 하루 종일 써도 모자랄 판인데. 시간이
없어서 못 쓰는 거지. 나도 의무적으로 쓴다는 느낌을 받으면 그 순간부
터는 편지 안 쓸 거야. 쓸 이유도 없고, 그렇다면 사랑이 식었다는 얘긴
데, 사랑이 식은 사이에 뭐 하러 편지를 해. 오빠가 나한테 사랑이 식었
다면 편지하지 마. 이별 통보도 할 필요 없어. 그냥 며칠 안 오면 헤어지
자는 건가 보다 할게. 여기에서는 마음 아프지만 할 수 없는 일이잖아.

하지만 우린 그런 일 없잖아. 맞지? 우린 꼭 만나서 손잡을 거니까.
아무 걱정 안 해. 우리 쓸데없는 걱정 하지 말자. 좋은 생각만 해도 모

자랄 판에 오빠는 정말 항상 최선을 다하는 게 느껴져. 그래서 내가 오빠를 사랑하는 거고. 내가 생각한 거 이상으로 날 사랑한다니 고마워.

나도 이런 사랑을 받는 여자구나라는 생각도 들고, 오빠 만나고 참 많이 행복해. 창문에서 들어오는 바람이 너무 차가워. 거기도 춥지?

내일은 더 춥다는데 큰일이야. 울 오빠 많이 추울 텐데. 내가 꼭 안아서 춥지 않게 해줘야 하는데. 요즘 우리 서로의 체온이 너무 필요한 때인 거 같아. 겨울이 원래 이렇게 길었나? 매년 겪은 겨울인데, 왜 이리 올겨울은 길다고 느껴지지?

에필로그

시간은 많은 이야기를 남기고 흘러 봄, 여름, 가을, 겨울의 시간을 지나가게 하였고, 순희를 향해 글을 쓰고 있던 중 평소 상담을 하고 친하게 지내던 교도관으로부터 '축하한다'는 의아한 말을 듣게 된다.

3월 1일 특별사면의 명단에 끼어 2월 29일 내일 교도소를 나가게 된다고, 생각도 못 하고 있던 이야기를 듣자, 방 사람들이 환호성을 지른다.

현은 어안이 벙벙하였다. 꿈이 아닌 현실이다. 몸과 행동이 자꾸 따로 움직이는 느낌이다. 무엇부터 해야 하는가? 아직 마음의 준비도, 밖에 나가면 무엇부터 해야 한다는 계획도 세워놓지 않았기 때문이다.

2년의 형을 받았는데 4개월을 감형 받고 출소라니. 하나님 감사합니다. 밤새도록 잠이 오지 않았다. 어떤 생각으로 밤을 새웠는지, 한숨도 잠을 자지 않았는데도 두 눈의 초점이 흐려지지 않는다. 현은 편지지를 꺼내 순희에게 편지를 쓴다.

남_____

순희!

오늘 편지는 많이 쓰지 못할 거 같아.

순희가 이 편지를 받을 즘엔 오빠는 이곳에 없을 것이기 때문이야. 오빠가 3·1절 특별사면의 명단에 끼었대. 어젯밤에 소식을 전해 들었는데 오빠에게도 이런 일이 생기다니, 모두 순희와의 인연으로 인한 복이 아닐까 해. 오빠 먼저 나간다고 서운해하지 말고 조금만 기다려. 오빠가 다음 주에 갈게. 오빠가 밖에서 순희 나올 때까지 매일 편지하고 면회 가면서 기다릴게. 지금은 아무 생각도 나지 않아. 이 시점에서 그만 쓰는 게 순희의 마음이 조금은 괜찮아질 거야

순희! 고마워! 며칠 있다가 우리 정말 얼굴 볼 수 있는 거지? 오빠가 갈게. 안녕!

2월 29일.

이상한 꿈을 꾸었다.

기억이 없는 누군가가 자꾸 따라오라고 손짓을 하여 계속 따라가고 있는데 커다란 철문이 보였다. 귀가 따갑도록 큰 소리를 내며 어두운 그림자가 철문을 여는 것이 보였다. 열린 철문으로 기억이 없는 누군가가 먼저 나가고, 몇 발인가 걸어가더니 서서

히 안갯속으로 사라지고 만다.

순희가 철문을 벗어나자 주위는 푸른 벌판이 보였고, 앞에도 옆에도 아무도 없었다. 순희는 뒤를 돌아보았다. 막 벗어난 철문은 온데간데없고, 푸른 벌판에 하얀 눈이 수북이 쌓여있었다. 무언가 목에 타들어 가는 갈증을 느낄 때 꿈에서 깨어났다. 너무도 깊은 잠이 들었는지 기상음악 소리도 듣지 못하고 있었나 보다. 모두 이불을 개어놓고 아침 점검이 있었다. 갑자기 점검을 하시던 계장님이

"김순희!"

"네."

"짐 싸요."

"네?"

"축하합니다. 가석방입니다."

와~ 와!

방에 있던 이모, 언니, 동생, 친구, 모두 환호성을 치며 손뼉을 친다.

'생각하지도 못한 일이 나에게 찾아오다니.' 순간 두 볼을 타고 눈물이 하염없이 흘러내리고 있었다. 꺼이! 꺼이! 꺼이!

"언니!" 복받치던 울음이 터지고 말았다. 좋은 일에 방 사람들이 서로 끌어 않고 울음바다가 되고 만다. 엉엉엉, 좋아서 울어주고, 서러워서 울고, 서글퍼서 울고…. 순희는 방에 있는 짐을

모두 방 사람들에게 나누어주고, 간단히 짐을 챙겨놓고 아침 식사가 끝나자, 데리러 왔다.

순희는 방 사람들과 작별을 하고, 길고도 길었던 청주교도소의 방문을 벗어나게 되었다.

현은 순희를 찾아갈 기대를 잔뜩 하고 있었다.
순희는 아무런 생각을 할 시간도, 겨를도 없었다.

현은 진심으로 순희를 사랑하게 되었고, 순희가 나올 때까지 면회도 가고 기다릴 것이라 마음먹고 방을 나섰다. 순희도 현하고 편지를 주고받으며 색다른 사랑을 쌓았고, 죽는 날까지 현과의 추억을 잊지 못하리라 생각한다. 춥던 겨울이 벌써 가려는지 담벼락 밑에서 이름 모를 새싹이 돋아나는 것이 보인다.

많은 시간 동안 현은 순희와의 편지글을 주고받으며 얼굴 모르는 사랑을 키워오고 있었다. 그래도 교도소에서 만났는데~ 하는 생각을 많이 했었다. 교도소를 출소하면 잊을 거라는 생각도 했었다. 하지만 그것은 현의 착각이었다.

출소하는 날부터 마치 예전부터 알던 사람을 그리워하듯 순희가 보고 싶어 견딜 수가 없었다. 장난처럼 시작했던 펜팔의 글이 사랑이었단 말인가? 당장이라도 순희에게 달려가고 싶었다. 하지만 휴일이었다. 하루가 다시 지나고 현은 청주교도소에 도착하여 순희를 면회하기 위해 기다리고 있었다.

초조한 마음으로 접견장을 가기 전에 담배를 꺼내 피웠다.

대기 번호표를 뽑아 기다리는 내내 얼굴의 화끈거림이 얼굴에 붉게 물들어 있음을 느낀다. 현의 순번이 돌아오고 면회를 담당하는 교도관 앞에 현의 신분증과 면회 신청서를 밀어 넣는다. 컴퓨터에는 순희의 기록이 지워져 있는 탓인지 '이런 사람 없습니다.'라고 한다.

"저번 주에도 있었는데 혹 다른 곳으로 이송이라도 갔나요?" 묻자 잠시 컴퓨터를 검색해보더니

"출소한 거 같습니다."

"예?"

순간 순희도 5개월인가 남아있다는 것을 알고 있는 현은 순희도 가석방을 받았구나. 하는 생각이 스쳤다.

현은 순희와 함께 있었던 순희 언니의 이름과 수 번을 기억하고 있었다.

접견 서신 용지를 꺼내 편지를 썼다.

(님! 잘 지내죠? 저는 엊그제 3.1절 특별사면으로 가석방되었습니다. 그래서 순희 씨 면회를 왔는데 순희 씨도 저처럼 가석방이 된 것 같습니다. 서로 연락처를 모르니 혹 연락처를 아시면 저의 집 주소를 적어 보내니 연락을 부탁드리겠습니다. 있는 동안 건강 잘 챙기시길 바라요. 현이 드림.)

현은 순희 씨 친구에게 접견 물(먹을 수 있는 음식)을 넣고 허탈한 마음으로 왔던 길로 뒤돌아 걷는다.
현의 마음이 무겁고 무겁기만 하다.

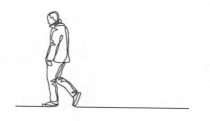

3월 5일

순희는 안양교도소에 도착하여 현을 면회하기 위하여 기다리고 있었다. 순희는 두근거리는 마음으로 대기 번호표를 뽑고 차례가 오기만을 기다리며 어떤 말부터 할까? 생각이 맴돌기만 한다. 드디어 대기 순서가 왔다. 면회 신청서에 적어 놓은 신청서와 주민등록증을 면회 담당 교도관에게 제시하고 기다리고 있는데

"이런 사람 여기 없습니다."

분명히 있었는데 왜 없다고 하는지 되물어 보자. 이틀 전에 출소했다고 알려주었다. 순희는 허탈한 마음으로 현을 그리워하며 왔던 길을 뒤돌아 쓸쓸히 걸어가다 문득 현의 방에 있던 사람과 펜팔을 했던 분의 이름과 수번을 기억할 수 있었다.

그래서 그분에게 접견 서신(면회를 기다리는 동안 할 말이나 전할 말을 적어 전하는 것)을 적어 보낸다.

(안녕하세요? 저는 현이 씨와 편지를 주고받던 순희라고 합니다. 현이 씨 연락처를 아시면 꼭 저에게 편지 한 통 부탁드립니다.)

이렇게 여운을 남기고 발길을 돌려야만 했다.

3월 10일

순희에게 몇 통의 편지가 도착했다. 교도소에서 함께 지냈던 친구, 동생, 언니들의 편지였다. 그리고 '낯선 이름의 편지' 순희는 두근거리는 마음으로 현이 씨와 같은 방에 있던, 아니 현이 씨의 연락처를 부탁했던 그 사람의 편지였다. 얼른 뜯어보았다.

(현이의 번호입니다. 010-****-**** 맞는지 모르겠지만 현이가 이곳에 있을 때 알려준 번호입니다. 연락되면 두 사람 잘 되길 진심으로 바랍니다.)

다른 내용의 글은 들어오지 않았다. 순희는 얼른 자기의 핸드폰으로 현의 번호를 하나하나 눌렀다. 신호음이 가고 있었다.

"여보세요?" 상대방의 목소리가 들리자 전화기를 든 손이 떨리고 목소리가 경직된 듯 말이 나오지 않았다.

다시 "여보세요?"라는 소리가 들리고 서야

"현이 씨!"라고 말하고는 왠지 가슴에서 울컥하는 그리움을 삼킬 때, "혹 순희 씨!" 서로의 마음이 일체 된 것일까?

기다림과 그리움이 통한 걸까?

서로 처음 듣는 목소리. 하지만 서로가 원하던 사람이란 걸 똑같이 알 수 있었다.

"순희."

"현이 씨."

그리움을 가득 담고 두 사람은 만났다.

그리고 두 사람은 마치 오랫동안 헤어졌다 만난 사람처럼 '꽉' 끌어안았다. 어쩌면 두 사람 중 한 사람의 뼈가 으스러지도록….

이제 두 사람은 만났다.

그리고 사랑이 시작되었다.

서로의 상처 진 마음을 쓸어 담으며 깊고 진한 사랑을 할 것이다.

현과 순희가 걷는 길에 때늦은 눈이 내린다.

두 사람이 맞는 첫눈.

사랑하는 사람과 첫눈을 함께 맞으면 영원한 사랑을 한다고 하는데, 이들에게도 영원한 사랑이 시작되고 있었다.

終結

감옥에서 피어난 사랑의 세레나데